Die Wangerooge-Entführung

Antje Friedrichs lebt in zwei Welten: im westfälischen Paderborn und in Berlin. Die Nordseeinseln kennt sie seit ihrer Kindheit so gut, dass dort schon vier ihrer Krimis spielen, die sie seit 2000 schreibt. Unter ihrem Ehenamen veröffentlichte sie Gedichte und Storys, aber auch Sachbücher. Einige ihrer Kurzgeschichten wurden prämiert.

ANTJE FRIEDRICHS

Die Wangerooge-Entführung

INSEL KRIMI

emons:

Bibliografische Information der Deutschen Nationalbibliothek
Die Deutsche Nationalbibliothek verzeichnet diese Publikation in der Deutschen Nationalbibliografie; detaillierte bibliografische Daten sind im Internet über http://dnb.d-nb.de abrufbar.

FSC
www.fsc.org
MIX
Papier aus verantwortungsvollen Quellen
FSC® C083411

Umschlagmotiv: Heinz Wohner/LOOK-foto
Umschlaggestaltung: Tobias Doetsch
Gestaltung Innenteil: César Satz & Grafik GmbH, Köln
Lektorat: Marit Obsen
Druck und Bindung: CPI – Clausen & Bosse, Leck
Printed in Germany 2016
ISBN 978-3-95451-794-7
Insel Krimi
Originalausgabe

Doch die Leute begegneten ihr nicht gerne und nahmen lieber
einen Umweg, und wenn ein Vater mit seinem Knaben
an ihr vorüberging, so sprach er leise zu ihm:
»Nimm dich in Acht vor der Alten,
die hat's faustdick hinter den Ohren, es ist eine Hexe.«

»Die Gänsehirtin am Brunnen«,
Kinder- und Hausmärchen der Brüder Grimm

Prolog

Wie spät ist es? Drei? Oder schon vier? Das Zifferblatt ihrer Uhr ist nicht zu erkennen. Aber es wird Zeit. Es wird verdammt noch mal Zeit!

Sie ist träge. Satt. Und will nur noch … Doch sie muss sich aufraffen. »Ich muss rüber«, flüstert sie. »Nachgucken. Bin gleich zurück.«

Er greift nach ihrer Schulter, murmelt: »Nun bleib doch hier. Der schläft sicher tief und fest.«

»Lass mich, du hast ja keine Ahnung.«

»Ahnung? Wovon?« Er lacht, mit dieser Lache, die frech ist und herausfordernd und die sie wehrlos macht. Dabei fährt er ihr mit der Hand zwischen die Beine. »Dass du so 'n Muttertier bist, hab ich gar nicht …«

Sie reißt sich los, wirft die Bettdecke zur Seite, setzt sich auf. Mit den Füßen angelt sie nach ihren Flipflops, diesen Dingern in schrillem Pink, die sich unterm Bett verkrochen haben, das weiß sie genau … doch wo sind sie? Der Boden ist kühl unter den nackten Sohlen. Sie tastet nach ihrem Bademantel, der zusammengeknüllt daliegt, ein lebloses Bündel, und zieht ihn sich über. »Bis gleich.«

Der Morgen graut noch nicht. Doch er lauert schon hinter dem Horizont. Noch ist der Himmel tiefschwarz. Am halben Mond ziehen dunkle Wolkenfetzen vorbei.

Der Sand draußen fühlt sich körnig an zwischen den Zehen, nicht so weich wie in der Sonnenhitze am Tag. Körnig vom Tau. Oder hat es in der Nacht geregnet? Im Dünengras stachelt etwas, streift ihre Füße.

Es geht ein frischer Wind, der nach Meer riecht. Sie zittert und läuft schneller.

Das Gelände zwischen den Häusern ist vom Mondlicht erhellt und menschenleer. Das Fenster drüben ist nur noch ein paar Schritte entfernt, dann blickt sie hindurch. Drinnen ist alles dunkel und still, was denn sonst?

Ein Fensterflügel ist angelehnt, die Gardine halb vorgezogen. Sie lauscht. Nichts zu hören.

Ganz hinten im Zimmer ist das kleine Bett zu erahnen, doch ob jemand darin liegt, kann sie von hier aus nicht erkennen. Sie läuft um die Hausecke herum, fingert in der Bademanteltasche nach dem Schlüssel, doch die Eingangstür ist nicht verschlossen. Ihr Herz beginnt zu stolpern. Als sie die Zimmertür öffnet, bauscht sich die Gardine unter dem Luftzug auf.

Vor der Fensterbank steht ein Stuhl, die nackte Sitzfläche wird vom Mond beleuchtet. Auf dem Bett an der Wand liegt die zerwühlte Decke. Sie reißt sie hoch, tastet mit der anderen Hand nach dem Schalter. Licht überschüttet den Raum. Das Bett ist leer.

»Er ist weg!«, schreit sie. »Er ist weg!«

Nichts rührt sich. Alles bleibt totenstill.

Sie rennt zurück. »Der hat ihn geholt!«

Schreiend trommelt sie mit den Fäusten gegen seine Tür. »Er ist weg! Der hat ihn geholt! Er ist weg!«

EINS

Tomma Wilken lag in der Badewanne, zum ersten Mal seit Jahren. Eigentlich war sie der Typ für die schnelle Dusche, zeitsparend und effizient, dazu am Schluss immer eiskalt, um den Tag mit klarem Kopf zu beginnen. Doch heute musste es sein, heute musste sie sich ein warmes Vollbad mit viel Schaum gönnen, denn sie hatte eine fürchterliche Nacht hinter sich. Erst war sie nur verspannt gewesen, weil sie zu lange und in schlechter Haltung vor ihrem Laptop gehockt hatte. Dann aber war der Schmerz von den Schultern ausgehend über den ganzen Rücken gezogen, wo sich die Muskeln in regelmäßigen Abständen zusammenkrampften. Wie Geburtswehen, dachte sie und musste grinsen, obwohl ihr gar nicht danach zumute war.

Als ob sie eine Ahnung davon hatte, wie sich Wehen anfühlten. Da konnte sie doch überhaupt nicht mitreden. Ihre kleine Schwester Heike, die war Fachfrau auf dem Gebiet und konnte stundenlang von ihren Erfahrungen im Kreißsaal berichten. Wenn sie mit ihrem Zwillingspärchen zu den Eltern, die jetzt die glücklichsten Großeltern waren, zu Besuch kam, waren Geburt und Babys das Thema Nummer eins. Tomma hatte dann nichts mehr zu sagen, sie war abgemeldet, die Jüngere beherrschte das Feld. Wenn Heike ihre Truppen kommandierte, sprangen alle um sie herum, um ihr beizustehen. Und jeder gehorchte aufs Wort.

Dass Tomma gerade zur Kriminalhauptkommissarin befördert worden war, spielte absolut keine Rolle, das konnte man einfach übergehen. Schließlich hatte nicht sie für Nachwuchs gesorgt und ihre Eltern auf eine Weise selig gemacht, wie diese das selbst nicht für möglich gehalten hätten, sondern ihre Schwester.

»Jetzt weiß ich, dass das Leben weitergeht«, hatte ihre Mutter andächtig gesagt, als sie zum ersten Mal die beiden Neugeborenen im Arm hielt, Ben rechts, Cleo links, und sogar ihr Vater, der sonst total unsentimental war, hatte ganz vorsichtig mit einem Fingerknöchel die Wangen seiner Enkelkinder berührt. Erst bei dem einen, dann bei dem anderen. Und sich verstohlen über die Augen gewischt.

Nein, etwas auch nur annähernd Vergleichbares hatte Tomma nicht zu bieten. Zumal im einundvierzigsten Lebensjahr der Zug zum Kinderkriegen für sie schon so gut wie abgefahren war. Sie war eben kein Muttertier, sondern eher herb und zur Karriere bestimmt. Jeder hatte seine Aufgabe im Leben.

Sie seufzte. Das war wieder typisch. Kaum hatte sie mal zwei Tage frei, streikte ihr Körper. Als hätte er nur darauf gewartet, sich gehen lassen zu können. Aber das warme Wasser war eine Wohltat.

Tomma räkelte sich, rutschte tiefer und schloss die Augen. Sollte der ziehende Schmerz tatsächlich aufgehört haben? Sie versuchte, ruhig zu atmen, und wartete. Aber da war er wieder, wenn auch etwas schwächer als vorher. Als ob er sich ein Stück entfernt, jedoch nicht außer Sichtweite begeben hätte, um nicht in Vergessenheit zu geraten.

Sie würde nachher bei der Apotheke vorbeifahren und ein Wärmepflaster besorgen, auch wenn es einigermaßen schwierig war, das Ding blind irgendwo auf dem unteren Rücken zu platzieren. Oder sie testete mal dieses schmerzstillende Gel, für das sie im Fernsehen immer so viel Reklame machten. Sie müsste es sich allerdings selbst einmassieren und scheute die Verrenkungen, die dafür nötig sein würden. Doch was blieb ihr anderes übrig, wenn niemand da war, der ihr helfen konnte? Ihre Eltern waren seit über vierzig Jahren miteinander verheiratet, da massierte einer den anderen, klebte ihm Pflaster auf und pflegte ihn in der Not. Die beiden waren nur im Doppelpack zu haben, sie selbst hingegen würde wohl auf ewig ein Einzelstück bleiben.

Vorsichtig bewegte Tomma die Arme unter den Seifenbläschen. Aphrodite, schaumgeboren – von wegen. Von Aphrodite hatte sie wenig abbekommen. Heike schon eher, die Liebliche, Sanfte …

Sogleich meldete sich der Schmerz wieder, sie atmete dagegen an, als ihr Handy, das auf dem Toilettendeckel lag, klingelte. Sie griff mit nassen Fingern danach.

»Hallo?«

»Mike hier. Tomma, hier ist der Teufel los. Ich weiß, du hast frei, aber ich warne dich lieber schon mal vor. Du wirst gebraucht. Ein Kind – ein Junge, drei Jahre alt – ist verschwunden.«

Auf einen Schlag war sie frisch und hellwach, der Schmerz war unwichtig geworden. »Wo?«, fragte sie so nüchtern wie ein Automat.

»Auf Wangerooge.«

»Wann?«

»Letzte Nacht. Oder heute früh, genau wissen wir's nicht. Die Mutter hat es angeblich erst kurz vor Morgengrauen gemerkt, und als sie uns benachrichtigt hat –«

»Wann war das?«, wollte Tomma wissen. Die Uhr an der gegenüberliegenden Wand zeigte zehn Uhr vierzig, es war schon mitten am Vormittag.

Ihr Kollege räusperte sich. »Erst vor einer halben Stunde, um kurz nach zehn. Warum so spät, das müssen wir klären. Die Suchaktion läuft gerade an, es gibt noch viel zu organisieren. Der Fährbetrieb wird aber zumindest schon mal kontrolliert.«

»Seit wann?«

»Seit einer Viertelstunde.«

Tomma war aus der Badewanne gestiegen, das Handy am Ohr, nun stand sie triefend auf der Frotteematte.

»Der Boss schickt uns sicher beide rüber, Tomma.«

»Ich komme.«

Für einen Augenblick stand sie sich selbst nackt im Spiegel gegenüber. Obwohl er von Wasserdampf beschlagen war, sah sie, was nicht zu übersehen war: Ganz bestimmt hatte sie keine Ähnlichkeit mit Aphrodite! Sie sah eine untersetzte Person ohne Taille und mit zu viel schlaffem Fleisch, eine Person, die ihr unter einer Fülle von wirrem, nassem Haar entgegenstarrte und ihr gerade wie aufgeweicht vorkam. Dabei konnte sie knallhart sein.

Sie straffte sich, drückte die Schultern durch, hob trotzig das Kinn. Ihr Blick war jetzt wach, hatte wieder ein Ziel.

Der Schmerz im Rücken war verschwunden.

***

Die »Wangerooge« stampfte durchs Wattenmeer. Es war auflaufendes Wasser, die Flut überspülte schon den Damm, der die Fahrrinne abgrenzte. Auf den Pfählen am Rand hockten Silbermöwen und starrten an dem Schiff mit seinen Passagieren vorbei. Der Himmel war heute von einem grellen Blau, der Wind hatte über Nacht weiter aufgefrischt, die Wellen trugen erste kleine Gischtkronen. Tomma stülpte sich die Kapuze ihres Anoraks über den Kopf, sodass ihre Haarfülle fast ganz darunter verschwand. Nur ein paar widerspenstige rotbraune Locken hingen ihr noch in die Stirn.

»Ich geh mal eben unter Deck«, sagte Mike Kalinski, und schon war die magere, hoch aufgeschossene Gestalt aus Tommas Blickfeld verschwunden.

Kalinski war Kriminaloberkommissar, ein paar Jahre jünger als sie. Er stammte aus Brandenburg und hatte sich erst Anfang des Jahres nach Wilhelmshaven versetzen lassen, aus persönlichen Gründen, wie er sagte. Kalinski ließ sich nicht weiter darüber aus. Privates war zwischen ihnen bisher kaum zur Sprache gekommen, was Tomma nur recht war. Sie schätzte den Kollegen, weil sie sich auf ihn verlassen konnte, und das war für sie das Wichtigste.

»Kaffee?« Mike Kalinski streckte ihr einen Pappbecher entgegen. »Der ist heiß, pass auf.«

Dankbar griff sie danach, denn zum Frühstücken war sie nicht mehr gekommen. Heute Morgen war alles sehr schnell gegangen. Ihr Vorgesetzter, Kriminalrat Dr. Storm, hatte angerufen, kaum dass sie in ihre Klamotten gestiegen war, und sie offiziell damit beauftragt, im Fall des verschwundenen Jungen auf Wangerooge zu ermitteln. Sie sollte sich sofort in der Station einfinden, wo unter Leitung des Kollegen Harm Harmsen eine SOKO gebildet wurde, bei der alle Fäden zusammenlaufen würden.

Dann hatte Dr. Storm seinem Namen wieder einmal alle Ehre gemacht und vor versammelter Mannschaft ordentlich gewirbelt. »Frau Wilken, Sie fahren rüber und nehmen Kalinski mit.« Um dieser Order Nachdruck zu verleihen, hatte er fast beschwörend hinzugefügt: »Wir brauchen Sie. Sie kennen sich doch auf der Insel aus, Sie wissen, wie die Leute da ticken.« Tommas Großeltern hatten auf Wangerooge gelebt, und als Kind war sie oft auf der Insel gewesen. All ihre Schulferien hatte sie dort verbracht, war durch die Dünen gestreift, von Westen nach Osten und wieder zurück. Aber ob sie die Leute auf der Insel wirklich kannte?

Noch war die Silhouette des Westturms in der blauen Ferne nur zu erahnen, und auch den alten Leuchtturm in der Dorfmitte konnte man nur wahrnehmen, wenn man wusste, wo er war. Die Fähre steuerte auf den Dünenstreifen zu, der jetzt immer näher kam.

»Janssen wird rotieren«, sagte Tomma und nahm einen großen Schluck des heißen Gesöffs. »Da kommt was auf ihn zu.«

Edo Janssen war der Ortspolizist auf Wangerooge.

»Na ja«, sagte Kalinski, »der kriegt doch jede Menge Verstärkung, 'ne ganze Menge Leute sind bestimmt schon da. Die durchkämmen die ganze Insel.«

Seltsam, ausgerechnet Wangerooge. Vor einiger Zeit hatte die Insel schon einmal wegen eines Kindes Schlagzeilen gemacht: In einem Strandkorb am Ostufer war in aller Herrgottsfrühe ein neugeborenes Mädchen gefunden worden. Die Schwestern im Wilhelmshavener Krankenhaus nannten das Findelkind Pauline. Erst über ein Jahr später hatte die Mutter in Berlin ermittelt werden können und sich dann vor Gericht wegen Kindesaussetzung verantworten müssen. Pauline blieb bei Pflegeeltern. Damals hatte ein scheinbar aus dem Nichts aufgetauchtes Neugeborenes die Wangerooger in Aufregung versetzt, doch heute war ganz im Gegenteil ein Kind von der Insel verschwunden, oder so schien es zumindest.

Tomma fiel die Karte ein, die sie vorhin noch schnell aus ihrem Briefkasten gefischt hatte, ehe sie sich in ihr Auto gesetzt hatte und zur Station gefahren war. Es war eine Ansichtskarte vom Café Pudding, der Absender: ihre Schwester Heike. Sie hatte auf die Terrasse des prominenten Gebäudes ein Kreuzchen gemalt und dazugeschrieben: »Hier essen wir heute ein Eis!« Heike war auf der Insel, weil sie in der Villa Kunterbunt mit den Zwillingen eine Mutter-Kind-Kur machte.

Tommas Herz schlug schneller. Die beiden Kleinen konnten schon laufen, man musste auf sie aufpassen, man wusste doch gar nicht, wer sich da draußen herumtrieb …

»Halt mal.« Sie drückte ihrem Kollegen den Kaffeebecher in die Hand und angelte nach ihrem Handy, das in der Innentasche ihrer Jacke steckte. Mit fliegenden Fingern tippte sie die Nummer ein.

Es klingelte, dann war ein Rauschen zu hören. Wind und Meer? Eher wohl eine schlechte Verbindung.

»Heike? Hier ist Tomma. Du, sag mal –«

»Wo bist du?« Die Stimme ihrer Schwester klang nervös. Oder vielleicht sogar ängstlich. So kannte sie die Supermutter gar nicht.

»Auf der Fähre, ich komme rüber. Bei euch ist ein kleiner Junge verschwunden. Weißt du das schon?«

Direkt neben dem Telefon fing ein Kind an zu schreien, ein anderes stimmte sofort ein.

»Nun seid doch mal ruhig, ich versteh ja kein Wort!« Heike hörte sich ziemlich entnervt an, bisher konnte die Kur noch nicht besonders heilsam gewesen sein. »Ich … ja«, sie geriet ins Stottern, »ja, ich weiß. Die Polizei fährt rum und macht Durchsagen über Lautsprecher, mit diesen Flüstertüten und so … Sie suchen überall, auch am Strand. Vielleicht ist das Kind längst ertrunken. Oder entführt worden oder …« Wieder Kindergeschrei. »Du, im Augenblick ist es ganz schlecht. Aber meld dich doch mal bei mir, wenn du angekommen bist.«

»Passt auf euch auf«, sagte Tomma so gelassen, wie sie nur konnte. »Und lass die Kleinen nicht aus den Augen. Wir werden den Jungen schon finden.«

Optimismus verbreiten, positiv denken, was sonst? Hier übernimmt jetzt die Polizei, dein Freund und Helfer. Wenn der dann noch in Personalunion mit der großen Schwester auf der

Bildfläche erscheint, kann doch gar nichts mehr schiefgehen. Jedenfalls sollte Heike das glauben. Tommas Beschützerinstinkt der Jüngeren gegenüber lief auf Hochtouren.

»Was ist das bloß für eine Mutter?«, sagte Kalinski in ihre Gedanken hinein. »Lässt einen kleinen Jungen in der Nacht allein, nur weil sie Besseres zu tun hat, als auf das Kind aufzupassen.«

Tomma nickte. »Der Lover wohnt schließlich gleich im Haus nebenan. Wie praktisch.«

»Die Frau ist unverheiratet. Weiß man schon etwas über den Kindsvater?«

»Wir jedenfalls nicht. Janssen vermutlich auch nicht, sonst hätte er sich wohl dazu geäußert. Harmsen wird dranbleiben und uns informieren.«

Gerade passierten sie eine andere Fähre, die in die entgegengesetzte Richtung fuhr. Hinüber ans Festland, zum Hafen von Harlesiel. Sie war gut besetzt, einige Urlauber winkten ihnen zu.

»Gehn wir mal davon aus, dass sie das Schiff ordentlich kontrolliert haben«, bemerkte Kalinski mit gedämpfter Stimme.

»Na, hoffentlich!« Tomma streckte die Hand nach dem Fernglas aus, das der Kollege um den Hals trug, und er reichte es ihr. Sie hob es an die Augen und ließ ihren Blick über die Gesichter der Passagiere wandern, die drüben vorbeizogen. An der Reling stand ein braun gebrannter Mann mit einem kleinen Jungen an der Hand. Das Kindergesicht wirkte seltsam ernst. Abschiedsschmerz? Die schöne Zeit am Meer war vorbei. Der Mann winkte nicht, sondern stand nur da und starrte vor sich hin. Gerade jetzt wandte er den Kopf zur Seite und blickte zurück zur Insel, die sich für ihn immer weiter entfernte, während sie für Tomma immer näher kam.

Als die Fähre angelegt hatte, liefen sie hinüber zur Inselbahn, die mit ihrer knallroten Lokomotive und den blau-weißen Waggons schon bereitstand. Und da war er wieder, der alte Spruch an einem der Hafengebäude, der seit jeher die Neuankömmlinge auf der Insel begrüßte: »Gott erschuf die Zeit. Von Eile hat er nichts gesagt.«

Als Kalinski ihn sah, brummelte er nur: »Sorry, wir sind nicht auf Urlaub hier. Uns sitzt die Zeit im Nacken.«

Aber wen kümmerte das? Erst als alles Urlaubergepäck samt Kinderwagen und Fahrrädern verladen war, zuckelte die Bahn los. Langsam, ganz gemächlich durchquerte sie die Landschaft, die Tomma so vertraut war. In den Salzwiesen blühte der Strandflieder, auf dem Deich radelten im satten Grün ein paar Urlauber, und zum offenen Meer hin lagen die Dünen hell im Sonnenlicht.

»Es gab auf der Insel mal über hundert Bunker, fast alle hat man gesprengt«, sagte Tomma. Unter Dünengras und Gesträuch waren manche Trümmer noch zu erahnen. Unwillkürlich fasste sie sich ans rechte Knie. Bei ihren jugendlichen Streifzügen hatte sie sich einmal auf einem Stück Beton das Knie aufgeschlagen. Die Narbe sah man immer noch – ein bleibendes Andenken an die Insel ihrer Vorväter.

»Bunker vom Krieg? Verstehe«, sagte Kalinski. Er sagte immer »verstehe«, was aber einfach nur hieß, dass er die Information akustisch aufgenommen hatte. Nicht mehr und nicht weniger.

»Und diese runden Teiche hier, gleich neben der Bahn, das sind Bombentrichter. Heute wichtige Biotope.« Dass Tomma für ihn, den Brandenburger, der mit der Nordsee und ihren Inseln noch nicht vertraut war, den eifrigen Fremdenführer spielte, kam ihr selbst etwas komisch vor, aber sie zeigte eben gern, dass sie sich auskannte. Es hob ihr Selbstbewusstsein, auch wenn es sich bei den Sehenswürdigkeiten nur um Kriegsreste handelte.

Kalinski reagierte prompt. »Die wird man alle absuchen müssen.«

Ihr lief es kalt über den Rücken. Sie sah den Mantrailer vor sich, den Harmsen von Wilhelmshaven aus angefordert hatte und der sicher bald eingeflogen würde, wie er an der Leine des Hundeführers zielstrebig durch die Dünen auf einen Teich zusteuerte und … »Jetzt lass uns erst mal ankommen«, sagte sie forsch. »Und dann sprechen wir zunächst mit der Mutter. Damit wir uns ein Bild davon machen können, was eigentlich passiert ist.«

Als sie am Bahnhof eintrafen, war klar, dass man keine Zeit versäumt hatte. Überall klebten schon Plakate: »WO IST LEO?« Ein kleiner blonder Junge mit blauen Augen zeigte verlegen lachend seine Mausezähnchen. An der rechten Schläfe ein Leberfleck, Durchmesser circa ein Zentimeter. Knapp drei Jahre alt, fünfundneunzig Zentimeter groß. Seit den frühen Morgenstunden des 15. Juli vermisst. Letzter Aufenthaltsort: Haus Meeresfrieden, Büntingstraße 14, Wangerooge.

Meeresfrieden? Der Name kam Tomma bekannt vor. Bibelstunde, fiel ihr ein. Kanonsingen vorm Frühstück. Die Pfarrerin, die damals auf dem Hof mit ihren Konfirmandinnen Basketball gespielt hatte, um sie vom Rauchen abzubringen … Aber das behielt Tomma für sich, denn sie standen mitten zwischen den Urlaubern, die genau wie sie gerade aus der Inselbahn gestiegen waren und sich nun vor den Plakaten mit dem Kindergesicht drängten.

»Schrecklich«, rief eine sportlich-elegant gekleidete Frau, die ein Mädchen von etwa acht Jahren fest an der Hand hielt. »Und das im Urlaub – wer denkt denn da an so was? Man möchte am liebsten gleich wieder umkehren.« Sie drehte sich weg und machte sich auf den Weg ins Ortszentrum. Dabei zog sie mit der einen Hand das Kind hinter sich her, mit der anderen den riesigen karierten Rollkoffer, der jetzt übers Pflaster der Bahnhofstraße rumpelte. »Dass du bloß bei mir bleibst und nicht wegrennst, Lena-Marie, hörst du? Wer weiß, was dem kleinen Jungen passiert ist.«

Wangerooge war autofrei, wenigstens in dieser Hinsicht musste sich die Mutter keine Sorgen machen. Nur Arzt, Feuerwehr und Polizei verfügten über Autos. Das waren absolute Ausnahmen. Benzin- oder Dieseldämpfe wurden hier nur im äußersten Notfall in die gesunde Seeluft gepustet.

Gerade kam ein Elektrokarren die Bahnhofstraße heruntergefahren, und jemand hielt ein Megafon aus dem Fenster. »Achtung, Achtung«, ertönte eine sonore Männerstimme. »Vermisst wird seit heute Nacht ein dreijähriger Junge. Wer hat Leo gesehen? Hinweise an die Polizei unter der Nummer 110.«

Der Karren bog in eine Seitenstraße ein und entfernte sich.

»Achtung, Achtung, vermisst wird …« Auch die Männerstimme wurde leiser, während die Möwen dafür umso lauter krächzten. Es roch jetzt durchdringend nach gebratenem Fisch. Ein Imbiss, an dem sie vorbeikamen, lockte mit rot-weiß gestreiften Sonnenschirmen vor der Tür. Auf der anderen Seite führte ein Weg in einen kleinen Park mit gepflegtem Rasen, Blumenbeeten und weiß gestrichenen Bänken. Die Rosen standen in voller Blüte, und das Laub der Bäume, eine Kostbarkeit auf den Ostfriesischen Inseln, leuchtete noch so frisch wie im Mai. Die Sonne warf Schattenmuster auf die dunkelroten Pflastersteine.

Es ist alles so friedlich, dachte Tomma, und könnte so schön sein. Doch das Bild des lachenden Kindes an den Laternenmasten und in den Schaukästen der Kurverwaltung ließ sich nicht ausblenden, wurde von anderen Bildern ihrer Phantasie überlagert, die sie gleich wieder verdrängte. Was konnte nicht alles passiert sein, sie kannte doch ihren Job. Was würden sie hier finden? Aber sich irgendwelchen Horror auszumalen, nützte gar nichts. Wut stieg in ihr auf, sie zwang sich, ruhig zu bleiben. »Wo übernachten wir eigentlich?«, fragte sie, um sich abzulenken.

»Im Haus Meeresfrieden. Ist alles schon organisiert«, antwortete Kalinski.

Also direkt am Schauplatz der Tat? Das hatte seine Vor- und Nachteile. Tomma hoffte, dass die Vorteile überwiegen würden.

Sie erinnerte sich schwach an dieses Haus. Ein hoher Kasten aus der Vorkriegszeit, der im Laufe der Jahre immer mal wieder durch Anbauten erweitert worden war. Man konnte sich darin verlaufen.

»Vor zig Jahren bin ich dort mal auf einer Konfirmandenfreizeit gewesen«, sagte sie jetzt.

»Na, dann kennst du dich ja schon aus. Was ist das denn für ein Etablissement?«

Etablissement? Tomma lächelte. Dieses Wort passte eigentlich nicht zu Kalinski, der sich – aus Überzeugung, wie er gern betonte – schlicht ausdrückte und Fremdwörtern, zumal wenn sie aus dem Französischen stammten, aus dem Weg ging.

»Das ›Meeresfrieden‹ ist eins dieser etwas altmodischen Gästehäuser«, erklärte sie. »Christlich, aber überkonfessionell geführt. Und einfach, dafür erschwinglich. Gruppen kommen dorthin, auch Familien und Einzelpersonen, die ein bisschen Kontakt suchen. Ein großes Haus und doch kein Massenbetrieb, jedenfalls war das damals so. Meine Konfirmation ist natürlich verdammt lange her.«

»Konfirmation?«, sagte Kalinski nachdenklich. »Bei uns ging man zur Jugendweihe.«

Wie aufs Stichwort kam ihnen auf der Zedeliusstraße eine Horde Jugendlicher entgegen. Sie nahmen die ganze Breite der Straße ein. »Le-o! Le-o!«, riefen sie, liefen in jeden Vorgarten, schauten unter jede Hecke, klopften an die Kellerfenster.

»Eine Schnitzeljagd, aber in echt«, bemerkte Kalinski. »Das finden die natürlich cool. Da ist endlich mal was los hier.«

»Inselrallye heißt das heute.« Tomma seufzte. Wenn es nicht so ernst gewesen wäre, sie hätte darüber gelacht. »Wer seid ihr denn?«, fragte sie die halbe Portion, die sich als Anführer aufspielte.

Der Junge zog sich demonstrativ seine dunkle Strickmütze tiefer über die Ohren und in die Stirn, obwohl die Sonne inzwischen vom Himmel brannte. »Wir sind vom Schullandheim aus Bünde. Die Polizei hat uns losgeschickt, wir sollen alle nach dem Kind suchen. Da ist nämlich ein kleiner Junge verschwunden.« Er drehte sich um und sah den anderen hinterher, die schon im Minipark verschwunden waren. Nur ihr Rufen – »Le-o! Le-o!« – war noch zu hören. »Wir haben das Dorf übernommen, eine andere Gruppe sucht den Strand ab, eine dritte die Dünen. Sorry, ich muss los!«

Und weg war er.

***

Wer die breite Treppe zum Haus Meeresfrieden emporstieg, wurde gleich hinter der Pforte von einer besonderen Gestalt begrüßt. Die Jungfrau Maria trug ein weites blaues Gewand und lächelte mild. Mit ausgebreiteten Armen empfing sie die Neuankömmlinge, als wollte sie alle, die zu ihr kamen, an ihr Herz drücken.

Mild und gastfreundlich waren auch die Gerüche, die ihnen entgegenwaberten: Gedünstetes Gemüse mischte sich unaufdringlich mit gebratenem Fleisch, um auch dem Nichtvegetarier etwas zu bieten. Es roch so anheimelnd wie früher bei Muttern, wenn man aus der Schule nach Hause kam und das Mittagessen schon auf dem Tisch stand.

Die Farben der Empfangshalle waren in sanftem Pastell gehalten, wobei Creme und Hellblau dominierten. Strandhafer und ein paar trockene Sanddornzweige standen in einer Vase der Maria zu Füßen. Jemand hatte ein paar frische Dünenrosen dazugesteckt, ein Farbtupfer in Pink. Zum Glück, wie Tomma fand. Hoch über dem Kopf der Jungfrau hing das Modell eines Segelschiffs: ein Dreimaster, voll aufgetakelt, ein schönes Stück. Ansonsten schien das Haus aufs Modernste gerüstet, behinderten- und altengerecht sowieso. Ein Treppenlift war am Fuße der Treppe installiert und wartete darauf, in Gang gesetzt zu werden. Und genau daneben, an der Wand vor dem gepolsterten Sitz, hing als Blickfang unübersehbar das Plakat: »WO IST LEO?«

Eine Blondine in mittleren Jahren, sorgfältig geschminkt und frisiert, einen pastellfarbenen Seidenschal um die Schultern drapiert, kam auf sie zu und stellte sich als die Hausleiterin Regina Krone vor. »Darf ich fragen, wer Sie sind? Es kommen ja jetzt so viele Leute … Eine schreckliche Geschichte. Sehen Sie, hier, wir haben schon die Plakate –«

Die Dame wurde höflich, aber bestimmt unterbrochen. »Mein Name ist Wilken von der Kripo Wilhelmshaven, und das ist mein Kollege, Herr Kalinski.« Tomma zückte ihren Dienstausweis und hielt ihn der Frau unter die Nase. »Wir wurden angekündigt. Frau Krone, als Erstes möchten wir mit der Mutter des Kindes sprechen. Wo finden wir sie?«

Die Hausleiterin machte ein bedauerndes Gesicht. »Frau Sander ist in einem furchtbaren Zustand, wie Sie sich vorstellen können. Der Arzt ist bei ihr, Dr. Schmitt, unser Badearzt, er hat ihr etwas zur Beruhigung gegeben. Doch wenn es unbedingt sein muss – warten Sie, ich bringe Sie hin.«

Das Telefon an der Pforte klingelte. Regina Krone murmelte

eine Entschuldigung, lief zurück zu ihrem Arbeitsplatz und hob den Hörer ab. »Haus Meeresfrieden, Krone.« Ihr Tonfall war routiniert zuvorkommend, doch während sie lauschte, veränderte sich ihr Gesichtsausdruck, wurde streng und abweisend. Irgendwie verkniffen. »Was wollen Sie? Wir geben keine Auskünfte. Halten Sie sich an … an die Pressestelle der Polizei.«

Kaum hatte sie den Hörer aufgelegt, wurde die Eingangstür aufgestoßen, und vier, fünf Männer drängten herein. Sie trugen aufwendige Fotoausrüstungen mit sich, Taschen über den Schultern, Kameras vorm Bauch, und eröffneten sofort das Blitzlichtfeuer auf alle, die sie in der Halle ausmachen konnten, während ihre Reporterkollegen den Anwesenden ihre Mikrofone entgegenstreckten.

»Bitte, meine Herren!« Regina Krone hatte Mühe, halbwegs höflich zu bleiben. »Keine Fotos im Haus. Verlassen Sie bitte das Gebäude. Verlassen Sie das Grundstück!«

»Es wird eine Pressekonferenz geben«, verkündete Tomma mit erhobener Stimme und präsentierte erneut ihren Dienstausweis. »Gedulden Sie sich.«

»Wo und wann?«, rief jemand.

»Das wird Ihnen auf der Polizeistation rechtzeitig mitgeteilt werden. In der Charlottenstraße. Die finden Sie bestimmt.«

Die Presseleute fügten sich, nachdem einige zur Sicherheit ein letztes Foto von Tomma und Kalinski gemacht hatten, und wandten sich zum Gehen. Inzwischen hatte Regina Krone wieder ihr rundum verbindliches Lächeln angeknipst. Sie ordnete ihren Schal, der sich beim Ansturm der Medienvertreter leicht verschoben hatte, nickte ihren beiden Besuchern zu und steuerte mit festem Schritt die Treppe an, die nach oben führte.

»WO IST LEO?« Auf ihrem Weg nach oben sahen sie sich gleich dreimal mit diesem Satz und dem lachenden Kindergesicht konfrontiert. Tomma fühlte sich an die Londoner U-Bahn erinnert, wo man auf der Rolltreppe stehend auch allerlei Botschaften, meistens irgendwelcher Reklame, ausgesetzt war, ob man wollte oder nicht.

»Was haben Sie denn mitbekommen von dem Ganzen?«,

fragte Tomma die Hausleiterin, von der ein herb-sportlicher Duft ausging. Sie schien ein Männer-Deo zu benutzen.

»Gar nichts. In der Nacht, als es passiert sein soll, habe ich fest geschlafen. Mein Zimmer liegt hier im alten Hauptgebäude, das ist ein gutes Stück entfernt von dem Zimmer im Anbau, wo Frau Sander mit Leo wohnt. Heute Morgen war auch alles wie immer. Ich bin erst gegen halb elf informiert worden, da war die Polizei bereits alarmiert.«

»Wo war die Mutter zu dem Zeitpunkt?«, fragte Tomma, doch eine Antwort blieb aus, da sie im ersten Stock angekommen waren und Regina Krone zu reden begann, während sie mit manikürter Hand, die Fingernägel in zartem Rosa lackiert, auf eine Glastür wies, hinter der sich ein langer, schwach erhellter Korridor erstreckte, der am Ende um die Ecke zu biegen schien. »Da geht's lang. Entschuldigen Sie, aber bei uns ist alles ziemlich verwinkelt. Ist eben ein altes Haus, wissen Sie, und es wird höchste Zeit …«

»Wo war die Mutter?«, wiederholte Tomma, ehe Regina Krone sich weiter über die architektonischen Besonderheiten ihres Hauses auslassen konnte.

»Das weiß ich auch nicht. Sie hat noch gar nichts gesagt, die ist doch kaum ansprechbar, die arme Frau.«

Gleich hinter der Glastür, noch bevor sie sich dem engen Korridor anvertrauen mussten, passierten sie die Tür zu einem größeren Raum, in dem sich mehrere Menschen aufhielten. Stimmengemurmel war zu hören, es wurden ein paar Gitarrensaiten gezupft, Akkorde probiert, und man stimmte ein Lied an. »Danke für diesen guten Morgen, danke für jeden neuen Tag …« Im Vorbeigehen warf Tomma einen Blick durch die offen stehende Tür und registrierte dabei automatisch die Schrift auf dem Schild daneben. Hier war also die »Frauenhilfe Mettmann« aktiv. Mittelalterliche Damen – nein, sogar ein grau melierter Herr war darunter – saßen auf Stühlen im Kreis und sangen, während sie in die Mitte starrten, wo auf dem Teppichboden, umgeben von kunstvoll drapierten zartrosa Tüllschleifen, Strandhafer und Muschelarrangements, eine Armada von Teelichtern brannte.

Wie der Stuhlkreis im Kindergarten, dachte Tomma. Die zuständige »Erzieherin« konnte sie auf die Schnelle nicht ausmachen, aber das hatte Zeit. Auf jeden Fall waren Hausgäste wie diese Damen und der Herr potenzielle Zeugen, die zu vernehmen waren. Hier kam viel Arbeit auf sie zu.

»Danke, dein Heil kennt keine Schranken, danke, ich halt mich fest daran«, tönte es hinter ihnen her.

»Wir haben Frau Sander, also die Mutter des Kindes, in unseren Meditationsraum gelegt«, erzählte Regina Krone weiter. »In ihrem Zimmer unten, also da, wo es passiert ist, das war ihr ja nicht zuzumuten. Außerdem sucht die Polizei darin nach Spuren. Das Zimmer wird dann versiegelt, hat mir Polizeioberkommissar Janssen mitgeteilt. Aber das wissen Sie natürlich alles, was erzähle ich Ihnen denn da …« Sie war vor einer Tür stehen geblieben und klopfte an.

»Herein«, antwortete eine Männerstimme.

Der Arzt, ein Mann in den Fünfzigern, stand mit dem Rücken zu ihnen am Fensterbrett, wo er seine große Tasche abgestellt hatte. Er packte gerade etwas hinein und klappte sie zu. Es sah aus, als wollte er sich verabschieden. Nicole Sander ruhte auf einer Liege, neben der ein Klappstuhl stand. In einer Ecke stapelten sich einige Matten, wie Tomma sie aus der Turnhalle ihrer Jugend kannte. Ansonsten war der mit Teppichboden ausgelegte Raum leer. Nichts sollte den Meditierenden ablenken. Kein Bild an der Wand, kein Tüllgekräusel und kein einziges Teelicht. Eigentlich schön. Der eigenen Leere begegnen. Und doch …

Tomma fühlte wieder, wie ihr der Schmerz zwischen die Schulterblätter kroch, und straffte sich. »Frau Sander?«

Die Frau lag da und starrte sie an. Bleich sah sie aus. Eine junge, schlanke Frau, hübsch, wenn auch auf eine genormte Weise. Blond und großäugig, die Wimperntusche und der Lidschatten verschmiert. Tiefe Augenränder. Das Haar zerwühlt. Auf Tommas Ansprache reagierte sie nicht.

»Können wir Ihnen schon ein paar Fragen stellen?«, fragte Tomma vorsichtig, nachdem sie sich und Kalinski vorgestellt hatte.

Der Arzt nickte ihnen zu, verließ jedoch nicht das Zimmer.

Nicole Sander begann vor sich hin zu wimmern wie ein Kind. Tomma fühlte sich vollkommen hilflos. Wie sie diesen Zustand hasste! Bei Gefühlsausbrüchen anderer ging es ihr immer so. Sie erstarrte und wünschte sich, weit weg zu sein. Natürlich hatte sie gelernt, mit Situationen wie diesen umzugehen und ruhige, vielleicht sogar tröstende Worte zu sprechen oder auch nur abzuwarten. Zuzuhören. Aber es fiel ihr verdammt schwer.

Regina Krone dagegen verstand sich recht gut darauf. Sie strich der jungen Frau sacht über die Hände, die regungslos wie zum Gebet gefaltet auf Nicole Sanders Brust ruhten. Die künstlichen, überlangen Fingernägel waren mit türkisfarbenem Glitter beklebt, eine Mode, die Tomma auf den Tod nicht leiden konnte. Aber das spielte nun absolut keine Rolle.

»Erzählen Sie uns doch bitte, was passiert ist. Wir müssen das wissen, damit wir Ihnen helfen können. Wir wollen doch alle Ihren Sohn wiederfinden.« Es sollte aufmunternd klingen, aber schon als sie sich reden hörte, wusste sie, dass sie zu sehr Druck machte. Das würde nichts bringen.

»Ich … er hat doch …«, stotterte Nicole Sander, immer noch wimmernd. Und verstummte.

Tomma fasste nach. »Leo war allein. Wo waren Sie in der Nacht?«

»Ich … er hat fest geschlafen, als …« Sie brach in lautes Schluchzen aus und steigerte sich so hinein, dass sie kaum noch Atem holen konnte. Regina Krone tätschelte ihr mitfühlend den Kopf, und der Arzt räusperte sich warnend. Von Vernehmung konnte in diesem Zustand keine Rede mehr sein.

»Frau Sander steht unter Schock«, sagte Dr. Schmitt und kam zwei, drei Schritte näher. »Ich habe ihr Valium zur Beruhigung verabreicht. Sie muss jetzt erst einmal schlafen.«

Die Frau war noch immer nicht vernehmungsfähig. Ja, verdammt noch mal, wie sollte sie dann hier ihre Arbeit tun? Tomma schäumte innerlich, doch sie durfte sich nichts anmerken lassen. Das würde die Lage nur verschlimmern. Aber wie sollte sie vorankommen, wenn man ihr Informationen vorenthielt? Wenn sie mit den Leuten nicht reden konnte?

»Als Nächstes müssen wir mit Edo Janssen sprechen. Wo ist er?«, fragte sie Regina Krone, als sie wieder im trüben Licht des Korridors standen.

»Unten im Zimmer«, entgegnete die Hausleiterin. »Wo es passiert ist. Ich bringe Sie hin.« Eilfertig machte sie sich mit ihnen auf den Weg.

Also wieder zurück durch Korridor und Glastür, die Treppe hinunter und dann einen ebenso langen, nur schwach erhellten Gang entlang, an dessen Ende es leicht abschüssig – »Vorsicht, Stufe!« – in einen Anbau hinüberging, bis sie endlich vor einer Tür stehen blieben. Zimmer 105.

Ein Mann in weißem Overall hantierte gerade an der Klinke herum, ein anderer hockte auf dem Fußboden und starrte angestrengt auf den abgewetzten, schon ziemlich fleckigen Teppichboden.

Wieder stellte Tomma sich vor.

»Moment«, sagte der Mann an der Klinke. »Wir sind mit der Spurensicherung noch nicht fertig. Die Schutzkleidung, die wir vom Festland mitgebracht haben, war ein bisschen knapp berechnet. Aber ich habe etwas für Sie. Von Herrn Janssen persönlich.« Er griff nach einer bunt bedruckten Plastiktüte und zog weißes Zeug heraus. Ehe sie Zutritt bekam, musste sich auch Tomma in einen Overall zwängen und in Plastikgaloschen schlüpfen, als ginge es darum, die Intensivstation eines Krankenhauses zu betreten. Ausnahmen wurden hier nicht gemacht. Leider konnte nur einer von ihnen so ausstaffiert werden, Kalinski hatte das Nachsehen und musste an der Tür stehen bleiben, die sich für Tomma jetzt öffnete.

Das Zimmer war recht klein. Es wurde von einem einseitig geöffneten Doppelfenster beherrscht, vor dem eine halblange durchsichtige Gardine aus Tüll hing. Daneben, rechts und links, hellblaue Stores. Vor dem Fenster stand ein Stuhl aus hellem Kiefernholz, pseudoskandinavische Massenware, früher in der DDR hergestellt, sogar in Gefängnissen, heute vermutlich in anderen Billiglohnländern. Solche unwichtigen Details spulten sich automatisch in Tommas Kopf ab. Ärgerlich. Weshalb fiel es ihr heute so schwer, sich auf das Wesentliche zu konzentrieren?

Das Sitzkissen, registrierte sie, lag auf dem Boden, war wie die Stores hellblau und ein wenig angeschmutzt. Sie ging darauf zu und schaute genauer hin. Fußspuren waren nicht zu erkennen, auf der Sitzfläche des Stuhls ebenfalls nicht.

Ein dritter Mann vom Erkennungsdienst bestäubte gerade Fensterrahmen und Fensterbank mit weißem Pulver. »Jede Menge Fingerabdrücke«, brummte er. »Fragt sich nur, von wem.« Er hob grüßend die Hand, als er Tomma bemerkte, und widmete sich wieder der Fensterbank.

Wo hatte Leo geschlafen? Tomma drehte sich um.

Die Decke im Kinderbett lag zerknüllt am Fußende. Es war kein Gitterbett, doch an der Seite war ein niedriges Geländer angebracht, damit das Kind nicht im Schlaf herausfallen konnte. Der Kleine hätte da leicht selbst rausklettern können, immerhin war er schon fast drei Jahre alt.

Erst jetzt nahm Tomma den Beamten wahr, der auf der Schwelle zum angrenzenden Badezimmer stand. Auch er ganz in Weiß. Die Spurensicherung hatte er genau im Blick. »Moin«, sagte er knapp. »Frau Wilken von der Kripo, nehme ich an? Mein Name ist Edo Janssen. Gut, dass Sie da sind. Wir versuchen hier, Spuren zu manifestieren.«

Wie redet der denn?, fragte sich Tomma verblüfft.

»Es müssen natürlich noch Proben zum Abgleich genommen werden, von der Mutter und …«

Tomma hob abwehrend die Hand. »Ich bin Tomma Wilken, und da drüben an der Tür, das ist mein Kollege Mike Kalinski«, erklärte sie und unterbrach so seinen Redefluss. »Was war denn nun eigentlich los hier? Ein paar Infos haben wir heute Morgen schon bekommen. Erzählen Sie doch mal Genaueres.«

Der Leiter der Wangerooger Polizeistation ließ sich nicht zweimal bitten. Als ob er ahnte, dass er es hier mit dem Fall seines Lebens zu tun haben könnte, warf er sich in die Brust. »Also, heute Morgen um zehn nach zehn klingelt bei uns auf der Wache das Telefon, und diese Frau ist dran. Nicole Sander. Die mit dem Kind. Aber das wusste ich ja da noch nicht. Total aufgelöst war die. ›Mein Sohn ist verschwunden‹, hat sie geschrien. ›Leo!‹ Leo heißt er, der Kleine. So viel kriegte ich gerade noch aus ihr raus. Knapp drei Jahre alt und so weiter. Sie hat ihn gestern schlafen gelegt, sagt sie, und dann den Abend da drüben verbracht.« Er ging zum Fenster und zeigte auf das Haus gegenüber, das etwa dreißig Meter entfernt stand, durch eine etwas mickrige Hecke von Dünenrosen, einen niedrigen Jägerzaun und ein Stück Rasen vom Haus Meeresfrieden getrennt. Rasen war eigentlich zu viel gesagt. Das Gelände war durchsetzt von Dünengras und Strandhafer, und überall schaute heller Sand hervor.

»Uns wurde gesagt, sie hätte sich mit einem Mann getroffen«, schaltete sich Kalinski von der Tür her ein. »Stimmt das?«

»Das ist richtig. Da hat die Frau gar nicht groß drum herumgeredet. Die hatten es sich wohl richtig gemütlich gemacht, mit Wein und Pizza und irgend 'nem Film, was weiß ich, und sie hätten jede Stunde nach dem Jungen geguckt, immer abwechselnd.«

»Tatsächlich? Jede Stunde? Und wann hat sie entdeckt, dass er verschwunden war?«

»Sie sagt, das wäre früh am Morgen gewesen, so zwischen vier und fünf. Es soll jedenfalls noch dunkel gewesen sein.«

»Dann haben die das Kind also zuletzt irgendwann zwischen drei und vier in seinem Bettchen liegen sehen? Angeblich. Und die haben nicht auch mal geschlafen?«

Janssen zuckte mit den Schultern.

»Kommt drauf an, was man unter Schlafen versteht«, meinte Kalinski sarkastisch.

Tomma verzog den Mund, während Janssen fortfuhr: »Angezeigt hat sie es aber erst Stunden später, um kurz nach zehn, wie gesagt.«

»Wie erklärt sie das?«

»Die konnte gar nichts erklären, die war völlig hysterisch und hat nur geschrien. Ich hab mit Müh und Not nur so viel aus ihr rausgekriegt, dass sie erst mal auf eigene Faust versucht hat, den Jungen zu finden.«

Tomma trat dicht ans Fenster heran und blickte hinaus. Für einen Erwachsenen wäre es ein Leichtes gewesen, aus dem

Fenster zu steigen und zu verschwinden, schließlich lag das Zimmer im Erdgeschoss. Doch ob das ein knapp Dreijähriger fertiggebracht hätte? Wohl kaum bewusst und zielgerichtet. Immerhin stand aber dieser Stuhl bereit, auch eine sehr kleine Person hätte es also schaffen können, über den Fenstersims zu klettern und so ins Freie zu gelangen. Der Junge wäre auf der anderen Seite hinuntergeplumpst, aber nicht allzu tief, und relativ weich gefallen. Es war daher durchaus denkbar, dass Leo sich bei dem Versuch, seine Umgebung zu erkunden, vom Haus entfernt und verlaufen hatte.

Der umgekehrte Weg, also von draußen ins Zimmer einzusteigen, wäre für einen Unbefugten aber auch ganz einfach gewesen.

Tomma zog Handschuhe an und öffnete nun auch den anderen der beiden Fensterflügel, um sich über den Fenstersims beugen zu können, ohne den Stuhl verrücken zu müssen. Draußen hockte eine junge Polizistin, ein paar Strähnen ihrer blonden Haare ragten unter der weißen Kopfbedeckung hervor, die zu ihrer Schutzkleidung gehörte. Sie fotografierte den Sandboden, der dicht am Haus nur von ein paar Grashalmen durchsetzt war.

»Fußspuren?«, fragte Tomma.

»Na ja. Es hat heute früh geregnet, viel ist nicht mehr da. Hier ist jemand barfuß gelaufen, so viel steht fest. Es gibt aber auch einen Abdruck von einem Schuh, sehen Sie, hier.« Ihr Zeigefinger wies auf eine Stelle im Sand.

Der Fingernagel war kurz geschnitten und unlackiert. Aber was hatte das mit dem Fall zu tun? Konzentration, Tomma!, rief sie sich selbst zur Ordnung.

Ja, da war etwas. Eine Sohle hatte ihren Abdruck hinterlassen, glatt, ohne Muster. Schuhgröße? Um die vierzig. Viel war das nicht.

»Und hier ist noch ein Zehenabdruck, aber sonst sieht man nichts weiter.«

»Und in der näheren Umgebung? Irgendein Hinweis darauf, wo die Personen, zu denen diese Spuren gehören, herkamen oder hingingen?«

»Nein, keiner.«

Tomma seufzte. Am Haus gegenüber wuchsen ein paar zerzauste Büsche im Dünensand und niedrige, vom Wind in eine Richtung gebeugte Bäume, was wie eine Sichtblende wirkte.

Sie wandte sich wieder an Edo Janssen. »Zeigen Sie uns bitte mal, wo sich die Mutter aufgehalten hat.«

»In Ordnung, kommen Sie mit.«

Janssen begleitete sie aufs Nachbargrundstück, zur Rückseite des Hauses Seestern, das mit seinen anderthalb Stockwerken wesentlich kleiner war als das Haus Meeresfrieden. Eine etwas altmodische Pension, in der die Gäste ihr Frühstück noch in der traditionellen Glasveranda zu sich nahmen. Er zeigte wortlos auf ein Fenster im Erdgeschoss, links vom Eingang.

»Und wer ist der Mann, mit dem sie die Nacht verbracht hat?«

Janssen räusperte sich. »Genau genommen hat sie mit ihm mehr als nur eine Nacht verbracht. Es war wohl eine regelmäßige Angelegenheit, seiner ersten Aussage nach. Wir haben seine Personalien aufgenommen und sichergestellt, dass er die Insel nicht verlässt. Ist ja ein wichtiger Zeuge. Er heißt Sven Kuhlmann, von Beruf Fotograf. Mehr wissen wir noch nicht, es erschien uns zunächst einmal wichtiger, die Suche nach dem Jungen auf den Weg zu bringen.«

In diesem Augenblick flog knatternd und sehr niedrig ein Polizeihubschrauber über sie hinweg. Tomma blickte zu ihm hinauf, dann wandte sie sich wieder Janssen zu. »Wie sieht das überhaupt aus mit den Kontrollen, was wurde da im Einzelnen unternommen?«

»Niemand kommt von der Insel runter, ohne kontrolliert zu werden. Das haben wir im Griff. Zu Wasser und in der Luft.« Geradezu stolz hörte sich das an. »Wir checken die Fähren, jedes Flugzeug, das vom Flugplatz aus startet, und natürlich die Privatboote im Hafen.«

»Aber da ist noch diese Lücke im Zeitablauf«, sagte Tomma und blickte wie zur Bekräftigung auf ihre Armbanduhr. »Der Täter könnte mit dem Kind verschwunden sein, bevor die Mutter etwas davon bemerkt beziehungsweise es gemeldet hat.«

Janssen nickte verdrossen.

»Und auf welchem Weg wäre das möglich gewesen?«, überlegte Tomma laut. »Mit der ersten Fähre nach Harlesiel rüber, nehme ich an. Wann ist die abgegangen? Um acht?«

Janssen nickte wieder.

»Oder mit einem privaten Boot, das müssen wir auch überprüfen«, sagte sie an Kalinski gerichtet. »Wie sieht's mit dem Flugbetrieb aus, Herr Janssen?«

»Um acht Uhr fünfzehn war der erste Start nach Harle, dann ging es stündlich weiter, wie immer in der Hochsaison. Macht maximal drei Flüge, die vor Beginn der Kontrollen in Frage gekommen wären. Das habe ich schon gecheckt. Mit keiner der drei Maschinen heute Morgen ist ein Kind befördert worden.«

»Gibt es noch andere Möglichkeiten, von der Insel wegzukommen?«

»Das Bäderschiff zu den Nachbarinseln«, antwortete Janssen. »Das geht auch schon morgens los. Heute um halb acht war Langeoog dran.«

Langeoog, die Insel fürs Leben, wie der Werbeslogan des übernächsten Eilands in der Kette der Ostfriesischen Inseln lautete. Von Osten nach Westen zog sie sich an der Nordseeküste entlang, von Wangerooge nahe der Jademündung über das grüne, geruhsame Spiekeroog bis nach Norderney und Borkum, wo schon Hochseeklima herrschte. Hochsaison mit Zigtausenden von Urlaubern war jetzt auf jeder der Inseln. Insbesondere auf Langeoog war die Polizei zu verständigen, was sicher schon geschehen war, und natürlich war die Suche längst auch aufs Festland ausgedehnt worden, und die Informationen gingen an Rundfunk und Fernsehen, mit Fotos und so weiter. Darum kümmerten sich die Kollegen in Wilhelmshaven. Tomma sah wieder das Kindergesicht vor sich. »WO IST LEO?«

»Wer sagt denn, dass der Täter die Insel überhaupt verlassen will?«, schaltete sich Kalinski noch einmal ein. »Er kann sich genauso gut hier irgendwo mit dem Kind versteckt halten. Wir müssen beide Möglichkeiten in Betracht ziehen.«

Tomma nickte ihm zu.

***

Im Hof gegenüber stand eine Frau und hing Wäsche auf. Tomma und Kalinski zückten ihre Ausweise.

»Sind Sie die Pensionswirtin?«

»Die bin ich.«

Die Frau, die sich auf ihre Nachfrage als Lotte Janning vorstellte, zeigte sich auffällig reserviert. Sie hatte ja auch keine Urlauber, also potenzielle Kunden, vor sich, die man besser nicht verprellte, sondern Polizisten der Kriminalpolizei, die unliebsame Fragen stellten. Tomma wusste aus Erfahrung, dass sich Menschen oft verschlossen zeigten, wenn die Polizei erschien. Als ob jeder irgendwo irgendetwas zu verbergen hatte. Die ganz individuelle Leiche im Keller?

»Wir suchen einen Ihrer Gäste, einen Herrn Kuhlmann, Sven Kuhlmann«, sagte sie.

Lotte Janning beäugte sie misstrauisch. Sie mochte etwa in Tommas Alter sein und hatte ein sehr properes Äußeres. Bei Lotte Janning saß und passte einfach alles, von der geföhnten Frisur bis zu den dunkel lackierten Zehennägeln, die aus knallroten Riemchensandaletten herausschauten. Den Kragen ihrer gestärkten Hemdbluse trug sie flott hochgeschlagen, die hellblauen Jeans mit edler Gürtelschnalle mussten teuer gewesen sein, wie sogar Tomma bemerkte, die auf solche Dinge wenig Wert legte.

Patent war Lotte Janning offenbar auch, denn sie kümmerte sich gerade um Massen von Bettwäsche und Handtüchern – alles für ihre Gäste. Kein Zweifel, sie konnte zupacken und verlor dabei weder Chic noch Contenance. Tomma kannte solche Frauen. Manchmal gingen sie in die Politik und wurden Ministerinnen mit Aussicht auf mehr. Diese Vorzeigedamen waren allerdings genau der Typ, den sie – wenn sie ehrlich war – weniger schätzte, weil sie ihr die eigenen Defizite so unübersehbar vor Augen führten. Superfrauen mit Klasse und Pep, da kam sie, Tomma Wilken, nicht mit. Sicher hatte Lotte Janning ganz nebenbei auch noch eine mindestens achtköpfige Familie zu versorgen, denn jetzt hängte sie jede Menge Kinderwäsche auf: einen Schlafanzug, winzige Schlüpfer, Minijeans. Immer noch mehr davon kam aus ihrem Plastikkorb ans Licht.

»Herr Kuhlmann?«, wiederholte sie gedehnt. »Ja, der wohnt

bei mir. Der ist aber, glaube ich, nicht da. Jedenfalls ist er heute nicht zum Frühstück erschienen.«

Sie bückte sich wieder und klammerte etwas an der Leine fest, was wie Unterhemd und Unterhose in einem Stück aussah. Aber in winziger Größe. Dabei plauderte sie weiter, langsam taute sie nun anscheinend doch auf.

»So, jetzt noch die Bodys, dann bin ich fertig. Bei mir gibt's kein Büfett, wissen Sie, wie sonst überall, ich serviere noch persönlich in unserer Glasveranda, ganz so wie früher. Da weiß man genau, wer da ist und wer nicht.«

Sven Kuhlmann war also ausgeflogen.

»Kommt es öfter vor, dass ein Gast das Frühstück ausfallen lässt?«

Lotte Janning sah Tomma mit ihren leuchtend hellblauen Augen, die an einen Husky erinnerten, scharf an. »Das ist nichts Besonderes. Manchmal frühstücken die Gäste außer Haus. Cafés gibt's ja genug hier, nicht nur den ›Pudding‹. Ich versteh's nicht, schließlich haben sie bei mir bezahlt, aber der Herr Kuhlmann ...« Sie stockte.

»Ja?«, gab Tomma die aufmerksame Zuhörerin.

»Bisher ist er immer zum Frühstück gekommen. Das hat er mitgenommen als Freiberufler, so dicke haben die's ja nicht. Er ist Fotograf, also ein halber Künstler.«

Sie schien richtig stolz darauf zu sein, dass sie einen so bedeutenden Menschen beherbergen und morgens mit Kaffee und Brötchen bedienen durfte. Künstler, auch wenn es nur halbe waren, standen offenbar immer noch hoch im Kurs.

»Wie lange wohnt er schon bei Ihnen?«, wollte Kalinksi wissen.

Die Antwort kam so prompt, als hätte die Wirtin nur darauf gewartet. »Seit Anfang Juli. Seit zwölf Tagen, genauer gesagt. Der arbeitet hier auf der Insel, als Fotograf, wie schon gesagt. Nach dem Frühstück geht er immer mit seiner Kamera los, auf Motivsuche, sagt er. Für einen Kalender. Also wird er jetzt auch irgendwo am Strand oder in den Dünen sein – das nehme ich jedenfalls an.«

»Haben Sie mitbekommen, was heute Nacht beziehungsweise am frühen Morgen passiert ist?«, fragte Kalinski und ergänzte ungeduldig: »Können wir uns nicht mal kurz setzen? Wir müssen einen Sachverhalt klären.« Das betriebsame Gehabe der Frau schien ihn nervös zu machen.

Diesmal traf der eisblaue Husky-Blick ihn. »Wie Sie sehen, habe ich zu tun, und die Arbeit macht sich nicht von selbst«, entgegnete sie tadelnd. »Morgen früh kommen neue Gäste. Die Betten müssen frisch bezogen werden, alle Zimmer fertig sein.«

Was das mit der Kinderwäsche zu tun hatte, erschloss sich weder Tomma noch Kalinski, aber sie hakten nicht nach, denn Lotte Janning zeigte nun doch gnädig auf ein paar Gartenstühle an der Hauswand, auf die sie sich setzen konnten.

»Also, heute Nacht«, nahm sie von ganz allein den Faden wieder auf, nachdem sie Platz genommen hatten. »Da ist der Junge von drüben verschwunden, das habe ich gehört. Edo Janssen war vorhin kurz hier. Traurige Geschichte. Aber weshalb kommen Sie zu mir? Was habe ich damit zu tun?«

»Weil, wie Sie doch sicher auch schon wissen, die Mutter des Kindes bei Herrn Kuhlmann war, als das Kind verschwand, also hier bei Ihnen im Haus. Wo liegt denn sein Zimmer?«

»Da drüben. Das mit dem schmalen Fenster. Ist ja nur ein Einzelzimmer.«

Und geht nach Norden raus, dachte Tomma. Wer als Single reist, ist immer angeschmiert. Davon konnte sie selbst ein Lied singen.

Sie stand auf und ging zu dem Fenster hinüber. Ein paar Büsche standen davor, so hoch, dass man von hier aus den gegenüberliegenden Gebäudekomplex zwar sehen, von den Zimmern im Erdgeschoss jedoch kaum etwas erkennen konnte. Das Fenster, hinter dem das Kind geschlafen hatte, lag außerdem noch im spitzen Winkel dazu. Es war so gut wie unmöglich festzustellen, ob sich dort jemand am Fenster zu schaffen machte. Also war das Kind vollkommen schutzlos gewesen. Außer Sichtweite der Mutter, das Zimmer unverschlossen, das Fenster geöffnet.

Ein kaum dreijähriges Kind sich selbst überlassen! Tomma

fühlte Wut in sich aufsteigen. Kinder wachten auch mal auf in der Nacht, das wusste doch jeder, dazu musste man keine Mutter sein. Wie sollten sie sich orientieren, wenn der Ort ihnen fremd war? Leo könnte nach der Mutter gerufen, könnte geweint haben, aber niemand hätte ihn gehört. Weil Nicole Sander sich hier mit ihrem Lover vergnügt hatte. Weil sie nur ihr eigenes Vergnügen im Kopf hatte. Und die anderen Gäste? Die in den Zimmern nebenan? Viele waren schon älter, schwerhörig vielleicht …

»Können Sie Herrn Kuhlmann beschreiben?«, hörte Tomma ihren Kollegen fragen und horchte auf. »Damit wir ihn erkennen, falls er uns auf der Insel über den Weg läuft.«

»Er ist groß«, sagte Lotte Janning, und das Leuchten in ihren Augen verriet, dass dieser Fotograf ihr Typ war. »Groß und schlank. Ziemlich dunkel. Allerdings mit Glatze, aber nicht aus Mangel an Haaren, sein Kopf ist rasiert. Und er hat immer seine Fotoausrüstung dabei in so einer großen Schultertasche.«

Tomma reichte der Frau ihre Karte. »Wir müssen unbedingt mit Herrn Kuhlmann sprechen, bitte richten Sie ihm das aus, wenn er zurückkommt. Er möchte sich umgehend bei uns oder auch bei Herrn Janssen melden. Und dann noch eine Frage an Sie, Frau Janning: Haben Sie heute Nacht irgendetwas Auffälliges gehört oder beobachtet?«

Die Pensionswirtin schüttelte den Kopf. »Nichts. Ich habe fest geschlafen. Bin ja heilfroh, dass meine eigenen Kinder inzwischen so weit sind, dass sie in der Nacht Ruhe geben. Die müssen in der Schule ausgeschlafen sein.«

»Und im Haus, hat da auch keiner etwas gehört? Das wäre doch sicher beim Frühstück zur Sprache gekommen, das hätten Sie bestimmt mitgekriegt.«

»Nein, keiner hat was gehört. Bei uns geht's ganz persönlich zu, beim Frühstück wechsele ich mit jedem einzelnen Gast wenigstens ein paar Worte. Aber heute früh wusste noch niemand etwas davon.«

»Inzwischen schon?«

»Na klar! Ist doch unüberhörbar. Der Lautsprecherwagen ist schon ein paarmal bei uns vorbeigefahren. Die ganze Insel steht kopf. Und da drüben laufen auch genug von Ihren Leuten rum.«

Tatsächlich zeigten sich beim Haus Meeresfrieden zwei Uniformierte, gingen in die Hocke und kratzten im Sand herum. Was sie miteinander sprachen, war aus der Entfernung nicht zu verstehen.

In diesem Augenblick wurde die Hintertür der Pension Seestern aufgeschoben, und ein Kind steckte seinen blonden Schopf heraus. Es war zwischen zwei und drei Jahre alt, schätzte Tomma. Sofort verschwand der kleine Kopf wieder.

»Ist das Ihr Junge?«, fragte Kalinski.

»Ein Mädchen. Und bei uns in Pflege.« Lotte Janning gab sich wieder wortkarg.

»Sie sind neben all der Arbeit hier auch noch Pflegemutter?« Tomma wollte es kaum glauben. Eine Pension mit anspruchsvollen Gästen führen und nebenbei die eigene Familie sowie fremde Kinder versorgen, wer tat sich denn das alles an?

»Ja. Warum nicht?«

Die Frau war ja sagenhaft tüchtig! Kaum zu glauben. In Gedanken notierte Tomma »Jugendamt« und »Janning«. Nachfragen konnte nicht schaden. Sie wusste immer gern, mit wem sie es zu tun hatte.

***

Sie war hundemüde, und der Schmerz zwischen den Schulterblättern kündigte sich auch schon wieder an.

»Geht's dir nicht gut?«, erkundigte sich Kalinski.

»Bin verspannt«, murmelte sie unwirsch. »Der Rücken.«

Jammern und gar noch ins Detail gehen, das kam für sie überhaupt nicht in Frage.

Kalinski musterte sie prüfend. »Machen wir mal Pause«, entschied er. »Wir können jetzt beide einen Kaffee vertragen.«

Am Pinnbrett, das sie auf dem Weg zum Speisesaal passierten, bot ein weiblicher »Laufcoach« in figurbetontem lila Dress Kurse auf der Insel an: »Bewegung ist der Schlüssel zum Wohlbefinden!«, und an der Tür des Speisesaals klebte das

Plakat mit dem lachenden Kindergesicht. Drinnen hatte man das Büfett für den Nachmittagskaffee gerichtet und die Tische weiß eingedeckt. Bleche mit Streuselkuchen standen bereit. Wie bei einer Beerdigung, dachte Tomma, verdrängte diese Assoziation jedoch sofort wieder.

Positiv denken, was sonst, alles andere führte zu nichts.

Aus einer überdimensionalen Warmhaltekanne, die ein ganzes Bataillon hätte versorgen können, pumpte sie Kaffee in zwei große Henkelbecher, hierzulande »Pötte« genannt, und ging zu Kalinski hinüber, der an einem Tisch am Fenster Platz genommen hatte. Den Streuselkuchen verkniff sie sich. Sich aus lauter Frust überflüssige Kalorien zuführen, musste nicht sein. Es fiel ihr schon schwer genug, am Abend, wenn sie allein in ihrer Wilhelmshavener Wohnung saß, stark zu bleiben und den süßen Kalorienbomben zu widerstehen.

»Wo bleibt mein Kuchen?«, fragte Kalinski grinsend.

»Den hol dir man selber.«

Tomma blickte sich um. Die Gesangstruppe der Frauenhilfe aus dem Bergischen saß am Nachbartisch, einer langen Tafel. Ihre Stimmen waren nicht zu überhören, auch wenn sie diesmal nicht sangen.

»Guckt mal, ich glaub, die Kripo ist da«, sagte eine Frau mit blau schimmernder Dauerwelle, woraufhin der Mann neben ihr – der, obwohl schon ergraut, ein flottes rosa Polohemd mit Krokodil trug – sie anstieß und ebenso unüberhörbar entgegnete: »Nicht so laut, Mutti.«

Während Kalinski, mit Genuss seinen Streuselkuchen kauend, vom Büfett zurückkehrte und mit vollem Mund nuschelte: »Da kann man nicht meckern, da sind genug Streusel drauf«, spitzte Tomma weiter die Ohren.

»Ich hab ja geschlafen wie ein Stein. Heute Nacht, meine ich, als es passiert ist. Das arme Kind. Was sie mit dem wohl gemacht haben? Das darf man sich gar nicht ausmalen.« Trotzdem fuhr die Sprecherin mit Behagen fort: »Entführung auf Wangerooge, das muss man sich mal vorstellen! Der Kerl hat sich bestimmt schon vorher an den Jungen herangemacht. Ein Pädophiler, ein Perverser, das kennt man doch alles aus dem Fernsehen.

Die fotografieren die Kinder und stellen die Bilder dann ins Netz oder machen noch viel Schlimmeres wie der damals in Belgien, als ...«

»Nun ist gut, Mutti«, versuchte ihr Mann, sie zu bremsen, was aber nur gelang, weil die Frau ihnen gegenüber am Tisch, eine schmale, verhuscht wirkende Person, mit feinem Stimmchen einwarf: »Habt ihr denn alle nichts gehört? Heute Nacht, meine ich?«

»Nö!«, rief die Wortführerin, anscheinend der Leithammel der Gruppe.

»Ich aber.« Das war wieder das zarte, nun aber deutlich entschiedene Stimmchen.

»Du?« Die grauen Häupter wandten sich ihr zu; Tomma musste an sich halten, um sich nicht auch umzudrehen und die Frau anzustarren, die zwar einen flachen Schlaf, dafür aber ein sehr feines Gehör haben musste.

»Ich war auf der Toilette, und dann konnte ich nicht mehr einschlafen. Sie wissen sicher, wie das ist – man liegt und kommt ins Grübeln, und da wollte ich mich ablenken, bin ans Fenster und hab rausgeguckt. Es war noch dunkel. Da hab ich gehört, wie sie schrie. Die Frau, meine ich, die Mutter von dem Kind.«

»Und was hat sie geschrien?«, wollten gleich mehrere auf einmal wissen.

»›Er ist weg! Er ist weg!‹, hat sie geschrien. Dann aber, und das war ganz komisch: ›Der hat ihn geholt!‹«

Jetzt redeten alle in der Runde aufgeregt durcheinander.

»Er? Wen meinte sie denn damit?«

»Wo kam die überhaupt her, mitten in der Nacht?«

»Und was hast du dann gemacht?«

»Na ja, wer weiß, was dahintersteckt. So sah die Frau ja ganz normal aus. Aber wie die mit ihrem Kind umgesprungen ist ... Die hat nicht lange gefackelt.«

»Woher willst du das denn wissen?«

»Man hat doch Augen im Kopf«, stellte wieder das Stimmchen fest. »Ich hab's ebenfalls bemerkt. Hier beim Essen und auch am Strand. Mein Korb steht doch nicht weit weg von denen.«

Tomma stand auf und ging zum Nebentisch hinüber. »Guten Tag, die Damen, der Herr. Mein Name ist Wilken, Kriminalpolizei Wilhelmshaven. Sie haben ganz richtig vermutet, mein Kollege und ich ermitteln im Fall des verschwundenen Jungen. Wie ich höre, sind Sie Zeugen des Vorfalls, daher müssen wir uns mit Ihnen allen unterhalten. Einzeln.«

Sämtliche Gesichter wandten sich ihr zu. Die alten Herrschaften sahen erschrocken aus. Der Mann legte das Stück Streuselkuchen, das er gerade zum Mund führen wollte, auf den Teller zurück. Seine Frau setzte die Kaffeetasse, aus der sie gerade einen Schluck nehmen wollte, so abrupt ab, dass es klirrte. Von Sensationslust war nichts mehr zu spüren. Es wurde ernst.

»Wir fangen am besten gleich damit an.« Zuerst mussten sie aber noch ihre Zimmer beziehen, Regina Krone wartete sicher schon auf sie. Zu regeln war auch noch, wo die Gäste befragt werden konnten. Hier im Haus wäre es einfacher als auf der Polizeistation, die ansonsten als Kommunikationszentrum mit allen technischen Möglichkeiten zur Verfügung stehen würde. Tomma sah auf die Uhr und entschied: »Halten Sie sich bitte ab siebzehn Uhr zu unserer Verfügung.«

Das war hinreichend professionell formuliert und machte Eindruck. Tomma war ausnahmsweise mit sich zufrieden.

***

Eigentlich seien sie jetzt, zur Hauptsaison, »voll belegt bis unters Dach«, so die Hausleiterin. Sie könne ihnen jedoch zwei einfache Zimmer zur Verfügung stellen, die sonst dem Personal vorbehalten waren. Bad und Toilette auf dem Flur.

Sie lagen ganz oben im dritten Stock, zum Glück gab es aber einen Fahrstuhl, der sich altersschwach rumpelnd von Etage zu Etage quälte.

Auf dem Flur dieser letzten Etage schienen alle ausrangierten Dekorationselemente des Hauses gelandet zu sein. Gerahmte Sinnsprüche, fromme Bastelarbeiten und jede Menge Trockensträuße säumten den Weg der beiden Kommissare zu ihrem Quartier.

Stickig war es hier oben, und es roch verstaubt.

Als Erstes öffnete Tomma das kleine Fenster und lehnte sich hinaus. Das Meer lag vor ihr, Sonnenlicht glänzte auf der dunkelgrünen Wasserfläche. Sie atmete tief durch.

Drei, vier hohe Containerschiffe zogen vorbei. Die Schifffahrtsstraße Richtung Wilhelmshaven, in die Jademündung hinein, schien zum Greifen nahe.

»Manchmal sieht man sogar Helgoland von hier oben«, sagte Regina Krone. »Die roten Felsen.« Es klang stolz. »Das alles haben wir zu bieten«, schien sie sagen zu wollen und vergaß dabei, dass sie keine Urlauber umwarb, sondern die Polizei, die hier ihren Dienst tun musste. Ganz egal, ob ihnen die Lange Anna in der Ferne erscheinen würde oder nicht.

Das Zimmer war spartanisch eingerichtet. Ein Einzelbett, ein Schreibtisch mit einfachem Holzstuhl, eine Art Spind. Über der Tür ein schlichtes hölzernes Kreuz, auf einem Hocker in der Ecke ein kleiner Fernsehapparat. Nur ein einziges Bild hing an der Wand: ein Stich von Wangerooge. Der alte Westturm am Horizont, davor das Wattenmeer, eine Sandbank und zwei verloren wirkende menschliche Gestalten.

»Wir würden hier auch gern die Vernehmungen durchführen«, informierte Tomma die Hausleiterin, als Kalinski von nebenan zurück und wieder an ihrer Seite war. Sie bat um zwei zusätzliche Stühle, holte ihr Schreibzeug und das Aufnahmegerät hervor und klappte ihren Laptop auf. Sie konnten anfangen.

***

»›Der hat ihn geholt‹«, wiederholte die zarte Marianne Ziegler aus Mettmann noch einmal ausdrücklich für das Aufnahmegerät. »Ja, das hat sie gerufen. Ich habe das nicht geträumt, ich war hellwach, weil ich nicht schlafen konnte. Die Frau ist schreiend weggelaufen, rüber in die Pension nebenan.« Sie schwieg.

»Und dann? Das war doch sicher nicht alles?«, hakte Tomma nach.

»Nein. Sie kam mit einem Mann zurück. Das war wohl ihr … war das ihr Bekannter?«

»Kann man so sagen«, murmelte Tomma. Ihre Mutter hatte dieses uralte Hüllwort, das wohl aus den fünfziger oder sechziger Jahren des vorigen Jahrhunderts stammte, ebenfalls noch benutzt. Wen man besonders gut, soll heißen: intim, kennengelernt hatte, der wurde zum »Bekannten«, verklemmt, wie man damals war. Bloß nicht die Dinge oder die Menschen beim Namen nennen.

»Also ihr Lover«, schob Marianne Ziegler überraschenderweise nach und nickte. Von gestern war die Dame also nicht, und sie setzte sogar noch einen drauf: »Ob das ein One-Night-Stand war, weiß ich allerdings nicht.«

Schau an, die Frauenhilfe Mettmann, dachte Tomma. Danke für dieses klare Wort!

»Was ist dann passiert?«, schaltete sich Kalinski ein. »Als die beiden gemeinsam wieder auftauchten, meine ich.«

»Ich habe runtergerufen – mein Zimmer liegt ja genau darüber –, ob ich helfen kann, aber die Frau hat raufgerufen, vielen Dank, wir kriegen das schon allein hin, und sie wüssten jetzt, was los ist. Dann waren die beiden verschwunden. Wohin, weiß ich nicht. Es war ja auch noch dunkel.«

»Was haben Sie gemacht?«

»Ich bin wieder zurück ins Bett gegangen. Konnte danach aber natürlich erst recht nicht mehr einschlafen. Bei der Aufregung! Heute Morgen waren beide, also die Mutter und der Junge, beim Frühstück nicht da, aber ich dachte, sie sind einfach spät dran und frühstücken vielleicht mit den Langschläfern. Die Frau hat ja gesagt, es wäre alles in Ordnung.«

»Wann haben Sie erfahren, dass das Kind vermisst wird?«

»Erst als ich zum Mittagessen vom Strand zurückkam, da klebten überall im Haus diese Plakate, an der Tür vom Speisesaal und in den Gängen ... Entschuldigen Sie, könnte ich wohl einen Schluck Wasser haben?«

Die Sache schien Marianne Ziegler doch stärker mitzunehmen, als es zunächst den Anschein gehabt hatte. Dankbar griff sie nach dem Glas, das Kalinski ihr reichte, und nahm einen kräftigen Schluck.

»Vielen Dank. Man soll im Alter ja viel trinken«, sagte

sie verlegen, und als Tomma ihr ein ermunterndes Lächeln schenkte, fuhr sie fort: »Draußen auf der Promenade hatte ich vorher schon einen Lautsprecher gehört, der war aber kaum zu verstehen, und ich hatte mir auch nicht viel dabei gedacht. Das waren nur so Wortfetzen, wissen Sie. Ich konnte mir keinen Reim drauf machen.«

Das können wir alle noch nicht, dachte Tomma. Aber das wird sich ändern. Das muss sich ändern!

»Vielen Dank, Frau Ziegler«, sagte sie und schob angesichts der ratlosen Miene der Zeugin, die jetzt, nachdem sie gesagt hatte, was sie wusste, wie zusammengefallen wirkte, nach: »Sie haben uns sehr geholfen.«

Nach ihr vernahmen sie noch eine ganze Reihe weiterer Zeugen, doch Marianne Ziegler blieb für heute die Einzige, die von dem nächtlichen Geschehen etwas Konkretes mitbekommen hatte. Zwei Gäste hatten in der Nacht zwar irgendwelche undefinierbaren Geräusche gehört, waren aber weder aufgestanden, um nachzuschauen, noch konnten sie eine genaue Zeitangabe machen.

Die Vernehmung der Hausgäste und der Angestellten war in einigen Stunden unmöglich zu schaffen, sie würde auch noch am nächsten Tag Zeit in Anspruch nehmen. Aus der Gesamtheit der Aussagen hoffte Tomma, einige hilfreiche Schlussfolgerungen ziehen zu können. Es musste zum Beispiel geklärt werden, auf welche Weise der Entführer – immer vorausgesetzt, es gab ihn tatsächlich – ins Haus gelangt war. Das erwies sich bisher als schwierig. Vermutlich würde die Auswertung der Spuren im Zimmer einigen Aufschluss darüber geben, ob der Täter das Fenster oder die Tür benutzt hatte, doch bis entsprechende Ergebnisse vorlagen, war es an Tomma und Kalinski, die genaueren Umstände zu klären. Fakt war, dass die Kollegen die Zimmertür offen vorgefunden hatten. Die Mutter hatte den Jungen nicht im Zimmer eingeschlossen. Blieb festzustellen, ob die Eingangstür des Hauses verschlossen gewesen war oder nicht. Wer ins Haus gelangt war, hätte sich leicht des Kindes bemächtigen können.

»Natürlich war unsere Eingangstür verschlossen«, behauptete

Regina Krone auf Tommas Nachfrage. Für die Hausleiterin gab es an diesem Umstand keinerlei Zweifel, sie ließ sich auf keine Diskussion ein. Laut Hausordnung, für jeden Gast sichtbar an der Pforte ausgehängt, sei die Tür ab zwanzig Uhr verschlossen zu halten. Dass sie das auch gestern Abend und folglich ebenso des Nachts gewesen war, davon hatte sich Regina Krone gegen zwanzig Uhr dreißig persönlich überzeugt. So wie sie das an jedem Abend tat.

»Und darum schließt sie messerscharf, dass nicht sein kann, was nicht sein darf«, zitierte Kalinski die geflügelten Worte Christian Morgensterns, als diese Zeugin wieder entlassen war.

»Verstehe«, murmelte Tomma.

Doch es gab unter den Gästen und Mitarbeitern auch andere Stimmen. Nein, die Tür sei offen gewesen, wurde von einem sportlich wirkenden älteren Herrn behauptet, der erst um Mitternacht zurück ins Haus gekommen war. Wo er so lange gewesen sei? Er habe einen Strandspaziergang gemacht.

»Sternschnuppen, der Schwarm des Perseus«, klärte er die Polizisten auf. »Das fängt gerade an, der Höhepunkt ist im August. Natürlich lasse ich mir das nicht entgehen. Bei diesem wunderbaren Wetter, sternklarer Himmel, traumhaft!«

Traumhaftes Wetter? Komisch. In Wilhelmshaven hatte Tomma davon nichts gemerkt. Dort war der Himmel eindeutig bedeckt gewesen, als sie gestern Abend auf ihrem kleinen Balkon gestanden hatte, um vor dem Schlafengehen noch einmal etwas Luft zu schnappen; zum Joggen hatte an diesem Tag die Zeit nicht gereicht. Aber das Wetter war auf den Inseln tatsächlich oft ganz anders als auf dem Festland, was zu ihrem Charme beitrug. Angeblich. Wenn man den Werbefuzzis aus der Tourismusbranche Glauben schenkte. Dennoch, hatte es nicht irgendwann gestern Nacht auf der Insel Regen gegeben? Sie sah wieder die verwischten Fußspuren im Sand und hörte die junge Polizistin sagen: »Es hat heute früh geregnet, viel ist nicht mehr da.« Heute früh. Das hieß nicht »um Mitternacht«. Man würde den Wetterdienst befragen müssen, Kalinski machte sich schon eine Notiz.

»Als Sie gegen Mitternacht nach Hause kamen, war die Tür

also offen«, wiederholte Tomma und sah dem rüstigen Sterngucker ins Gesicht. Er trug einen kräftigen grauen Dreitagebart, wirkte ganz und gar gestählt und strahlte Begeisterung aus. Ob er sich wohl bei jeder Sternschnuppe etwas wünschte? Da käme er demnächst, wenn der Perseus erst richtig schwärmte, aus dem Wünschen überhaupt nicht mehr heraus. Sie seufzte unmerklich. Fast unmerklich, denn Kalinski blickte sie verwundert an.

Wenn einer jener kosmischen Brocken jetzt da draußen über dem Meer mit den Containerschiffen und dem unsichtbaren roten Felsen hinterm Horizont seine Bahn ziehen würde, wüsste sie, was sie sich wünschen würde: dass sie diesen Fall lösten. Schnell. Und mit glücklichem Ausgang.

Aber sie durfte nicht abdriften. »Haben Sie die Tür danach zugeschlossen?«

»Selbstverständlich! Sonst könnte doch jeder ins Haus. Da ist man ja seines Lebens nicht sicher.«

Zwei andere Gäste, ein junges Pärchen, stellten die Sache jedoch noch einmal anders dar. Sie hatten sich sogar noch länger als der Sterngucker, nämlich bis Viertel vor eins, draußen am Strand aufgehalten. Die laue Nacht, ein lauschiger Strandkorb, eine Flasche Rotwein und dann zu zweit allein … Echt romantisch.

Während die junge Frau davon erzählte, kuschelte sie sich an ihren Freund, soweit die beiden steiflehnigen Stühle vor dem Behelfsschreibtisch es zuließen, und schaute ihn mit großen, leuchtenden Augen an. Tomma verdrängte den Ausdruck »kuhäugig«, der sich ihr aufdrängte, und kam zur Sache. »Als Sie zurückkamen, mussten Sie die Haustür aufschließen?«

»Nein, die war offen«, sagten beide übereinstimmend. »Wir haben uns noch gewundert. Und hinter uns zugeschlossen.«

Ein paar andere Gäste wiederum, die in einer kleinen Gruppe ausgeschwärmt waren, um eine nächtliche Nordic-Walking-Tour am Strand zu absolvieren, behaupteten steif und fest, sie hätten die Tür um kurz vor dreiundzwanzig Uhr verschlossen vorgefunden, wie sich das gehörte.

»Also wie jetzt?«, fragte Kalinski ratlos, als sämtliche Befragten das Zimmer wieder verlassen hatten.

»Nimm zehn Zeugen, und du kriegst zehn verschiedene Aussagen«, murrte Tomma. »Das bringt doch nichts. Niemand will der Buhmann gewesen sein, der vergessen hat, die Tür abzuschließen. Und überhaupt führt es uns nicht weiter. Ein Entführer könnte, muss aber nicht von der offenen Haustür profitiert haben. Er kann ganz unabhängig davon seine Tat geplant haben. Möglicherweise hatte er sogar selbst einen Schlüssel. Entweder rechtmäßig, weil er hier im Haus wohnt, als Gast oder Mitarbeiter, oder er hat sich auf irgendeine Weise einen Nachschlüssel besorgt. Ist zwar ein Sicherheitsschlüssel, aber auch da gibt's Mittel und Wege, wie wir leider wissen.«

»Das Fenster nicht zu vergessen«, ergänzte Kalinski seufzend. »Das stand doch offen, womöglich die ganze Nacht über.«

Tomma griff zum Telefon. »Wir müssen unbedingt mit der Mutter reden. Ich ruf mal die Hausleiterin an, ob die Frau inzwischen vernehmungsfähig ist. Und dann kümmern wir uns um diesen … Bekannten. Sven Kuhlmann. Versuch doch schon mal rauszukriegen, in welcher Beziehung die beiden zueinander stehen. Kannten die sich schon lange? Also schon vor diesem Urlaub? Harmsen könnte inzwischen Genaueres wissen.«

»One-Night-Stand oder nicht?«, fragte Kalinski sehr ernsthaft.

»Genau das«, gab Tomma zurück. Dann mussten beide grinsen, obwohl ihnen eigentlich nicht danach zumute war. »Und noch eins, Stichwort ›Gast im Haus‹: Das gesamte Haus Meeresfrieden muss durchsucht werden, und zwar möglichst sofort. Es besteht die Möglichkeit, dass der Täter sich das Kind in der Nacht gegriffen und es hier irgendwo versteckt hat. Das müssen wir ausschließen.«

»Gegriffen, sagst du.« Kalinski kratzte sich nachdenklich am Kinn. »Es ist doch auch möglich, dass das Kind aufgewacht und auf der Suche nach seiner Mutter weggelaufen ist, wohin auch immer, und dass es dabei jemandem in die Arme gelaufen ist, der das ausgenutzt hat.«

Das Haus genau unter die Lupe zu nehmen, würde bei diesem geradezu labyrinthischen Gebäude gar nicht so einfach werden.

»Ist ein Durchsuchungsbeschluss nötig?«

Tomma schüttelte den Kopf. »Gefahr im Verzug. Außerdem wird Frau Krone uns ihre Zustimmung nicht verweigern.«

»Aber kann sie auch für alle Gäste sprechen? Die könnten das doch als Eingriff in ihre Privatsphäre auffassen.«

»Gefahr im Verzug«, wiederholte Tomma unbeirrt. »Es geht um das Leben eines Kindes. Wer das nicht begreift ...« Sie ließ den Satz offen, weil ihr Mobiltelefon klingelte.

Es war Kollege Harmsen aus Wilhelmshaven, der einen kurzen Lagebericht durchgab. Die Kontrollen auf den Inseln Wangerooge und Langeoog sowie auf dem Festland waren bisher alle ohne Ergebnis verlaufen. Dafür waren inzwischen erste Hinweise aus der Bevölkerung eingegangen, dass das Kind gesehen worden sei.

»Gesehen? Wo denn?« Tomma war wie elektrisiert. Kalinski starrte sie an.

Harmsen räusperte sich. »Na ja, sehr zielführend war das bisher nicht. Mallorca, Usedom, Cottbus. Überall soll der Junge aufgetaucht sein. Wie soll man da wohl von Wangerooge aus in ein paar Stunden hinkommen? Den Flugbetrieb hat Janssen ja abgecheckt – Fehlanzeige. Trotzdem glauben die Leute anscheinend, kleine blonde Jungs ohne Begleitung der Mutter melden zu müssen, egal, wo sie sind. Und das ist erst der Anfang. Da kommt noch einiges auf uns zu.«

»Die Leute sind aufmerksam, die sind sensibilisiert worden durch die Medien, das ist doch schon mal gut«, hielt Tomma dagegen, doch sie merkte selbst, wie lahm das klang.

Dann gab Harmsen ihnen noch ein paar Daten zu Nicole Sander durch: ledig und alleinerziehend, wohnhaft in Oldenburg, und zwar in einem Viertel nahe dem Zentrum, das weder ein sozialer Brennpunkt war noch die Gegend, wo die gut situierten Mittelschichtfamilien in ihren Eigenheimen mit doppeltem Carport wohnten. Hier gab es mehrstöckige solide Häuser mit Eigentumswohnungen, die teilweise vermietet waren. Zum Beispiel an Nicole Sander mit Kind. Oft zahlte das Sozialamt die Miete.

»Über die Mutter sollten wir noch mehr in Erfahrung bringen«, sagte Tomma. »Bitte bleibt dran. Wovon lebt sie? Und welche Rolle spielt der Kindsvater? Wisst ihr eigentlich schon, wer das ist?«

Nicole Sander sei ohne abgeschlossene Berufsausbildung und arbeite stundenweise in einem Supermarkt, erklärte Harmsen.

Wie konnte sie sich dann diesen teuren Inselurlaub leisten?

Über den Kindsvater sei noch nichts bekannt. Die Anfrage beim Oldenburger Jugendamt lief, doch wegen irgendeines computertechnischen Problems war noch keine Information bei der SOKO eingegangen. Möglicherweise hatte Leos Mutter die Frage nach dem Vater ihres Sohnes auch mit »unbekannt« beantwortet. Dann konnte nur sie selbst Auskunft über seine Identität geben. Wenn sie denn wollte.

»Ruf uns sofort an, wenn es neue Erkenntnisse über die Familienverhältnisse gibt, ja?«

Tomma wusste, dass an Verbrechen, die an Kindern begangen wurden, häufig die Eltern oder nahe Familienmitglieder beteiligt waren. Es gab zudem immer wieder Fälle, in denen überforderte Mütter ihr Kind als vermisst meldeten, obwohl in Wirklichkeit etwas ganz anderes dahintersteckte. Nicht auszuschließen, dass es auch in diesem Fall so war.

ZWEI

Der Hund stand ganz still. Nur die Nase zuckte, als der Beamte ihm die kleine blaue Pyjamahose hinhielt und ihn daran schnuppern ließ. Mit der Nase tief über dem Boden begann der Hund zu ziehen. Die Leine straffte sich, er zog und zog, zog den Hundeführer an der Leine aus dem Hof des Hauses Meeresfrieden hinaus auf die dunkelrot gepflasterte Straße.

»Guter Hund«, lobte Polizeioberwachtmeister Schröder, der mit Henry, einem Labradorrüden, und seinem Kollegen Vedder vor einer Viertelstunde aus Hannover eingeflogen worden war. »Guter Hund. Such, Henry, such!«

Der Hund lief in Richtung Süden, wo Wattenmeer und Festland lagen, doch er nahm Nebenstraßen, Schleichwege fast. Hier gab es keinen Souvenirladen, kein Imbissgeschäft mehr, wo sich Urlauber drängten, nur kleinere Wohnhäuser hinter Hecken. Kaum jemand war auf den schmalen Straßen unterwegs. Alles war ruhig, nur das angestrengte Hecheln des Mantrailers war zu hören. Er hielt die Nase meist dicht über dem Boden, hob ab und zu den Kopf, drehte ihn hin und her, schnupperte Luft, senkte die Nase wieder. Das Pflaster war frei von irgendwelchen Spuren, die man mit dem bloßen Auge hätte sehen können. Kein abgerissener Knopf, kein Papierfetzen, kein angebissener Apfel. Wangerooge war eine saubere Insel, hier herrschte Ordnung, hier wurde früh am Morgen, wenn noch alles schlief, gründlich aufgeräumt.

Wo sich zwei Straßen kreuzten, stockte der Hund. Wieder hielt ihm Vedder das blaue Höschen vor die Nase, und wieder nahm der Hund Witterung auf. Vor einem Haus, das sich hinter einem überdimensional hohen Zaun verbarg und von dem nur das Dach mit blauen Ziegeln zu sehen war, blieb er stehen. Eine Weile strich die bebende Nase ziellos über das Pflaster, schnupperte hier, schnupperte dort, ohne sich für eine Richtung zu entscheiden. Dann hielt er die Nase in die Luft, drehte sich im Kreis. Und nahm schließlich mitten auf dem Pflaster Platz.

»Dr. Richard H. Öttinger, Immobilien & Consulting« stand auf einem Messingschild am Gartentor.

»Blaue Dachziegel«, murmelte Schröder und fasste die Leine kürzer. »Ich hätte auf Zahnarzt getippt.«

»Pensioniert«, ergänzte sein Kollege bestätigend und schüttelte den Kopf. Seit wann brauchte man eigentlich einen Doktortitel, wenn man Häuser verkaufen wollte? Der sollte wohl Seriosität vortäuschen. Obwohl man so was heutzutage anscheinend an jeder Ecke kaufen konnte, wie so manche Plagiatsaffäre zeigte.

Vedder klingelte. Nichts rührte sich. Er klingelte noch einmal. Wieder keine Reaktion. Nur zwei Möwen schrien durchdringend über ihren Köpfen, bevor sie elegant auf dem Kaminschornstein landeten, mitten im luxuriösen Blau, das in der Morgensonne glänzte, als wäre gerade ein Regenguss niedergegangen.

»Gut gemacht, Henry. Hier, dein Leckerli.« Schröder kraulte Henry hinter den Ohren und gab ihm einen Hundekeks. Wie auf Kommando begann der Hund mit dem Schwanz auf den Boden zu klopfen. Während Schröder ihn hingebungsvoll weiterkraulte, versuchte sein Kollege, über den Zaun zu blicken, eine massive Angelegenheit aus einem hellen, plastikähnlichen Material, ganz untypisch für die Insel, auf der die Grundstücke vorzugsweise von ökologisch und ästhetisch einwandfreien Hecken umgeben waren. Da hatte sich jemand geradezu abgeschottet.

»So was hat unser Lennart in seinem Playmobilkasten«, murmelte Vedder. Dass dieser Dr. Öttinger in einem Nordseeheilbad die Genehmigung für solch ein Monstrum bekommen hatte … Na ja, manche wussten eben, wie man's macht. Die hatten den Bogen raus. Er wandte sich an Schröder. »Du bist größer als ich. Kannst du was sehen?«

Schröder drückte Vedder die Hundeleine in die Hand, stellte sich auf die Zehenspitzen und versuchte, einen Blick über die ominöse graue Mauer zu werfen. »Da ist niemand«, sagte er schließlich. »Kein Mensch zu sehen. Aber …«

»Aber?«

»Komische Leute sind das.«

»Warum?«

»Die wollen wohl was Besseres sein. Also, die haben da einen ganz normalen Teich mit zwei Strandkörben, aber der ganze Garten ist vollgestopft mit Kunst.«

»Mit Kunst?«

»Na, mit so Zeugs wie … so Figuren eben, die gibt's doch überall, beim Baumarkt und so. Oder auf dem Polenmarkt. Letztes Jahr, als Anita und ich diese Kur in Kolberg gemacht haben, da gab's Götter aus Marmor, auch nackte Frauen, die konntest du überall am Straßenrand kaufen.«

»Marmor? Das glaubst du doch selber nicht. Gips, sag ich dir, nix als Gips.«

Dass Schröder zur Kur an die polnische Ostseeküste fuhr, wunderte Vedder überhaupt nicht. Dort war es eben entschieden preiswerter als auf deutscher Seite, zumal auf einer Ost- oder Nordseeinsel. Aber der Gedanke passte jetzt nicht hierher. »Wo ist das Kind, verdammt noch mal? Henry hat doch eindeutig …« Er brach ab, machte die Hundeleine an einem Laternenpfahl vorm Haus fest, trat dicht an den Zaun heran und verschränkte die Hände zum Steigbügel. »Räuberleiter«, sagte er mit einem Kopfnicken nach oben.

Schröder gehorchte. Henry beobachtete aufmerksam, wie sein Herrchen sich über den Zaun schwang und einige Zeit später eine Aluminiumleiter herüberschob, sodass Vedder ebenfalls aufs Grundstück gelangen konnte. Die Leiter hatte in einem Schuppen am anderen Ende des Geländes gestanden, kein Problem.

Sie begannen, den Garten zu durchsuchen. Nichts. Keine Spur von Leo in den Strandkörben, im Teich nur ein paar müde Goldfische, und die Götterfiguren waren allesamt hohl. Gips, sonst nichts. Auch im Gebüsch, das sich am Zaun entlangzog, fand sich nichts Auffälliges. Gerade wollten sie sich der großzügig angelegten Terrasse nähern und durch die Glastüren einen Blick in den Wohnraum werfen, als draußen lautes Gekläff ertönte. Henry spielte verrückt. Und dann rief jemand in voller Lautstärke: »Was machen Sie denn hier?«

Eine rundliche Frau um die vierzig in Jeans und figurbetontem knallroten Top stand vor ihnen, die Hände in die Hüften gestemmt.

Die beiden Beamten wiesen sich aus. »Wir suchen das Kind, das heute auf der Insel verschwunden ist. Und wer sind Sie?«

»Agnieszka Borowska«, sagte die Frau. »Die Herrschaften sind nicht zu Hause. Ich passe auf Haus auf.« Ihr polnischer Akzent war unüberhörbar.

Sie führte die Beamten durchs Haus, das laut Agnieszka Borowska schon seit Wochen unbewohnt war. Henry war vom Laternenpfahl befreit worden und begleitete sie. Jetzt blieb das Tier vollkommen ruhig und gab keinen Laut von sich.

Es gab keinerlei Spuren von irgendwelchen Besuchern, keine Einbruchsspuren an Fenstern oder Türen, nichts. Alle Jalousien waren heruntergelassen, die schweren Polstermöbel mit weißen Laken verhängt. In der Küche kein einziger Wassertropfen in der makellos glänzenden Spüle, im Bad jede Fliese knochentrocken.

»Ich sauge Staub jeden Tag«, sagte Agnieszka Borowska. »Die Herrschaften sind in der Karibik. Für Segeln.«

»Was genau machen die Herrschaften denn beruflich?«, erkundigte sich Vedder. Immobilien und Consulting war ein weiter Begriff.

Die Frau zuckte mit den rundlichen Schultern. »Häuser«, sagte sie. »Und Beratung. Finanzen. Sie verstehen? Und Pani Renata, die berät mit Sternen.« Sie zog das Tuch von einem Gebilde, das auf einem aufgeklappten Sekretär stand. Es war eine große Glaskugel. »Zukunft, Sie verstehen?«

Vedder nickte. Mit Astrologie und solch esoterischem Kram konnte man ihn jagen. Er grinste schwach. »Jetzt könnten wir die Dame gebrauchen. Um uns zu sagen, wo das Kind geblieben ist.«

Agnieszka Borowska blickte ihn verständnislos an. »Kind? Hier kein Kind.«

Auch ohne Durchsuchungsbeschluss erlaubte sie den Beamten, sich im gesamten Haus umzusehen. Der Wohnbereich erwies sich als unauffällig. Ein vielversprechender begehbarer

Kleiderschrank, in dem sich opulente Damengarderobe häufte, war nichts als das: ein Kleiderschrank und kein Versteck. Die Kellerräume wurden ebenfalls inspiziert – ohne Ergebnis. Außer einem Haufen Schiffszubehör, Golfutensilien und einer Unmenge von Akten war nichts zu finden. Weshalb hatte Henry gerade vor diesem Haus haltgemacht?

Sie verließen das Grundstück, diesmal ganz legal durch die Haustür und dann durch die Pforte im Playmobilzaun, die Agnieszka Borowska extra für sie öffnete und nun wieder sorgfältig hinter ihnen absperrte. Sie hörten, wie sich der Schlüssel im Schloss drehte.

»Das war wohl nix«, sagte Schröder zu Henry, und alle drei drehten um und liefen zurück ins Dorf.

Noch einmal hielt Vedder dem Hund das Pyjamahöschen vor die Nase. Man konnte ja nie wissen. Und tatsächlich, sie hatten gerade von der Friedrich-August-Straße aus diesen kleinen Park, den Rosengarten, betreten, da schien Henry die Fährte wieder zu wittern. Er wurde unruhig, zog eindeutig in eine bestimmte Richtung, lief um die Rasenfläche herum, hinaus auf die Bahnhofstraße und am Bahnhofsgebäude vorbei bis zu den Gleisen, wo die Inselbahn bereitstand, um den nächsten Schub Urlauber zum Hafen zu bringen. Zwei uniformierte Polizisten bewachten den Zugang zur Bahn. Hier, zwischen einem Fahrradständer, in dem sich die Räder drängten, und der Bahnsteigkante, nahm Henry Platz und war nicht mehr dazu zu bewegen, weiterzugehen.

»Fein, Henry.« Schröder tätschelte dem Hund die Flanke. Henry bewegte nervös den Kopf hin und her, dann blickte er seinen Herrn und Meister aufmerksam an und wedelte mit dem Schwanz. Als er mit einem Leckerli belohnt wurde, leckte er Schröder die Hand.

Die beiden Beamten öffneten die Tür eines Waggons, um zu dritt einzusteigen. Sie würden Henry diese Bahn durchsuchen lassen und dann auch noch die andere, die bald voller Urlauber vom Hafen kommen würde. Hier ging es im Wechsel immer hin und her.

Ob der Täter mit dem Kind die Inselbahn benutzt hatte?

Obwohl Henry nicht mehr interessiert schien, war es einen Versuch wert.

Eine Dreiviertelstunde später waren Schröder und Vedder mit Henry zum Haus Meeresfrieden, dem Ausgangspunkt der Suche, zurückgekehrt, wo Janssen sie in Empfang nahm. Tomma und Kalinski unterbrachen die Zeugenbefragung, um den Bericht der Hundeführer mit anzuhören. Sie hatten sich auf eine Bank im Hof gesetzt, Henry lag seinem Herrn ruhig zu Füßen, bis Regina Krone kam und ihm eine Schale Wasser brachte. Er sprang auf, schlabberte das Wasser in sich hinein und legte sich wieder hin, den Kopf auf den Pfoten. Tomma kraulte ihn hinter den Ohren, was er genüsslich geschehen ließ.

»In der Bahn hat der Hund überhaupt nicht reagiert«, sagte Schröder. »Entweder ist das Kind also nicht mit der Inselbahn befördert worden, oder es gab zu viele Spuren von zu vielen Menschen, und das hat den Hund verwirrt. In dem Fall könnte der Täter mit dem Kind per Bahn zum Hafen gefahren und entweder im Westen geblieben sein, oder er hat die Fähre zum Festland genommen. Heute früh, als noch nicht kontrolliert wurde.«

»Dann sind wir, was das angeht, also so schlau wie vorher. Und warum hat der Hund bei diesem Consulting-Doktor angehalten?«, wollte Kalinski wissen.

»Die Fährte«, erklärte Vedder, »könnte vor dem Haus verwischt worden sein. Durch den Wolkenbruch am Morgen oder durch den zeitweise heftigen Wind, der die Geruchspartikel in alle Richtungen zerstreut hat. Möglich wäre auch, dass der Täter selbst etwas getan hat, was die Fährte für den Hund unleserlich macht.«

»Ins Auto gestiegen sein kann er nicht, hier gibt's keine Autos«, überlegte Tomma laut. »Bloß Elektrokarren, in denen sitzt man aber genauso abgeschlossen hinter Glas wie in einem Auto. Und wenn der Täter nun ein Fahrrad benutzt hat? Das Kind draufgesetzt und …«

»Das alles macht im Grunde keinen Unterschied. Ob im

Auto oder per Fahrrad, Menschen hinterlassen Spuren. Geruchsspuren, meine ich.«

Der Fahrradständer am Bahnhof. Tomma sah ihn vor sich, überfüllt mit Rädern. Hatte Henry nicht genau dort aufgegeben? War das für ihn tatsächlich das Ende der Fährte?

Auf jeden Fall war seine Mission auf der Insel noch nicht beendet. Am nächsten Morgen würde die Suche nach Leo weitergehen, und Henry würde dabei helfen.

***

Endlich. Dr. Schmitt hatte grünes Licht gegeben, die Mutter des verschwundenen Jungen war nun vernehmungsfähig.

»Aber bitte nur kurz! Das Ganze hat sie sehr mitgenommen. Sie steht noch immer unter Schock.«

Und unter Valium, dachte Tomma. Doch versuchen mussten sie es.

Nicole Sander war inzwischen aus dem Meditationsraum in ein Zimmer mit Meerblick umgezogen. Ihr altes Zimmer im Erdgeschoss war noch nicht wieder freigegeben worden. Als Tomma anklopfte, hörte sie eine schwache Stimme »Herein!« rufen.

Leos Mutter saß am Fenster und blickte aufs Meer hinaus. Sie schien sich etwas gefasst zu haben. Nach der Ankündigung des Arztes und nach dem Eindruck, den sie ein paar Stunden zuvor noch gemacht hatte, hatte Tomma sich ihren Zustand schlimmer vorgestellt. Jetzt schien ihr schulterlanges Haar frisch geföhnt zu sein, und sie hatte sichtbar an ihrem Make-up gearbeitet. Die verschmierte Mascara entfernt, die Wimpern getuscht, den Lidschatten erneuert. Auch ihre Kleidung hatte sie gewechselt. Mit dem weißen Poloshirt, einem bunten Tuch im Ausschnitt und der engen weißen Hose hätte sie auf dem Sprung zum Strandpromenadenbummel sein können.

Den sollte sie aber besser lassen. Der Medienrummel ging gerade richtig los, spätestens morgen würde hier auf Wangerooge auch in dieser Hinsicht der Teufel los sein.

»Geht es Ihnen besser, Frau Sander?«, fragte Tomma vorsichtig.

Die junge Frau nickte stumm.

»Fühlen Sie sich imstande, uns ein paar Fragen zu beantworten?«

Wieder nur ein stummes Nicken.

Tomma setzte sich auf den einzigen freien Stuhl im Zimmer und zog ihr Notizbuch aus der Tasche. Kalinski blieb neben ihr stehen, als würde er an ihrer Seite Wache halten.

»Also, Frau Sander«, begann Tomma, um sich sofort wieder zu unterbrechen: »Du machst mich ganz nervös, Mike, setz dich doch bitte hin.«

Es blieb nur noch das Bett übrig. Mit einem entschuldigenden Lächeln schob sich der Kollege auf die Bettkante. Tomma räusperte sich. »Frau Sander, wann genau haben Sie das Verschwinden Ihres Sohnes bemerkt?«

»Ich weiß nicht genau, wie spät es war. Es war noch dunkel. Aber die Sonne ist dann bald aufgegangen.«

Kalinski griff nach seinem Smartphone und tippte etwas hinein. Tomma schwieg, bis er »Sonnenaufgang vier Uhr vierundfünfzig« verkündete.

»Gut, also noch vorher. Wie lange vorher, wissen Sie aber nicht?«

»Nein. Nicht wirklich.« Nicole Sander knetete ihre Hände in ihrem Schoß.

»Und wo waren Sie in der Nacht?«

»Drüben. Bei meinem …« Sie verstummte. Biss sich auf die Lippen.

»Bei Herrn Kuhlmann?« Tommas Tonfall war schärfer als beabsichtigt. Sie versuchte ja gerade, einen Zugang zu der jungen Frau zu finden, und wollte keinen Widerstand provozieren.

Nicole Sander nickte nur.

»Leo war also allein«, stellte Tomma fest. »Einen Babysitter gab es offenbar nicht. Auch kein Babyfon oder etwas Ähnliches?«

»Ich … nein«, stammelte die Mutter. »Ich dachte doch, es wäre sicher hier. Auf der Insel. Und das Haus Meeresfrieden ist doch so … so …«

»Solide?«

Nicole Sander nickte. Das kostete sie offenbar große Überwindung. »Ja. Und auch die Gäste und so … wer kommt denn da auf so was wie eine Entführung? Ich hab doch außerdem nach Leo geguckt. Immer wieder! Und dann war er einfach nicht mehr da.« Ihre Stimme zitterte.

»Frau Sander, wann haben Sie Ihren Sohn zuletzt gesehen?«

Man konnte zusehen, wie die Frau immer unruhiger wurde. Unablässig fingerte sie an ihrem Armband mit den vielen silbernen Anhängern herum.

»Ich … nach Mitternacht, glaube ich.«

»Sie glauben das? Heißt das, Sie wissen es nicht? Bitte denken Sie nach, das ist sehr wichtig.«

»Ich … ich hab eben nicht immer auf die Uhr geguckt. Wir waren ungefähr jede Stunde einmal drüben, würd ich sagen.«

»So, das würden Sie sagen.« Tomma musterte sie kritisch. »Und wer ist ›wir‹?«

»Sven, ich meine … Herr Kuhlmann und ich. Wir haben uns abgewechselt. Er war also auch mal drüben. Aber alles war in Ordnung! Leo hat immer fest geschlafen.«

»Wann sind Sie denn gestern Abend zu Herrn Kuhlmann rübergegangen, oder anders gefragt: Ab wann haben Sie Leo sich selbst überlassen?«

Dass ihr jetzt die Röte ins Gesicht stieg, war sogar unter der Schminke zu erkennen. »Ins Bett gebracht habe ich ihn um acht. Etwas später als sonst.«

»War er eingeschlafen, als Sie weggingen?«

Sie zögerte nur für den Bruchteil einer Sekunde, ehe sie antwortete, aber dieses Zögern entging Tomma nicht.

»Ja, natürlich«, antwortete Nicole Sander. Es klang fast trotzig, in jedem Fall aber eine Spur zu selbstsicher, als dass Tomma es für bare Münze genommen hätte. Hinter »Eingeschlafen: Acht Uhr« notierte sie ein Fragezeichen.

»Und dann haben Sie von Ihrem Sohn nichts mehr gehört, kein Weinen, kein Rufen? Ach, natürlich nicht, Sie waren ja viel zu weit weg.«

»Aber ich hätte doch sehen können, wenn irgendwas gewesen wäre«, beteuerte Nicole Sander.

»Wie denn?«

»Von Svens Zimmer aus kann man das Fenster sehen, das von unserem Zimmer, meine ich. Und da war alles ruhig. Da hat sich nichts getan. Es ist auch niemand dort gewesen, kein Entführer oder so. Wir haben doch aufgepasst!«

Tomma wollte auffahren, nahm sich aber zusammen und schüttelte nur den Kopf. »Frau Sander, ich weiß nicht, wem Sie hier etwas vormachen wollen. Vielleicht nur sich selbst. Das Fenster des Zimmers, in dem Ihr Junge schlief, ist von Herrn Kuhlmanns Zimmer aus so gut wie gar nicht zu sehen. Davon haben wir uns schon überzeugt. Von der Lage im Haus Seestern mal ganz abgesehen sind da auch noch jede Menge Büsche, die die Sicht versperren.« Sie blätterte in ihrem Notizbuch und atmete tief durch. »Aber lassen wir das mal für den Moment, ich habe noch eine Frage an Sie: Ein Gast im Haus Meeresfrieden hat Sie schreien gehört, als sie Leos Verschwinden entdeckten. Wissen Sie noch, was Sie geschrien haben?«

Nicole Sander blickte Tomma verständnislos an. Ihr Blick schien durch sie hindurchzugehen. »Nein«, flüsterte sie. Alle Selbstsicherheit war verschwunden. Jetzt wirkte sie sehr verletzlich.

»›Der hat ihn geholt‹, sollen Sie gerufen haben«, stellte Tomma nüchtern fest. »›Der hat ihn geholt.‹ Wen meinten Sie damit?«

Immer noch wurden die Anhänger des Armbands befingert, einer nach dem anderen, als wären es die Perlen eines Rosenkranzes. »Sascha«, flüsterte sie nach einer Weile. »Meinen Ex.«

»Ihren Ex? Wie kommen Sie darauf, dass er Leo geholt haben könnte?«

»Er ist Leos Vater. Und er will ihn haben. Als ich merkte, dass er verschwunden ist, Leo, meine ich, da hab ich sofort gedacht, dass mein Ex dahintersteckt.«

»Ist er denn auf der Insel?«

Keine Antwort.

»Ist er auch auf Wangerooge?«, wiederholte Tomma.

Endlich nickte sie. »Ja, er war hier. Ich hab ihn gesehen, von Weitem, meine ich. Der war das, ganz bestimmt!«

»Aber Sie haben nicht mit ihm gesprochen?«

»Nein … das heißt ja, gesprochen hab ich nicht mit ihm, aber ich weiß, dass er da war. Einmal habe ich ihn an der Stelle gesehen, wo es zum Westen rausgeht, da, wo die Surfschule ist. Ich war mit Leo am Strand unterwegs, und da hat jemand in den Dünen gestanden, beim großen Kreuz …«

»Am Bunker, meinen Sie? Am Ehrenmal?« In dem noch immer die Toten vom Krieg liegen, dachte Tomma unwillkürlich. Man hatte ihn nach einem Bombenvolltreffer der Alliierten verschlossen und zum Kriegsgrab erklärt. Eine unheimliche Vorstellung.

»Ja, also am Bunker. Da stand jemand mit einem Fernglas und hat uns beobachtet, Leo und mich.« Ihr Blick wirkte auf einmal gehetzt. »Und einmal hab ich mit Leo eine Radtour zum Westturm gemacht, mit ihm im Kindersitz, da ist uns ständig ein anderer Radfahrer gefolgt. Das muss er auch gewesen sein.«

»Sind Sie sicher, dass das Ihr Ex war? Wie heißt er eigentlich?«

»Er heißt Klimke. Sascha Klimke.«

Allein der Name schien ihr schon Angst einzujagen. Aber war diese Angst wirklich echt? Tomma hatte plötzlich den Eindruck, als würde ihr hier eine Performance geboten. Allerdings keine gute, eher ein Laienspiel. Immer eine Schippe zu viel, statt Gefühle wie Angst und Schrecken nur anzudeuten.

»Gab es weitere Situationen wie diese, in denen Sie Leos Vater gesehen haben?« Kalinski hatte sich vom Bett erhoben und vor ihr aufgestellt.

Wieder wurden die Anhänger wie Gebetsperlen abgetastet, immer der Reihe nach. »Ja«, hauchte Nicole Sander und sah mit einem ängstlichen Blick aus ihren dunkel umrandeten Rehaugen zu ihm auf.

»Und wo?«

»Einmal hat er hinter einem Strandkorb gestanden, unten am Ostbad, unterhalb der Windrose. Da hat er rumgelungert und nur darauf gewartet, dass Leo zur Schaukel oder zur Wippe läuft, damit er ihn abfangen kann. Ich hatte ein ganz schlechtes Gefühl. Der hat mich gestalkt, voll gestalkt!«

»Hatten Sie denn überhaupt keinen Kontakt mit ihm?«

Nicole Sander stockte. Zögernd sagte sie: »Nee – nicht direkt. Er hat mir einen Brief, also einen ... einen Zettel geschickt, hier ins Haus. Dass er mich sprechen will. Aber ich wollte nicht.«

»Haben Sie den Zettel noch?«, hakte Kalinski sofort nach.

Sie zuckte mit den Schultern. »Nee, den hab ich gleich weggeschmissen. So 'n Schrott bewahr ich gar nicht erst auf.«

»Und Anrufe? Hat es die gegeben?«

»Er hat es versucht. Er wollte immer Leo sprechen. Hab ich aber nicht erlaubt. Wenn ich seine Nummer sehe, drück ich ihn gleich wieder weg. Und jetzt – jetzt sieht man ja, was das für 'n Schwein ist!« Sie brach in hysterisches Schluchzen aus.

»Sie haben doch das alleinige Sorgerecht für den Jungen«, stellte Tomma nach einer Weile ganz sachlich fest. Wenn die Emotionen hochkochten, kam man nicht weiter.

Tatsächlich ebbte das Schluchzen ab, und Nicole Sander stieß hervor: »Unterhalt hat er auch nicht gezahlt, ich konnte zusehen, wo ich mit dem Kind bleibe. Der ist schon vor der Geburt einfach abgehauen, weil er partout kein Kind wollte. Das ist mir alles zu viel, hat er gejammert, das tu ich mir nicht an. Wenn ich das schon höre! Ob es mir zu viel war, danach hat schließlich auch niemand gefragt!«

»Wie kommt es dann, dass er Ihnen und Leo hierher nachgereist ist? Hat es vorher Kontakt mit Leo gegeben? Hat er Umgang mit ihm gewünscht?« Tomma blieb ganz ruhig.

»Erst überhaupt nicht. Aber dann, später, auf einmal. Da war Leo schon zwei, konnte laufen und Papa sagen, da kam Sascha auf einmal an. Er hat wohl eine Neue, eine richtige Beziehung, bei der klappt's nicht mit dem Kinderkriegen, die ist wohl zu alt, und auf einmal wollte er Leo sehen. Und mehr von ihm haben. Immer mehr. Und dann wollte er Leo ganz haben.«

»Na, so einfach geht das aber nicht«, murmelte Tomma, während sie sich Notizen machte. »Väter nicht ehelicher Kinder haben heute zwar mehr Rechte als früher, da gibt es zum Beispiel eine Umgangsregelung, Besuche können also vereinbart werden, aber all das muss beantragt und gerichtlich geklärt werden. Das ist in Ihrem Fall wohl nicht geschehen?«

Nicole Sander schüttelte den Kopf.

»Ohne Ihre Zustimmung läuft, was das angeht, sowieso nichts. Es kommt natürlich auch darauf an, wie verlässlich und verantwortungsbewusst der Vater ist«, bemerkte Tomma noch.

»Der und verlässlich?«, brach es aus Nicole Sander heraus. »Der hat doch keine Ahnung, was Verantwortung überhaupt heißt! Ich wollte ja, dass Leo einen Papa hat. Ich hab's doch versucht! Aber wenn ich ihm Leo mal mitgegeben habe, und er sollte abends um sieben spätestens wieder zu Hause sein, dann kam der Junge irgendwann um neun. Total übermüdet. Und einmal hat er ihn gar nicht zurückgebracht. ›Der ist eingeschlafen‹, hat er am Telefon gesagt, ›den bring ich erst morgen.‹ Weil er zu faul war, sich mit ihm in den Bus zu setzen. Oder weil er wieder gesoffen hatte. So einem Mann kann ich doch mein Kind nicht anvertrauen!«

Tomma machte sich eine Notiz. Die Verbindung zum Jugendamt musste so schnell wie möglich hergestellt werden. Hintergrundwissen war unbedingt nötig. Wo hielt sich Sascha Klimke auf? Zu diesem Zeitpunkt musste er als der Hauptverdächtige in diesem Fall gelten. Gut möglich, dass der leibliche Vater seinen Sohn – ohne Frage unrechtmäßig – mitgenommen und damit der Mutter entzogen hatte.

»Frau Sander«, begann Kalinski, doch ehe er weitersprechen konnte, forderte Tomma ihn mit einer unauffälligen Geste auf, wieder auf dem Bett Platz zu nehmen. Die beachtliche Größe des Kollegen, fürchtete sie, könnte auf die Frau bedrohlich wirken, und mit einer eingeschüchterten Zeugin war niemandem gedient.

Folgsam nahm Kalinski wieder auf der Bettkante Platz. »Frau Sander«, setzte er neu an, wobei er sein Gegenüber eindringlich fixierte, »was haben Sie denn nun eigentlich gemacht, als Sie entdeckten, dass Ihr Sohn verschwunden war? Wo waren Sie heute Morgen? Haben Sie Ihren Ex gesucht?«

»Der Zettel«, warf Tomma leise ein. »Wo sollten Sie sich denn mit ihm treffen?«

»Im Westen«, antwortete Nicole Sander widerstrebend. »Da wohnte er, aber ich bin ja erst nicht darauf eingegangen. Ich wollte nichts mit ihm zu tun haben. Aber dann, heute früh, als Leo verschwunden war, da bin ich rausgefahren und …« Sie schluchzte wieder auf.

»Gefahren?«, fragte Kalinski.

»Mit dem Fahrrad. Hier unten vorm Haus stand eins, das war nicht abgeschlossen, und da bin ich los und …« Ihre Stimme erstickte.

»Haben Sie Sascha Klimke angetroffen?« Tomma hörte sich so kühl und sachlich an wie immer, doch allmählich fiel es ihr schwer, gelassen zu bleiben. Immer deutlicher schob sich das Bild des Kindes vor ihre Augen, und die Wut darüber, dass die Mutter es einfach sich selbst überlassen hatte, ließ sich nicht mehr verdrängen.

»Nein.« Nicole Sander schluckte. »Unter der Adresse, die er mir gegeben hatte, war alles … alles tot. Ich meine, da war niemand mehr. Das heißt, ich wusste ja nur das Haus, nicht genau, in welchem Appartement Sascha wohnt. Ich hab geklingelt und geklopft, aber niemand öffnete. Ich hab dann auch gerufen, und endlich kam so ein Mann an die Tür, der war wohl gerade aus dem Bett gekrochen, und dann noch eine Frau, halb nackt … voll peinlich war das.«

Tommas und Kalinskis Blicke trafen sich. Beide dachten dasselbe. Ziemlich ungewöhnlich, dass jemand, der auf der Suche nach dem eigenen Kind war und Schlimmes befürchten musste, noch einen Sinn für peinliche Situationen hatte. Doch die Menschen reagierten nun mal unterschiedlich. Im Schockzustand gab es die merkwürdigsten Verhaltensweisen.

»Sascha Klimke und Ihr Sohn waren also nicht da?«

»Nein! Das hab ich doch schon gesagt!«

Tomma musste sich zwingen, ruhig zu bleiben. Sie notierte sich die Adresse. Am Westturm Nummer 6. Wenn sie sich recht erinnerte, gab es dort ein Gebäude mit einfachen Unterkünften für Individualisten, die abseits vom Urlauberrummel das Inselleben genießen wollten. Ob Sascha Klimke tatsächlich dort wohnte oder gewohnt hatte, war zu überprüfen.

Ihr Handy klingelte, Janssen war dran.

»Frau Wilken?« Er klang aufgeregt, die Inselruhe war ihm offenbar gründlich vergangen. »Es gibt Neuigkeiten. Die Leute von der Spurensicherung haben im Zimmer Blutspuren gefunden.«

»Wo genau?«

Nicole Sander starrte Tomma an, als hätte sie bemerkt, dass sich deren Stimme verändert hatte. Obwohl sie nur diese zwei Worte gesagt hatte. Leos Mutter schien zu ahnen, dass etwas auf sie zukommen würde.

»Im Bad. Zwischen Toilette und Duschbecken genauer gesagt. Jemand hat wohl versucht, das Blut wegzuwischen, aber in den Fugen der Fliesen waren noch …«

Was Janssen weiter sagte, kam kaum noch bei Tomma an. Blut! Ein Schauder lief ihr über den Rücken, obwohl sie als Kommissarin doch wahrhaftig abgebrühter hätte sein müssen. Wie ein Arzt, der auch nicht jeden Todkranken bemitleiden darf, wenn er seine Arbeit ordentlich machen will. Verlangt wurde der von Emotionen freie Blick auf die Fakten. Distanz!, dachte Tomma. Sonst geht man kaputt.

Aber hier ging es um ein Kind. Das war etwas Besonderes, auch für sie. Dass die verletzlichsten Wesen zu Opfern wurden, war unerträglich für sie. Kein Panzer schützte sie jetzt mehr, trotz all ihrer Berufserfahrung.

»Wir warten die Untersuchung ab«, sagte Tomma und beendete das Gespräch.

Als sie jetzt die junge Mutter fixierte, war ihr Blick entschiedener als vorher. Und kälter.

»Man hat in Ihrem Zimmer Blutspuren gefunden. Wie erklären Sie sich das?«

»Blut?«, rief Nicole Sander entsetzt. Es wirkte echt. Aber konnte man sich darauf verlassen? Vielleicht war sie auch nur eine glänzende Schauspielerin. »Blut? Wo denn? Und woher? Ist Leo etwas passiert? Ist er –«

»Das wissen wir noch nicht«, unterbrach Tomma sie hastig. Es sollte beruhigend wirken; dies war ihr aber gründlich misslungen. Die Frau hielt sich zitternd die Hand vor den Mund.

»Es muss erst noch einiges geklärt werden«, schob Tomma nach. »Im Moment wissen wir nicht einmal, ob das Blut überhaupt von Leo stammt. Ist denn irgendetwas vorgefallen in Ihrem Zimmer? Gab es einen Unfall?«

»Leo hat manchmal Nasenbluten«, flüsterte Nicole Sander. »Hier auch einmal. Aber sonst … Ich hab mir neulich in den Finger geschnitten mit einem Obstmesser. Da wollte ich uns einen Apfel schälen. Aber … ich …« Die Rehaugen blickten schreckerfüllt, ein absurder Kontrast zu dem fröhlich gepunkteten Tüchlein, das die Frau um den Hals trug. »Das kann ich mir nicht erklären«, flüsterte sie.

***

Als Tomma sich der Polizeistation in der Charlottenstraße näherte, sah sie es schon von Weitem: Die Meute hatte keine Zeit verloren, sie war da. Männer und Frauen mit Kameras um den Hals, in den Händen, auf den Schultern, drängten sich vorm Eingang, und kaum war Tomma vom Fahrrad gestiegen, streckte man ihr schon die Mikrofone entgegen, diese zum Schutz vor dem Nordseewind mit Schaumstoff umhüllten, phallusähnlichen Gebilde, und richtete die Objektive der Kameras auf sie. Das wirkte so aggressiv, dass Tomma für einen Augenblick das Gefühl hatte, Gewehrläufen ausgesetzt zu sein. Als sollte sie zur Strecke gebracht werden.

Janssen erwartete Tomma vor der Tür. Er bemühte sich zu lächeln, doch es gelang ihm nicht recht. Der Mann war so einen Ansturm nicht gewohnt. Tomma auch nicht, aber da mussten sie nun durch.

Offenbar war die Meute darüber informiert, wer in diesem Fall auf Wangerooge das Sagen hatte, denn nun prasselten von allen Seiten die Fragen auf sie ein.

»Frau Wilken, können Sie uns etwas über den Stand der Ermittlungen sagen? Haben Sie schon einen Verdacht? Trifft es zu, dass der Vater des Kindes gesucht wird? Wie ist die Spurenlage? Wurden Hunde eingesetzt? Was hat die Suche ergeben?«

Tomma fuhr sich durchs Haar, das ihr zu Berge stand. Der Wind hatte zugenommen, die Sonne war hinter dicken dunklen Wolken verschwunden. »Es wird in Kürze eine Pressekonferenz geben«, sagte sie abweisend.

»Wo und wann?«

Janssen schaltete sich ein. »Im ›Haus des Gastes‹«, rief er. »Um zwanzig Uhr.«

Tomma nickte und bahnte sich einen Weg durch die Menge, als die ersten schweren Tropfen fielen. Janssen hielt ihr die Tür auf, Tomma holte tief Luft. Die Meute blieb draußen.

Drinnen ließ Tomma sich über den Stand der Ermittlungen informieren. Erkenntnisse wegen der Blutspuren gab es noch nicht. Die Spurensicherung war ohnehin noch bei der Arbeit und hatte bisher nichts Entscheidendes gemeldet. Die Adresse am Westturm war überprüft worden. Tatsächlich hatte sich Sascha Klimke dort für eine Woche eingemietet, war aber schon gestern, am Mittwoch, abgereist.

Zurück im Haus Meeresfrieden, besichtigte sie mit Kalinski noch einmal das Zimmer, aus dem das Kind verschwunden war. Also den Tatort, denn dass es einer war, daran konnte kein ernsthafter Zweifel mehr bestehen. Hätte der Junge das Haus selbstständig verlassen, so wären sie inzwischen längst fündig geworden. Es sei denn, er wäre in irgendeinen Schacht gefallen und … Tomma mochte nicht daran denken. Außerdem wurde natürlich auch an allen schwer zugänglichen Stellen auf der Insel weitergesucht.

Das Zimmer war noch nicht versiegelt, der Erkennungsdienst aber fast fertig. Er hatte seine Arbeit überaus gründlich gemacht. Damit ja nichts übersehen wurde! In dieser Hinsicht hatte es schon spektakuläre Fehlleistungen gegeben. So waren im Fall der kleinen Maddie, des britischen Mädchens, das vor Jahren aus einer Ferienanlage in Portugal verschwunden war, über Stunden ganze Heerscharen von Bekannten, Hotelangestellten und angeblich Betroffenen im Appartement der Familie herumgelaufen, sodass danach von einer professionellen Spurensicherung keine Rede mehr sein konnte. DNA-Spuren eines

Entführers? Die konnte man vergessen. Hier auf Wangerooge sollte das nicht passieren.

Tomma blickte sich um. Der Raum war jetzt leer, nur im angrenzenden Badezimmer wurde noch gearbeitet.

Sie hatte das Gefühl, irgendetwas übersehen zu haben. Aber was?

Sie zog sich ein Paar Vinylhandschuhe an und öffnete den Kleiderschrank. Auf einer Seite lagen Kindersachen: kleine Latzhosen, Minijeans, Pullis und Söckchen, nicht ordentlich zusammengefaltet, sondern in buntem Durcheinander. Die Ordentlichste schien Nicole Sander nicht zu sein, doch Tomma wäre die Letzte, die sich darüber erheben würde. Sie wusste, wie ihr eigener Schrank zu Hause aussah. Im Dienst war das natürlich etwas ganz anderes.

An einem Haken neben der Tür hing schreiend gelb ein kleiner Ostfriesennerz. Ein gelbes Gummistiefelchen stand darunter, das andere war umgefallen und lag daneben. Ein hellgrüner Pantoffel mit Froschaugen war halb unters Kinderbett gerutscht, der andere war gar nicht zu sehen. Sie schaute sich um. Doch, da war er, unter dem Fensterbrett, fast ganz von dem Stuhl verdeckt, der davorstand.

»Der Junge soll einen grün-weiß gemusterten Schlafanzug mit kurzen Beinen getragen haben«, bemerkte Kalinski. »Das sagt die Mutter.« Er hatte eine Zigarettenpause im Hof dazu genutzt, noch einmal mit Nicole Sander ins Gespräch zu kommen, und tatsächlich einige weitere Details herausgefunden.

»Fehlt irgendetwas?«, fragte Tomma. »Schuhe vielleicht oder eine warme Jacke oder Mütze?«

»Nein. Nach Aussage der Mutter fehlt nichts.«

Tomma sah wieder auf das leere Bettchen und fühlte, wie sich etwas in ihrer Brust zusammenkrampfte. Dann wusste sie, was sie gestört hatte. Hatte der Junge denn kein Kuscheltier gehabt? Oder das, was Ben und Cleo, Heikes Zwillinge, ihr »Schnuffeltuch« nannten, irgend so ein abgeliebtes buntes Gebilde aus weichem Stoff mit vielen kleinen Anhängseln, die man zwischen den Fingern reiben, in den Mund nehmen oder sich tröstend unter die Nase halten konnte. Hier gab es nichts dergleichen. Nicht mehr? Sie würden die Mutter danach fragen müssen.

Im Wandregal neben ihnen standen zwei Bücher. Das Neue Testament – schließlich befand man sich in einem christlich geführten Haus – und ein Märchenbuch: Grimms Märchen, ganz traditionell. Es stammte aus der hauseigenen Bücherei. Tomma nahm es in die Hand und blätterte es durch. Kein Lesezeichen, keine Spur davon, dass jemand kürzlich darin gelesen oder es einem Kind vorgelesen hätte.

»Ob ein knapp Dreijähriger damit überhaupt schon etwas anfangen kann?«, fragte sie mehr sich selbst als ihren Kollegen. »Ich habe keine Ahnung.«

»Kinder brauchen Märchen«, bemerkte Kalinski, als gäbe es an dieser Feststellung nichts zu rütteln. Auf Tommas fragenden Blick hin erklärte er: »Das war zu meiner Zeit mal ein Slogan, und meine Eltern haben mich auch dementsprechend traktiert. Je früher, desto besser, glaubten sie. Dabei sind gerade die Grimm'schen Märchen so was von brutal.«

»Nicht alle«, antwortete Tomma. »Mein Lieblingsmärchen zum Beispiel gar nicht. Ganz im Gegenteil.« Sie suchte im Buch danach und entdeckte es tatsächlich. Sogar an die Illustration dazu erinnerte sie sich noch. Da hockte ein altes Weiblein mit weißer Haube auf dem Riesensack, den ein junger Mann mit Puffärmeln auf dem Rücken schleppte. Die Alte hielt einen Stock in der Hand, um ihr »Pferd« damit anzutreiben. Zusätzlich zu seiner schweren Bürde trug der Jüngling auch noch zwei Henkelkörbe mit Äpfeln. »Hier ist es. Die Gänsehirtin am Brunnen«, sagte sie.

Kalinski sah sie überrascht an. »Kenn ich nicht. Worum geht's denn da?«

Tomma räusperte sich. Zu ihrer eigenen Überraschung stellte sie fest, dass sie etwas verlegen war. »Da ist eine alte Frau, die alle für eine Hexe halten«, sagte sie. »Richtig böse soll sie angeblich sein. Aber am Ende stellt sich heraus, dass sie in Wirklichkeit gut ist. Dass alle sie verkannt haben. Das fand ich als Kind total schön: Dass das scheinbar Böse im Inneren gut ist. Oder gut sein kann. Dass man nicht nach dem Äußeren gehen darf. Alt und hässlich zu sein heißt nicht, schlecht zu sein.«

»Wir machen Schluss«, kündigte eine hübsche Polizistin an, die bis eben auf den Fliesen im Bad gehockt, Pulver ausgestreut und mit einer großen Lupe den Badvorleger untersucht hatte. Sie trat ins Zimmer, zog sich die Kapuze ihrer Schutzkleidung vom Kopf und löste das Band um ihren blonden Pferdeschwanz, sodass ihr das Haar jetzt ungehemmt auf die Schultern fiel. Nach getaner Arbeit war sie frei für einen unbeschwerten Abend.

Beneidenswert, dachte Tomma.

»Wir gehen auch, dann können Sie abschließen und das Siegel anbringen«, sagte sie rasch. Sie war insgeheim ganz froh über diese Unterbrechung, doch als Kalinski und sie durch den langen, verwinkelten Gang zur Haupttreppe zurückliefen, kam er noch einmal auf das Märchenthema zurück, bei dem ihr, kaum dass sie dazu den Mund aufgemacht hatte, unbehaglich zumute gewesen war. Als hätte sie ein intimes Bekenntnis abgelegt, und das war in ihrem Berufsalltag, so wie sie ihn verstand, fehl am Platz.

»Das Böse ist das eigentlich Gute?« Kalinski grinste. »Mit dieser Einstellung kommst du in unserem Beruf aber nicht weit.«

Damit hatte er wohl recht. In erster Linie mussten sie Verbrechen aufklären, also nach Menschen suchen, die gegen das Gesetz verstoßen hatten. Viel Gutes war daran nicht zu finden, selbst wenn die Täter nur selten als durch und durch böse bezeichnet werden konnten. Wenn es sich um eine Straftat handelte, waren diese Personen festzunehmen und deren Beweggründe zunächst einmal zweitrangig. Man war Polizist, kein Psychologe oder Moralist.

»Wenn du mich nach meinem Lieblingsmärchen fragen würdest …«, sagte Kalinski, als sie auf den letzten Treppenstufen angelangt waren.

»Ja?«

»Dann würde ich sagen: Dornröschen. Ich hoffe immer noch, dass mich mal jemand wach küsst.« Er zwinkerte ihr zu.

Tomma musste lachen. Was sie betraf, würde Kalinski wohl lange warten müssen. Sie mochte ihn. Aber als Mann konnte sie ihn nicht wirklich ernst nehmen. Er hätte ja ihr kleiner Bruder sein können, den sie sich übrigens immer gewünscht hatte.

Bei der Pressekonferenz im »Haus des Gastes« fasste sie sich kurz und ließ sich nicht auf irgendwelche Hypothesen ein. Die Faktenlage war mager genug. Zum Glück machte es ihr nichts aus, vor einem großen Publikum zu sprechen. Sie konnte das ausblenden und sich ganz auf die Sache konzentrieren. Nachdem sie geschildert hatte, wo und wann Leos Verschwinden bemerkt und welche Suchmaßnahmen auf der Insel eingeleitet worden waren, stellte sie sich den Wortmeldungen der Journalisten. Bei den meisten Fragen musste sie allerdings passen. Es gab keine eindeutige Spur, nur viele Möglichkeiten. Ja, nach dem Vater des Jungen, einem gewissen Sascha Klimke, wurde gesucht. Aus welchen Gründen, verschwieg sie. Ansonsten könne man spekulieren, mehr nicht.

»Stimmt es, dass ein hoher Prozentsatz, nämlich achtzig bis neunzig Prozent, der Verbrechen an Kindern von Familienmitgliedern beziehungsweise von Menschen aus dem nahen Umfeld begangen werden?«, fragte jemand.

»Das ist richtig«, bestätigte Tomma. »Doch in diesem Fall wissen wir noch überhaupt nicht, worum es sich handelt. Um einen Unglücksfall? Um eine Entführung? Danach sieht es, flüchtig betrachtet, zwar aus, doch ein Lösegeld wurde nicht gefordert.«

»Noch nicht«, warf jemand ein, und jemand anderes fragte: »Könnte der Junge weggelaufen sein?«

»Theoretisch besteht diese Möglichkeit. Aber wie weit könnte ein kaum Dreijähriger auf der Insel kommen? Dazu noch mitten in der Nacht. Vermutlich hätten wir ihn längst gefunden.«

Auch eine ältere Frau mit Kurzhaarschnitt und einem strengen Zug um den Mund meldete sich zu Wort. Sie kam von einer regionalen Tageszeitung, hielt ihren Notizblock auf dem Schoß und hatte ununterbrochen engagiert mitgeschrieben.

»Eine Entführung wäre auch aus anderen Gründen denkbar«, rief sie. »Kinder werden gestohlen. Sie sind eine begehrte Ware. Wir kennen doch ähnliche Fälle aus Portugal oder von den Kanarischen Inseln. Kleine Kinder verschwinden dort spurlos, tauchen nie wieder auf. Jetzt auch auf Wangerooge?«

Tommas Antwort war immer dieselbe: Hypothesen, aber kaum Fakten. Noch nicht. »Wir ermitteln in alle Richtungen.« Das war am Ende die Zauberformel.

Doch ein Detail lag ihr noch am Herzen, und die Pressekonferenz war das geeignete Medium, um es unter die Leute zu bringen: »Wir fordern alle Urlauber auf der Insel auf, uns die Fotos zur Verfügung zu stellen, die sie in der vergangenen Woche bis zum heutigen Tag gemacht haben. Fotos vom Strand, von der Promenade, von überall auf der Insel, auf denen Kinder zu sehen sind. Vielleicht haben sie zufällig auch Leo fotografiert, und wir können auf diese Weise irgendeine Verbindung herstellen.«

Kalinski hatte in der ersten Reihe gesessen und zugehört. »Du warst gut, Tomma«, erklärte er, als sie das »Haus des Gastes« verließen. »Ganz schön souverän.«

»Danke«, entgegnete sie knapp und dachte: Ganz schön clever, Kalinski. Er wusste, dass er seine Kollegin aufbauen musste, das war jetzt das Allerwichtigste. Was sie beide brauchten, war positives Denken und Bestätigung. Trotzdem freute sie sich über seinen Kommentar. Und wunderte sich ein wenig. Mike Kalinski, der bisher immer so nüchtern und ganz aufs Professionelle fixiert gewesen war, zeigte sich bei diesem Fall allmählich von einer anderen Seite. Das mit Dornröschen zum Beispiel, das war doch schon …

Ihr Magen knurrte laut, ehe sie den Satz zu Ende denken konnte. Sie mussten beide lachen.

»Hast du Lust auf 'ne Pizza?«, fragte Kalinski.

Sie standen mitten auf der Zedeliusstraße vor einer italienischen Eisdiele, die eigentlich ein Straßencafé war – »Da Tiziano« – und auch Pizzen servierte. Genau das Richtige, fand Tomma. Pizza und Fußball, Italien gegen Schweden. Die Europameisterschaft in Frankreich war allgegenwärtig. »Fratelli d'Italia«, tönte es gerade vielstimmig aus einem überdimensionalen Fernseher, der in einer Ecke aufgestellt und von Urlaubern belagert war. Auch die Bedienung starrte gebannt auf den Schirm.

Da es inzwischen recht kühl geworden war, saß man nicht mehr ganz im Freien, sondern hinter durchsichtigen Planen, die den Wind abhielten, aber dennoch den Blick auf die Urlauber zuließen, die auf der Wangerooger Hauptstraße hin- und herflanierten. Es war ein Sommerabend, wie man ihn sich in den Ferien wünscht. Leider konnten sie beide von Ferien nur träumen. Immerhin gelang es ihnen, für eine gute halbe Stunde ihre Arbeit auszublenden und sich bei einem Glas Nero d'Avola, das der sizilianische Chef ihnen empfohlen hatte, auf ihre Pizzen Frutti di Mare und Quattro Gusti zu konzentrieren.

Als die Hälfte geschafft war, tauschten sie die Teller, weil die Pizza des jeweils anderen so verlockend aussah.

***

Auf dem spärlich beleuchteten Flur im Obergeschoss des Hauses Meeresfrieden sagten sie einander Gute Nacht, und Kalinski verschwand in seinem Zimmerchen. Für Tomma war es noch viel zu früh, sich in ihr spartanisch schmales Bett zu legen. Sie war trotz des Nero d'Avola auch zu aufgewühlt von den Ereignissen des Tages. Also schaltete sie den Fernseher an. Tagesthemen? Heute-Journal? Nordschau? Irgendeine aktuelle Sendung musste sie noch mitkriegen. Das war eine alte Gewohnheit. Sie musste immer wissen, was in der Welt los war, ehe sie die Augen zumachte.

Beim Zappen erwischte sie unverhofft sich selbst, wie sie vor drohend grauen Wolken angeradelt kam, vor der Polizeistation stoppte, abstieg und dann, mit wirrem Haar, wortlos in die Kamera blickte.

»Kriminalhauptkommissarin Tomma Wilken leitet die Ermittlungen auf der Insel Wangerooge«, hörte sie den Sprecher sagen.

Das sollte sie sein? Sie war sich selbst fremd.

Es folgte eine kurze Szene aus der Pressekonferenz: Tomma saß sehr konzentriert vorm Mikrofon, eine steile Falte auf der Stirn, und kam nur mit dem einen Satz zu Wort: »Wir ermitteln in alle Richtungen.«

Dann wurde das Foto eingeblendet, das inzwischen die ganze Insel überschwemmte: Leo im roten Pulli, den Mund zu einem Lachen verzogen, das irgendwie unbehaglich wirkte. Als sei er von demjenigen, der das Foto geschossen hatte, dazu genötigt worden: »Nun lach doch mal! Kannst du denn nicht lachen?«

»Wer hat Leo gesehen?«, fragte der Sprecher in eindringlichem Ton. »Er könnte in Begleitung seines leiblichen Vaters sein.«

Das nächste Foto zeigte einen Mann zwischen dreißig und vierzig Jahren, der in Lederkluft an einem schweren Motorrad lehnte, den Helm lässig unterm Arm. »Sascha Klimke«, sagte der Sprecher. »Informationen an die SOKO ›Leo‹ in Wilhelmshaven oder an jede bekannte Polizeidienststelle.«

Eine Telefonnummer wurde eingeblendet, und das war's.

»Und nun zum Sport.« Der Moderator wandte sich mit professionellem Lächeln seiner Kollegin neben ihm zu, doch ehe diese den dunkel geschminkten Mund öffnen konnte, hatte Tomma schon weitergezappt. »Das Wetter«, jubelte eine weibliche Stimme aus dem Off, und die Deutschlandkarte erschien auf dem Schirm. Tomma drückte auch dieses Bild weg, als ihr Handy klingelte. Es war Heike.

»Mensch, Tomma, was für eine Story! Gerade wo wir auch hier auf der Insel sind. Wenn ich mir vorstelle, das wäre mir passiert …« Ihre Stimme schwankte zwischen Entsetzen und kaum verhohlener Begeisterung, was in Tomma Ärger aufsteigen ließ.

Sie hätte ihre Schwester nicht für so sensationsgeil gehalten. Heute Morgen hatte sich das noch ganz anders angehört. Schließlich hatte sie selbst Kinder und musste eine Ahnung davon haben, wie sich eine Mutter fühlte, deren Kind verloren gegangen war, auf welche Weise auch immer.

»Jetzt muss ich auf meine beiden besonders gut aufpassen.« Heike hatte eine Art, das Selbstverständliche so pathetisch zu formulieren, als wäre es die tiefgründigste Erkenntnis überhaupt. »Am Strand muss man die Augen wirklich überall haben. Die Kurzen sind so flink, bevor du auch nur gucken kannst, sind die abgehauen, dann stoffeln die zwischen den Strandkörben und Burgen rum und finden nicht mehr zurück! Da kann doch jeder kommen und sie mitnehmen. Ich sag auch immer zu meiner …«

Während Tomma nur noch mit halbem Ohr dem Redestrom ihrer Schwester folgte, dachte sie schon wieder an die Ermittlungen des nächsten Tages. Apropos Strand: Falls Nicole Sander einen Strandkorb gemietet hatte, sollten sie die Leute dort befragen. Nachbarn bekamen doch immer etwas mit. Wie war sie mit ihrem Kind umgegangen? Hatte irgendeiner der Nachbarn etwas beobachtet, was für den Fall relevant sein könnte, vielleicht sogar den Vater in der Nähe des Jungen bemerkt und …

»Da sind ja schon manchmal komische Leute«, sagte Heike gerade.

Tomma horchte auf. »Wo denn?«

»Na, am Strand natürlich. Gestern und vorgestern ist mir zum Beispiel so ein Kerl aufgefallen, das war ein ganz cooler Typ, der zog da mit seiner Kamera rum und hat ständig fotografiert. Und wenn du mich fragst, hatte der ziemlich oft die Kinder im Visier. Dass der meine beiden knipst, hab ich mir aber gleich verbeten. Wo kommen wir denn da hin? Zumindest gefragt werden muss man doch als Mutter.«

»Wo und wann war denn das?«

»Na, gestern, Mittwoch, und vorgestern, hab ich doch schon gesagt. Und auch am Sonntag, glaube ich. Unser Strandkorb steht gleich unterhalb vom Café Pudding. Da kam der Typ anstolziert. Vielleicht sitzt er aber auch immer schon oben hinterm Panoramafenster oder auf der Promenade und sucht sich sein nächstes Opfer aus – ich meine, ich will natürlich nicht sagen, dass …« Heike geriet ins Stammeln.

Tomma verdrehte die Augen. Sein nächstes Opfer? Mit haltlosen Verdächtigungen mochte sie sich nicht aufhalten. »Wie sieht der Mann aus?«, fragte sie.

»Cool eben. Oder pseudocool, wenn du mich fragst. Glatze und so. Abrasiert natürlich. Ziemlich schlank und groß. So ein mittelalter Typ um die vierzig.«

Sven Kuhlmann. Die modische Glatze passte, und Fotograf war der Mann auch. Angeblich. Man sollte sich seine Fotosachen mal anschauen.

»Aber ich versteh die Mutter auch nicht«, redete Heike unermüdlich weiter. »So was von egoistisch. Das Kind nachts allein zu lassen, das geht gar nicht! Wer weiß, ob die nicht selbst in die Sache verwickelt ist.« Ihre Stimme hatte einen verschwörerischen Ton angenommen. »Vielleicht stimmt das alles gar nicht mit der Entführung, vielleicht …«

Tomma kannte die kriminalistischen Neigungen ihrer kleinen Schwester. Heike phantasierte nur zu gern einfach drauflos, während sie selbst für Fakten zu sorgen hatte. Für knallharte Fakten. Das war schon immer so gewesen. Tomma war das Realitätsprinzip in Person, während die jüngere Schwester sich total irrationale Eskapaden leistete. Oft genug hatte Tomma dann das ausbügeln müssen, was die Jüngere in ihrem Überschwang verbockt hatte.

Tomma seufzte. Das war alles lange her und doch längst nicht vergessen.

Sie stand auf, um ihr Notizbuch zu holen. Wo war denn bloß ihr Kuli abgeblieben?

Heike schwieg einen Augenblick, bis es wieder aus ihr herausbrach: »Ich versteh die Mutter einfach nicht! Das geht doch echt nicht!« Sie besann sich einen Moment. »Übrigens: Wann sehen wir uns denn mal, wo wir schon beide hier auf der Insel sind? Oder hast du jetzt zu viel zu tun? Eine so wichtige Person wie du … Hab dich gerade in der Nordschau gesehen. Du kriegst ja Publicity pur!«

Bei solchen Heike-Ausdrücken drehte sich Tomma der Magen um. »Publicity pur« mochte sie noch nicht einmal denken. Aber wie auch immer: Schwang da bei aller Bewunderung nicht auch ein gewisses Maß an Neid mit? Heike ließ oft durchblicken, dass sie sich von der großen Schwester in den Schatten gestellt fühlte. Außerdem ließ sie sich gern bedauern. Sie als zweifache Mutter habe so furchtbar viel Stress, doch niemand würde sich darum scheren, während Tomma höchste Aufmerksamkeit genoss. Manchmal jedenfalls. Wie jetzt. Eigentlich heute zum ersten Mal.

Aber Tomma musste auch abliefern, wie ihr Boss in Wilhelmshaven es immer formulierte. Kompetenz war verlangt und sonst gar nichts. Bei Pleiten und Pannen reagierte die Öffentlichkeit oft gnadenlos. Denn jeder Kriminalfall, wie scheußlich er auch sein mochte, war ein Rätsel, das, so zynisch es klang, Unterhaltungswert hatte, aber wehe, die Lösung blieb aus! Wie stressig das war, davon hatte Heike mit ihren beiden Wickelkindern doch keine Ahnung. Wenn Ben und Cleo satt und sauber in ihren Bettchen schlummerten, war die Welt für sie in Ordnung. So wie jetzt.

»Gute Nacht«, sagte Tomma. »Entschuldige, aber ich bin ziemlich kaputt. Das verstehst du sicher.«

»Klar. Mach's gut!«

Aufgelegt.

Sie wollte sich gerade ein Glas Mineralwasser eingießen, als das Telefon erneut klingelte. Was war Heike denn nun noch eingefallen? Etwas so Wichtiges, dass es nicht bis morgen warten konnte, eine phantastische neue Hypothese vielleicht ... Doch es war eine Männerstimme, die sehr ruhig zu ihr sagte: »Hallo, Tomma. Respekt.«

Ihr Herz stockte. Für einen Augenblick.

Frank. Was konnte er von ihr wollen? Sie hatten ewig nichts voneinander gehört. Seit dreieinhalb Jahren nicht genauer gesagt. Und ausgerechnet heute meldete er sich wieder bei ihr? Ihre Handynummer hatte er anscheinend aufbewahrt, für alle Fälle. So war er eben.

»Du warst gut«, sagte er. »Sahst auch richtig gut aus, eben im Fernsehen.«

Als wenn es darauf ankäme in ihrem Metier. Sie waren doch nicht bei Heidi Klum oder irgendeiner anderen Castingshow, wo immer das »Gesamtpaket« stimmen musste. Außerdem war das platte Kompliment auch noch gelogen. In Wirklichkeit hatte sie ausgesehen wie ein vom Winde verwehtes, gealtertes Huhn.

Sie schwieg.

Er räusperte sich. »Ich wollte dir nur viel Erfolg wünschen. Eine scheußliche Geschichte.«

Mehr hatte er ihr nicht zu sagen? Das konnte beim besten Willen nicht alles sein. Sie kannte ihn zu gut. Frank Möllendorf war ein sogenannter Vollblutjournalist, ihm gingen Informationen über alles. Und sie war für ihn eine Quelle, die man anzapfen konnte, da machte sie sich nichts vor. Trotzdem blieb das Herzklopfen. Heike hätte jetzt vermutlich gesagt: Wie verrückt ist das denn? Oder: Das geht gar nicht! Oder etwas koketter: Das ist mir jetzt ein bisschen zu viel. Ich hab Gänsehaut pur. All diese spätpubertären Phrasen drosch sie mit Vorliebe.

Tomma griff nach dem Wasserglas und nahm einen großen Schluck. Dann sagte sie, und es sollte so souverän wie irgend möglich klingen: »Was willst du wissen? Spuck's aus!«

Er lachte leise.

Wie gut sie dieses Lachen kannte! Die alte Vertrautheit zwischen ihnen war sofort wieder da. Sie musste sich dagegen wehren und wartete doch voller Spannung auf seine Antwort. Erst jetzt wurde ihr bewusst, wie sehr sie sich danach gesehnt hatte, wieder mit ihm etwas gemeinsam zu haben, wenigstens im Kopf wieder mit ihm zusammen zu sein. Wie früher.

»Was ist wirklich los bei euch auf der Insel? Bisher lasst ihr doch kaum was raus.«

»So, wir lassen also nichts raus. Und du glaubst im Ernst, ich würde dir etwas verraten, was ich anderen vorenthalten muss?«

Seine Antwort war entwaffnend, so entwaffnend, wie er es selbst immer gewesen war im Umgang mit ihr: »Ja«, sagte er. Einfach nur »Ja«.

»Irrtum«, sagte Tomma. »Und selbst wenn ich es wollte – ich sage: wenn! –, es gibt nichts zu verraten. Wir wissen noch gar nichts. Höchstens …« Sie stockte.

»Ja?«, fragte er lockend. Seine Stimme klang wie früher. So vertraut.

»Du weißt, dass der Vater gesucht wird. Aber …« Tomma war klar, dass sie im Begriff war, einen Fehler zu machen, doch sie redete weiter, wie unter Zwang. »Wir haben auch jemanden im Visier, der Fotos von Kindern macht und hier auf der Insel schon aufgefallen ist. Dem müssen wir nachgehen.«

Kaum hatte sie das gesagt, hätte sie es am liebsten gleich wieder eingeatmet. Sie hatte sich doch geschworen, diesem Mann nie wieder nahezukommen. Ihm nichts mehr anzuvertrauen. Nicht ihren Körper. Schon gar keine Gefühle. Und auch kein einziges Wort. Sie wollte nicht wieder enttäuscht werden, das durfte einfach nicht passieren, das letzte Mal hatte sie zu viel Kraft gekostet. Doch wie sie Frank kannte, würde sein Revolverblatt nun schon morgen mit der Schlagzeile »Pädophile auf Wangerooge? – Fotograf nimmt Kinder ins Visier« aufwarten. Das heißt nein, Redaktionsschluss war schon vorbei, für morgen war es zu spät, stellte sie mit einer gewissen Erleichterung fest, bis sie sich eines Besseren belehrte: Da war immer noch die Onlineausgabe!

»Und was schließt du daraus?«, forschte Frank sofort nach. »Ist der Kerl selbst pädophil, oder bedient er mit seinen Fotos Leute, die pädophil sind? Oder hat er den Jungen vielleicht fotografiert, weil es Leute gibt, die unbedingt ein Kind wollen? Von so was hat man doch schon gehört. Macht der Mann Fotos für eine Art Katalog, nach dem diese Leute dann ihre Bestellung aufgeben? Und dann wird das Kind geklaut? Sind da Profis am Werk, Tomma? Vielleicht eine ganze Bande?«

»Vergiss es«, sagte Tomma müde. Doch genau das würde Frank natürlich nicht tun. Sie hatte ihm leichtsinnigerweise einen Köder hingeworfen, den er geschnappt und sich lustvoll einverleibt hatte. Der saß jetzt bombenfest. Diesen Mann würde sie so schnell nicht mehr loswerden. »Das sind alles Spekulationen«, wehrte sie ab. »Da liegt noch viel Arbeit vor uns.«

»Überarbeite dich bloß nicht, Tommusch.« Seine Stimme hatte sich verändert. Tommusch. Ihr alter Kosename. Es klang beinahe zärtlich. »Pass auf dich auf.«

Nun war er auch noch fürsorglich, eine Eigenschaft, die sie früher an ihm so vermisst hatte. Die Kehle war ihr wie zugeschnürt.

»Gute Nacht«, flüsterte sie.

Er flüsterte zurück: »*See you soon*, Tommusch!«

In der Nacht sah sie den Jungen vor sich. Er trug einen maigrünen Schlafanzug mit kurzen Beinen, wie ein kleiner Laubfrosch sah er darin aus. Mutterseelenallein stapfte er durch die Dünen, geradewegs auf einen der Teiche zu, die in Wirklichkeit mit Regenwasser gefüllte Bombentrichter waren. Sie lief hinter dem Kind her, doch ihre Beine wurden immer schwerer, waren schließlich wie gelähmt, sie kam nicht vom Fleck. Ohnmächtig musste sie zusehen, wie das Kind in das dunkle Loch stolperte und sich die Wasserfläche über ihm schloss, als wäre nichts geschehen. Gar nichts. So als hätte es dieses Kind nie gegeben. Nur ein paar Kreise breiteten sich noch von der Mitte her zum Ufer aus, einer nach dem anderen, liefen über die Wasserfläche, erreichten den Rand …

Sie wachte auf. Etwas, das sie nicht abwerfen konnte, lastete schwer auf ihrer Brust. Hockte auf ihr und hatte ihr Herz im Griff. Sie tastete nach dem Schalter der Nachttischlampe. Endlich ging das Licht an.

Ein Blick auf die Uhr: halb drei.

Draußen war noch alles dunkel. Totenstille überall, nichts regte sich. Als wäre die ganze Insel aus der Welt gefallen und sie, Tomma, mit ihr.

DREI

Ein wunderbar sonniger Tag war angebrochen. Der Himmel, von Wolken leer gefegt, spannte sich tiefblau über Dünen, Strand und Meer, doch Tomma hatte kein Auge dafür. Sie war schon um halb sieben aufgestanden, hatte ihren Laptop aufgeklappt, zunächst ihre Mails gecheckt, und als sich in ihrem Postfach nichts Besonderes fand, abgesehen davon, dass Frank ihr einen Morgengruß geschickt hatte: »Hallo, Tommusch, hier ein Spruch für dich an diesem herrlichen Morgen: *Every day is a new day*, wie Andy Warhol sagte«, den sie sofort wieder löschte beziehungsweise in den Papierkorb verbannte, hatte sie sich darüber informiert, in welcher Form die Medien, hauptsächlich die Presse, auf ihren Fall reagiert hatten.

Das Echo war groß. Tomma hatte das Gefühl, die Schlagzeilen steigerten sich von Blatt zu Blatt, wurden konkreter und auch deftiger. Was die Journalisten schon wieder alles wussten!

»Leo (3) – Wie vom Erdboden verschluckt!«

»Was weiß der Vater?«

»Beziehungsdrama? Oder ist ein Pädophiler unterwegs?«

Nein, das war nicht Franks Blatt, da hatten sich schon andere ihre Gedanken gemacht. Das Fazit dieses Artikels lautete zwar ganz richtig: Die Polizei ermittelt in alle Richtungen. Doch es wurde auch Leos Mutter zitiert: »Wenn ich mein Kind nicht wiederbekomme, bringe ich mich um!« Nicole Sander schien dem Blatt ein Exklusivinterview gegeben zu haben. Sicher für ein anständiges Honorar, dachte Tomma. Dabei war sie gestern die meiste Zeit kaum ansprechbar gewesen … Aber bei der Polizei lockte ja auch kein Geld.

Tomma überflog den Teil des Artikels, der sich auf Nicole Sanders Aussage stützte: »›Er ist mein Ein und Alles‹, rief die Mutter schluchzend. ›Ich bleibe so lange auf der Insel, bis ich ihn wiederhabe!‹ Nach Leos Vater befragt, erklärte sie: ›Er ist hinter Leo her. Er will ihn mir wegnehmen, das wollte er immer schon.‹«

Sascha Klimke, das stand mehr oder weniger zwischen den Zeilen, war ein haltloser, arbeitsscheuer Bursche, der die Mutter seines Sohnes stets nur belogen und betrogen hatte und jetzt aus unerfindlichen Gründen meinte, sein Sohn könnte ihm irgendwie von Nutzen sein. »Der will nur die Kohle für das Kind«, schimpfte Nicole Sander an einer Stelle. »Ansonsten interessiert er sich überhaupt nicht für seinen Sohn. Der ist ihm doch total egal!«

Zum Frühstück brühte Tomma sich im Speisesaal selbst einen kräftigen Ostfriesentee auf. Drei Beutel für eine Minikanne, das musste sein. Sahne und Kandis dazu, fertig. Drüben am Fenster saß schon Kalinski und grinste ihr hellwach entgegen. Sie steuerte seinen Tisch an.

»Willst du nichts essen? Hast du denn keinen Hunger?«, fragte er mit einer Spur von Sorge in der Stimme, weil Tomma sich nur an ihrer Teetasse festhielt und keine Anstalten machte, zum Büfett zu gehen, wo ein reichliches Frühstücksangebot von Müsli bis zu Rühreiern mit Speck und einem großen Obstteller ausgebreitet war.

Tomma zuckte unwillig zusammen. Musste der Kollege sich so fürsorglich gebärden? Du nervst, hätte sie am liebsten gesagt, verkniff sich den Satz aber gerade noch rechtzeitig. Kalinski meinte es doch nur gut mit ihr, und gerade das machte sie kribbelig. Sie wusste nicht, wie sie darauf reagieren sollte. Fürsorge hieß auch Dominanz, und die konnte sie nicht ausstehen. Andererseits hatte sie Fürsorge schon schmerzlich vermisst, nämlich ausgerechnet bei Frank Möllendorf.

Das war alles viel zu kompliziert für diesen Morgen. Sie wollte Kalinski nicht vor den Kopf stoßen. Gute Zusammenarbeit war jetzt das A und O. Also murmelte sie nur: »So früh krieg ich noch nichts runter.«

Sie waren fast die Einzigen im Saal, die anderen Gäste schliefen wohl alle noch. Auch von Nicole Sander war nichts zu sehen. Regina Krone, die Hausleitung, steuerte auf sie zu, wünschte einen »wunderschönen guten Morgen« und informierte sie darüber, dass vor zwei Tagen, also am Mittwoch, womöglich Schlüssel im Haus abhandengekommen seien.

Tomma horchte auf. »Was ist genau passiert?«

»Ein älteres Ehepaar aus Münster ist morgens abgefahren und hat die Schlüssel, wie es bei uns Vorschrift ist, von außen in der Zimmertür stecken lassen. Als gegen Mittag das Zimmer gereinigt werden sollte, stellten wir fest, dass die Schlüssel nicht da waren. Es ist möglich, dass die alten Leute sie aus Versehen mitgenommen haben. Das kommt ab und zu vor. Aber wir konnten sie bisher telefonisch nicht erreichen, die sind noch woanders unterwegs. Also haben wir es erst mal dabei belassen, wohl oder übel.«

Übel genug, dachte Tomma. Bis zum Mittag hätte jeder x-beliebige Passant das Haus betreten und die Schlüssel entwenden können. Steckte vielleicht der Entführer dahinter? Jedenfalls würde das erklären, wie sich auch ein Fremder nachts hätte Einlass verschaffen können. Sie bat Regina Krone, ihnen mitzuteilen, wenn sie mit den Gästen Kontakt aufgenommen hatte. Die Hausleiterin versprach, sie auf dem Laufenden zu halten, und Tomma wollte gerade aufstehen, um sich ein Glas Orangensaft zu holen, als ihr Handy klingelte.

»Wir haben ihn«, sagte Harmsen.

»Wen? Leo?«, rief sie, viel zu laut. Die Köpfe der drei, vier anderen Frühaufsteher im Saal wandten sich ruckartig ihr zu. Kalinski starrte sie mit weit aufgerissenen Augen an.

»Nein, nein«, wehrte Harmsen ab, »den Vater haben wir. Diesen Klimke.«

»Mensch, sag das doch gleich! Ich dachte schon … und wo …«

»Der hat sich heute früh bei uns gemeldet. Hielt sich in Carolinensiel auf, und da haben sie ihn nach dem Aufruf im Fernsehen gestern wohl erkannt. Da hat er dann lieber die Flucht nach vorn angetreten und ist von allein zu uns gekommen.«

»Und der Junge? Was ist mit Leo?«

»Das wissen wir noch nicht. Er sagt, dass er ihn nicht gesehen hat. Mit dem Verschwinden, sagt er, hat er nichts zu tun. Aber wir vernehmen ihn nachher ausführlich. Mal schauen, was dabei rauskommt.«

»Ruf mich dann gleich an.« Sie blickte auf ihre Armbanduhr. »Oder wart mal, ich komm selber rüber. Den Mann will ich mir angucken.«

Der Flugplatz lag noch im Morgennebel, als Tomma um kurz vor acht dort eintraf. Die Fahrt auf dem Rad Richtung Osten, bis ans Ende der langen Charlottenstraße, hatte ihr gutgetan, sie fühlte sich erfrischt. Vielleicht war doch etwas dran an dem, was der Laufcoach im Haus Meeresfrieden auf ihrem Aushang predigte, und Bewegung war tatsächlich der Schlüssel zum Wohlbefinden.

Das Flugzeug, eine blau-weiße Cessna, stand bereit für den ersten Flug des Tages hinüber aufs Festland. Es hätte noch mehr Passagiere aufnehmen können, aber Tomma war die Einzige, die einstieg. Kalinski blieb auf der Insel, er sollte hier die Stellung halten. Es gab genug zu tun. Zum Beispiel Sven Kuhlmann auftreiben, die Suchtrupps unterstützen oder schon damit beginnen, am Strand die Korbnachbarn von Nicole Sander zu befragen. Spätestens am Abend wollte Tomma zurück sein; der letzte Flug von Harle ging um achtzehn Uhr.

Der Pilot saß schon auf seinem Platz. »Moin«, grüßte er kurz.

»Moin.« Tomma legte ihren Gurt an. Gerade mal fünf Minuten sollte der Flug dauern.

Das Flugzeug rumpelte über die Startbahn, nahm Fahrt auf, hob sich empor. Die Insel erstreckte sich unter ihnen, der grüne Dünengürtel, von weißem Sand begrenzt, rote Dächer, Häuser, die immer kleiner wurden, die Spielzeugbahn, die durch die Dünen fuhr. Deutlich erkennbar stachen die drei Türme hervor, die das Gesicht der Insel prägten: der graue Westturm, daneben in Rot und Weiß der neue Leuchtturm und in der Mitte des Ortes der alte in denselben Farben. Und dann das Meer, tiefblau auf der einen Seite, auf der anderen das Wattenmeer, dunkler gefärbt und von Prielen durchzogen. Ein weißes Fährschiff strebte auf die Insel zu, ein anderes steuerte das Festland an, beide sahen aus der Vogelperspektive wie Spielzeugschiffe aus, verloren gegangen in der Wasserwüste.

Tomma hatte sich kaum orientieren können, wo sie sich gerade befanden, als das Meer schon wieder verschwunden war, Wiesen näher kamen, eine asphaltierte Bahn vor ihnen auftauchte. War das gerade ein Windstoß, der sie erfasste und ins Schwanken brachte? Sie setzten ziemlich hart auf, es rumpelte stark, während das Flugzeug immer noch weiterrollte. Endlich stand es still.

Der Pilot drehte sich zu ihr um. »Hoffentlich finden Sie den Jungen bald«, sagte er. »Viel Glück!«

***

Sie hatte hohe Erwartungen gehabt. Der Vater des Jungen würde Licht ins Dunkel bringen können, vielleicht brachte er sogar den Durchbruch. Doch kaum dass sie das Vernehmungszimmer betreten hatte, waren ihr Zweifel gekommen. Ob dieser Mann, der dort am Tisch hockte, ungewaschen und übernächtigt in speckiger Lederjacke, eine dicke Metallkette um den Hals, und den ihre Schwester Heike ohne Zögern einen »Vollproll« nennen würde, wirklich etwas Entscheidendes mitzuteilen hatte?

Allerdings gab sich Sascha Klimke trotz seines vernachlässigten Aussehens ziemlich vernünftig. Er beharrte darauf, dass er sich Sorgen gemacht habe um seinen Sohn, der bei der Mutter nicht gut aufgehoben sei.

»Und weshalb nicht?«, hakte Tomma nach.

Klimke zuckte mit den Schultern. »Die hat's eben nicht drauf, die Nicki. Die hat nur sich selbst im Kopf.«

»Was meinen Sie damit konkret?«

»Ich meine«, Klimke beugte sich vor und blickte Tomma starr in die Augen, »dass der, wenn sie gestresst ist, schon mal die Hand ausrutscht. Die ist überfordert. Hab ich selbst erlebt.«

»Sie meinen, sie schlägt den Jungen?«

»Genau. Das kommt vor.«

Tomma machte sich eine Notiz und schob dem Kollegen Harmsen, der mit am Tisch saß, den Zettel zu: »Jugendamt Oldenburg, Info wg. Nicole Sander?«

Harmsen las den Zettel, stand auf und ging hinaus.

Sascha Klimke hatte gepiercte Ohrmuscheln, was Tomma abstieß. Sie konnte nichts dafür, es war einfach so. Vor allem, weil sich die gepiercten Stellen entzündet hatten und kränklich gerötet waren. Oder glühten dem Mann die Ohren, weil er log? Weil er meinte, er könnte sie alle hinters Licht führen? Verarschen, dachte Tomma, sprach das Wort aber nicht aus, obwohl es sicher zu Klimkes Wortschatz gepasst hätte.

»Frau Sander sagte uns, Sie hätten an Ihrem Sohn lange Zeit keinerlei Interesse gezeigt. Das hat sich nun wohl geändert. Warum haben Sie sich anfänglich nicht um Leo gekümmert, warum erst so spät und dafür umso intensiver?«, fragte sie, wie immer um einen sachlichen Ton bemüht. »Sie sind ihm ja sogar auf die Insel nachgereist.«

Klimke starrte vor sich auf die Tischplatte, wo ein halb geleerter Kaffeepott stand. Er griff in die Tasche seiner ramponierten Lederjacke, fingerte eine ebenso ramponierte Packung Zigaretten hervor, steckte sich eine in den Mund und ließ sein Feuerzeug aufschnappen.

Tut mir leid, wollte Tomma eigentlich sagen. Rauchen ist bei uns nicht drin! Nur draußen, wenn wir eine Pause machen. Aber sie protestierte dann doch nicht und schob ihm eine Untertasse für die Asche hin. Sollte er doch rauchen, vielleicht lockerte das seine Zunge. Sie wiederholte ihre Frage, jetzt eine Nuance schärfer im Ton: »Herr Klimke, warum haben Sie sich zunächst nicht um Ihren Sohn gekümmert?«

»Die Nicole, die wollte das doch gar nicht, die hat mich immer gleich abgewimmelt. Klar, ich geb's ja zu, zuerst war ich nicht scharf drauf, den Papa zu machen.« Er grinste schief, beinahe verlegen. »Da wär's mir lieber gewesen, sie hätte … also, wenn sie es hätte wegmachen lassen. Aber dazu war es eh schon zu spät. Die Nicki hat das erst gar nicht gerafft, dass sie ein Kind kriegt. Zu dämlich dazu. Und dann, wie gesagt«, er nahm einen tiefen Zug von der Zigarette und blies den Rauch durch die Nase wieder aus, »dann war es zu spät.«

Tomma blätterte in ihren Notizen. »Wann haben Sie Leo zuletzt gesehen?«

Er lehnte sich zurück, ganz gelassen, wie es schien. »Vorgestern«, sagte er. »Am Mittwoch. Da hab ich die beiden auf der Promenade getroffen.«

»Zufällig?«

»Nein. Ich hab sie abgepasst.«

Seltsam. Von diesem Zusammentreffen hatte Leos Mutter gar nichts erzählt.

»Wussten Sie denn, wo die beiden wohnten?«

Klimke warf ihr einen Blick zu, der schwer zu deuten war. Vorsicht lag darin, aber auch Schläue. Du kriegst mich nicht, konnte dieser Blick heißen, halt mich bloß nicht für blöd! Verschlagen sah er jetzt aus. Oder projizierte Tomma nur munter drauflos? Auch wenn sie solche Typen wie ihn nicht mochte – gepierct, in Lederjacken, mit zackigen Tattoos am Hals und sonst wo, an Stellen, die sie gar nicht erst zu Gesicht bekommen wollte –, sie durfte sich nicht von ihren Ressentiments leiten lassen. Sie musste sich an die Fakten halten.

»Natürlich wusste ich, wo sie wohnten. In diesem frommen Kasten, ›Meeresfrieden‹ oder wie der heißt. Auch wenn sie immer versucht hat, mich außen vor zu halten, ich lass mich nicht verarschen. Ich bin ihr einfach hinterhergelaufen, ist ja nicht schwer auf so 'ner kleinen Insel. Das ist ja nicht die Bronx.«

Mit dieser weltstädtischen Attitude kam er bei Tomma nun aber erst recht nicht an, dafür gab es null Sympathiepunkte. Kühl servierte sie ihm die nächste Frage: »Woher wussten Sie überhaupt, dass Frau Sander sich mit Leo auf Wangerooge aufhielt?«

»Von einer Arbeitskollegin von Nicole. Die sitzt an der Kasse. War kinderleicht rauszukriegen, wozu hat man seine Connections.«

»Also, Mittwoch war der letzte Tag, an dem Sie Leo und seine Mutter gesehen haben«, nahm Tomma den Faden wieder auf. »Wie ist denn dieses Treffen mit Frau Sander verlaufen?«

Für einen Moment meinte Tomma, Unsicherheit in Klimkes Augen zu erkennen. Er wich ihrem forschenden Blick aus und murmelte: »Sie wollte nichts mit mir zu tun haben. Ich sollte abhauen.« Etwas lauter ergänzte er: »Aber so geht man nicht mit mir um! Ich bin schließlich der Vater.« Mit übertriebenem Kraftaufwand drückte er den Stummel seiner Zigarette auf der Untertasse aus. Es hatte etwas Vernichtendes.

In Grund und Boden, kam Tomma in den Sinn. Mit Stumpf und Stiel. Sie straffte sich. »Herr Klimke, wo waren Sie in der Nacht von Mittwoch auf Donnerstag, also von vorgestern auf gestern früh?«

Er überlegte. Oder er tat zumindest so, als ob er überlegte. Da war wieder dieser verschlagene Blick. »Jedenfalls war ich schon nicht mehr auf Wangerooge«, sagte er endlich. »Sondern auf dem Festland.«

»Und wo genau bitte?«

Er zuckte mit den Schultern. »Unterwegs war ich. Unterwegs irgendwo.«

Tomma klopfte mit der Spitze ihres Kugelschreibers auf die Tischplatte, allmählich wurde sie ungeduldig. Dem Mann musste man wirklich jedes Wort aus der Nase ziehen. »Das reicht mir nicht, Herr Klimke. Können Sie sich nicht ein bisschen deutlicher ausdrücken?«

»Da draußen irgendwo«, wiederholte Klimke. »Ich hatte die Fähre gegen Abend genommen. Aber dann stellte ich fest, dass ich mein Portemonnaie verloren hatte. Irgendwo unterwegs, keine Ahnung, wo. Vielleicht hat man es mir auch geklaut. Na, und wenn Sie keine Kohle mehr haben, wo wollen Sie dann hin? Ohne Geld ist kein Zimmer und kein gar nichts zu kriegen, nicht mal in der Jugendherberge. Für die paar Euros, die ich noch lose in der Tasche hatte … Zum Glück war's nicht kalt, das war so ein lauer Abend, und ich hab in Harlesiel auf 'ner Bank gepennt.«

»Hat Sie jemand gesehen?«

Klimke schüttelte vehement den Kopf. »Na, wie denn? In so einem Kaff sind doch alle brav in ihren Betten. Nee, da war niemand.«

Ob ihm klar war, dass er damit kein Alibi hatte? Anmerken ließ er es sich nicht.

»Und am nächsten Morgen, was haben Sie da gemacht?«

»Da hab ich mich nach Carolinensiel durchgeschlagen, und als ich dann in diesem Imbiss war und von Leo gehört habe, also dass er verschwunden ist, das kam durchs Radio, und die Leute redeten darüber …« Er stockte.

»Ja?« Tomma, ganz Auge und Ohr, war um einfühlendes Zuhören bemüht, wie sie es auf der Polizeischule gelernt hatte.

»Da hab ich überlegt, wie ich ohne Geld zurück auf die Insel komme, aber das ging nicht, also wollte ich am Abend per Anhalter nach Hause fahren, aber als ich dann hörte, dass ich gesucht werde …«

Wieder tippte Tomma mit ihrem Kuli auf die Tischplatte. Einmal, zweimal, dreimal. Klimke sah sie irritiert an, doch Tomma hielt seinem Blick stand. Es war nur eine dumme Übersprunghandlung, dieses Klopfen. Das machte sie oft, wenn sie Zeit gewinnen musste, Zeit, um sich die nächste Frage zurechtzulegen oder eine neue Strategie zu entwickeln, wenn sie in einer Vernehmung, die so frustrierend war wie diese, partout nicht weiterkam. Dieser Mann konnte ihr sonst was erzählen. Solange sie es nicht überprüft hatten, war das Ganze nur Gerede. Völlig unbrauchbar.

»Ja?«

»Da habe ich bei der Polizei angerufen. Ich hab ja nichts zu verbergen.«

In diesem Augenblick kam Harmsen zurück. Schon an der Art, wie er die Tür hinter sich schloss, ungewohnt heftig, merkte Tomma, dass etwas passiert sein musste. Etwas Wichtiges. Etwas, worauf sie alle gewartet hatten.

Harmsen schob ihr einen Zettel hin. Zwei Worte, rot unterstrichen, sprangen sie an: »Erpresser« und »Lösegeld«.

Sie nickte ihm zu. Machen wir Schluss hier, hieß das. »Sie können gehen, Herr Klimke. Bis auf Weiteres. Halten Sie sich aber zu unserer Verfügung. Hinterlassen Sie draußen Ihre Adresse und so weiter. Handynummer natürlich auch.«

Sascha Klimke schaute sich ungläubig um, als könnte er sein Glück nicht fassen. Als er nach der Zigarettenschachtel auf der Tischplatte griff, schob sich der Ärmel seiner Lederjacke hoch und enthüllte am Handgelenk ein Tattoo, einen gestochenen

Blitz. Wie ein Blitz war der Mann dann auch aus dem Vernehmungsraum verschwunden.

***

Auf Wangerooge war also ein Erpresserbrief aufgetaucht. Adressiert war er an den Pfarrer der evangelischen Inselgemeinde St. Lukas. Und wie man das aus Krimis kannte, war der Brief aus Buchstaben zusammengesetzt, die aus der Zeitung ausgeschnitten worden waren. Janssen hatte eine Kopie nach Wilhelmshaven gefaxt, die Tomma jetzt in den Händen hielt.

Der Text lautete:

Kind geht Gut
Legen 50 000 Euro in ALDI-Tüte
Makieren mit rote fahn
A 1 hinter Parkplatz Habichswald
Samstag 2 Uhr nacht
Kein Polizei sons Kind Tod!

»Zeitungsschnipsel, die alte Masche.« Tomma war wie elektrisiert. »Samstag – also schon morgen früh! Und ›Habichswald‹? Wo ist das denn?«

Harmsen starrte auf den Bildschirm seines Computers. »Habichtswald«, korrigierte er knapp. »Tecklenburger Land, NRW. Beim Autobahnkreuz Lotte/Osnabrück.«

Die erste handfeste Spur! Jetzt musste gehandelt werden, der lähmende Zustand des Wartens war vorbei. Doch dieser Brief bedeutete auch, dass Leo in Gefahr war, dass er sich tatsächlich in den Händen eines Entführers befand, eines Entführers, der unberechenbar war, solange sie nicht wussten, mit wem sie es zu tun hatten. Das Einzige, was man bisher sagen konnte, war, dass dieser Mensch des Deutschen in Wort und Schrift nicht sonderlich mächtig war.

»Und wenn es nur ein Trittbrettfahrer ist?«, fragte Tomma zweifelnd. Es kam immer wieder vor, dass Kriminelle sich die Publicity, die ein Verbrechen bekam, zunutze machten und für ihre eigenen Zwecke ausschlachteten. Eigentlich müssten sie ein Lebenszeichen von Leo verlangen, ehe sie sich auf irgendwelche Forderungen einließen.

Harmsen schüttelte nur den Kopf. »Wir müssen erst mal auf ihn eingehen, etwas anderes bleibt uns gar nicht übrig. Wir können mit dem Entführer nur über diesen Parkplatz an der Autobahn in Kontakt kommen, und dafür müssen wir das Geld parat haben.«

Er telefonierte jetzt ununterbrochen. Das Geld war zu besorgen, natürlich in registrierten Scheinen, der Einsatz an der Autobahn zu koordinieren …

Tomma wandte sich an einen jungen uniformierten Kollegen. »Ich muss zurück auf die Insel. Machst du einen Wagen für mich klar?«

In einem Tempo, das jedem Normalbürger eine deftige Strafe eingebracht hätte, wurde Tomma nach Harle zum Flugplatz gefahren. Zwölf Uhr mittags. High Noon. Die Cessna stand schon bereit, zwei andere Passagiere stiegen mit ihrem Gepäck gerade ein. Tomma rannte hinüber zum Rollfeld, und sie hoben ab.

***

Pfarrer Werner wirkte ratlos. Er konnte sich überhaupt nicht erklären, wie er zu dieser Rolle gekommen war, die man ihn nun zu spielen zwang. Dass Findelkinder schon einmal vor Pfarrhäusern oder Kirchentüren abgelegt wurden, war bekannt. Doch hier war, ganz im Gegensatz dazu, ein Kind entführt worden, und ausgerechnet ihm war dieser ominöse Erpresserbrief auf die Schwelle gelegt worden.

Roland Werner war einer dieser jungen, engagierten Kirchenmänner, die alles anders machen wollen. Dynamischer, authentischer. Man muss die Menschen da abholen, wo sie sind! Zum Beispiel mit Musik. Aber bitte nicht mit diesen verstaubten Kirchenliedern von anno Koks. In seiner Kirche traten junge Leute mit Gitarre und Schlagzeug auf, die auch eigene Songs vor dem Altar zum Besten gaben. Ein Plakat an der Tür des

Gemeindebüros verkündete, dass am kommenden Sonntag die Band »Happy Message« spielen und die Jazz Dance Group der Konfirmandinnen dazu performen werde. Die Gottesdienstkollekte komme einem Projekt in Burkina Faso zugute. Alles vorbildlich.

Wie zu erwarten war, trug Pfarrer Werner ausgefranste Jeans, Sneakers, die einmal weiß gewesen waren, und ein so ausgeleiertes wie ausgeblichenes graues T-Shirt, als er Tomma vor dem Pfarrhaus neben der Kirche empfing.

»Wann und wo haben Sie den Brief gefunden?«, erkundigte sie sich.

»Heute früh um acht lag er da.« Er zeigte auf die oberste Stufe der Treppe, die zum Eingang führte. »Ich wollte gerade mit der Arbeit im Büro anfangen.«

»Wo wohnen Sie?«

»Hier im Haus. Das Gemeindebüro ist integriert.«

Das Pfarrhaus wirkte seltsam unbelebt. Hinter den Fenstern rührte sich nichts. Eigentlich verband Tomma mit einer protestantischen Pfarre immer noch eine große Familie, die unerschütterlich zusammenhielt und deutsches Kulturgut pflegte, doch auch in diesem Milieu, wo Familie Luther einst leuchtendes Vorbild gewesen war, hatte sich viel geändert. Jedenfalls war hier kein Sandkasten zu sehen und keine Wäschespinne im Garten, kein Kinderlaufrad und kein Basketballkorb. Nur ein schweres Männerfahrrad mit einem Lastenträger vor dem Lenker lehnte an der Hauswand. Pfarrer Werner schien ein einsamer Mensch zu sein, der ganz für seine Gemeinde lebte. Ob es auch keine Pfarrfrau gab? Die gehörte doch eigentlich immer dazu, um Senioren- wie Krabbelgruppen zu leiten und den Gemeindemitgliedern in allen Nöten einfühlend zur Seite zu stehen. Unbezahlt natürlich. Heute übernahm das wohl auch schon einmal der Mann, wenn eine Pfarrerin die Kanzel bestieg.

»Der Kerl muss noch auf der Insel sein«, sagte Pfarrer Werner. »Zumindest war er's heute Morgen noch. Heute früh gegen halb fünf war ich draußen, weil ich nicht mehr schlafen konnte, da jogge ich dann schon mal 'ne Runde. Ich bin sicher, der Brief lag zu dem Zeitpunkt noch nicht da.«

»Es könnte einen Komplizen geben, der den Brief für ihn deponiert hat«, überlegte Tomma. Sie wunderte sich dennoch, dass der Erpresser nicht die Dunkelheit genutzt, sondern es riskiert hatte, im Hellen seine Botschaft abzulegen. Wie leicht hätte er von dem schlaflosen Pfarrer gesehen werden können.

Als hätte er Tommas Gedanken gelesen, sagte Werner: »Ich habe niemanden gesehen.«

Zu allem, was Tomma wissen wollte, gab er bereitwillig Auskunft. Sein Interesse am Stand der Ermittlungen konnte sie allerdings nur ansatzweise befriedigen. Die Suche nach Leo war mittlerweile von Deutschland auf die Nachbarländer ausgedehnt worden, es gab auch immer mehr Meldungen, dass der Junge gesehen worden sei – sogar aus Übersee, aus New York nämlich, sei schon eine solche »Sichtung«, englisch: »sighting«, gemeldet worden. Natürlich werde alles überprüft. Aber jetzt konzentriere man sich erst mal auf den Erpresser mit der Lösegeldforderung.

Einzelheiten der geplanten Aktion im Habichtswald gab sie nicht preis, nichts durfte davon nach außen dringen; auch bei einem Pfarrer war keine Ausnahme zu machen.

***

Die Suche auf Wangerooge und in den Orten an der Küste hatte nichts ergeben. Keine Spur von Leo. Doch die Suche ging weiter.

Als Tomma am Nachmittag auf einer Bank an der Promenade saß, um einen Moment auszuruhen, die Augen vor dem grellen Sonnenlicht geschlossen, tauchten plötzlich Bilder eines Bunkers vor ihr auf. Solche gab es noch auf Wangerooge, Relikte des letzten Krieges. Im Internet waren diese Orte zu besichtigen: Türen, die in eine abgelegene Düne hineinzuführen schienen oder in längst verschüttet und vergessen geglaubte fensterlose Keller, dunkle Verliese, aus denen kein Laut nach draußen drang, Orte, in denen jemand lebendig begraben sein konnte ... Es überlief sie kalt. Und wenn hier ein Kind versteckt worden wäre? Von jemandem, der sich auskannte auf der Insel, von jemandem, der genau wie sie diese Bilder im Netz entdeckt hatte? An solchen Orten musste gesucht werden, weitergesucht werden, genau dort! Noch gründlicher, als es bisher schon geschehen war. Die Suche, auch mit Hunden, war ja in vollem Gange. Und noch etwas fiel ihr ein. Wer auch immer Leo entführt hatte, musste irgendwo untergekommen sein. Zumindest vorher, vor der verhängnisvollen Nacht, in der das Kind verschwand. Die Insel war voller Urlauber. Es waren sicher mehr als zehnmal so viel wie die rund tausend Einwohner Wangerooges. Ein Tagesurlauber konnte es aber kaum gewesen sein, jedenfalls war das sehr unwahrscheinlich. Der Entführer müsste also in der Gästeliste der Kurverwaltung verzeichnet sein. Seit Einführung der Inselcard, damit sich niemand mehr der Pflicht, Kurtaxe zu zahlen, entziehen konnte, war es äußerst schwer, sich ohne registriert zu werden auf der Insel aufzuhalten und keine Spur zu hinterlassen. Das war auf fast allen Ostfriesischen Inseln inzwischen perfekt organisiert. Es lebe die Bürokratie!

Tomma ging im Kopf durch, was zu tun war. Die Gästeliste der Kurverwaltung musste eingesehen und die Namen der in der Nacht vor Leos Verschwinden auf der Insel registrierten Urlauber auf Vorstrafen überprüft werden. Eine Heidenarbeit, doch zumindest eine reelle Chance, die Spreu vom Weizen zu trennen. Eventuell hatte sich auch irgendein Gast verdächtig gemacht. Alle Vermieter waren also zu fragen, ob ihnen irgendjemand aufgefallen war, der – im besten Falle – bei seiner Abreise plötzlich ein Kind bei sich gehabt hatte, mit dem er nicht angereist war. Wo war ein Kind aufgetaucht, das nicht angemeldet war? Wo hatte ein Kind geweint, das dort gar nicht wohnen dürfte? Oder hatte sich ein Gast irgendwie anders verhalten als üblich?

Sie mussten die Nadel im Heuhaufen, das Sandkorn am Strand finden. Angesichts des Urlauberstroms, der gerade über die Promenade flutete und sich durch die Zedeliusstraße drängte, schien es ein unmögliches Unterfangen zu sein. Doch was blieb ihnen anderes übrig? Ganz abgesehen davon, wie die Aktion heute Nacht im Habichtswald ausgehen würde: Tomma musste hier vor Ort den Spuren nachgehen und tun, was zu tun war. Auch wenn es nicht unwahrscheinlich war, dass sich der Junge längst nicht mehr auf der Insel aufhielt: Sie hatte das Gefühl, dass sie Leo hier ganz nahe war.

Während sie langsam zum Haus Meeresfrieden zurückging, verließ diese schöne neu gewonnene Sicherheit sie jedoch bereits wieder. Gefühle? Die konnten so trügerisch sein. Wenn sie sich in ihrem Leben mal ausschließlich auf ihr Gefühl verlassen hatte, war sie meist enttäuscht worden. Frank Möllendorf fiel ihr ein. Von wegen »Tommusch«! Frank war ein Don Juan und würde es immer bleiben. Unfähig zu jeder Bindung, nur auf sein eigenes Vergnügen bedacht und obendrein mit seiner Arbeit verheiratet. Die ging ihm über alles, für andere Verpflichtungen war kein Platz. Und doch …

Gegen ihren Willen spürte Tomma, wie ihr Herz klopfte, wenn sie nur an ihn dachte. An seine Stimme am Telefon. »Pass auf dich auf, Tommusch.« Dabei hatte sie so lange schon nicht mehr an ihn gedacht. Oder fast gar nicht mehr. Sie hatte wirklich geglaubt, das mit Frank hätte sie endgültig hinter sich.

***

»Hallo, Tomma!« Kalinski kam von der Dienststelle zurück, eine Mappe unter dem Arm. »Diese Fotos haben Leute hier auf der Insel gemacht, Urlauber. Es kommen laufend noch mehr rein. Wir haben sie schon mal durchgeschaut. Auf diesem hier, sieh mal, das könnte wirklich der Junge sein.«

Er legte drei Fotoausdrucke vor Tomma auf die Schreibtischplatte. Auf allen war der Himmel bedeckt. Zwei von ihnen zeigten spielende Kinder. Sie standen an einem Klettergerüst am Strand. Der größere, etwa zehnjährige Junge im Vordergrund hatte eine Schaufel in der Hand und schippte mit tief gebeugtem Rücken, der strengte sich richtig an. Das Loch, in dem er stand, war schon ansehnlich tief, bis zu den Hüften war er darin verschwunden. Zwei Mädchen turnten am Klettergerüst. Im Hintergrund leuchtete ein knallroter Anorak, der einem Mann gehörte, der dem Alter nach als Vater zu den Kindern gehören konnte. Auch eine ältere Frau mit heller Jacke und einer Mütze in ebenso undefinierbarer Farbe war mit auf dem Bild. Die beiden Erwachsenen, deren Gesichtszüge nur undeutlich zu erkennen waren, schauten den Kindern zu.

»Und wo siehst du Leo?«, fragte Tomma.

Kalinski tippte auf die rechte obere Ecke des Fotos. Dort stand ein kleiner blonder Junge und guckte zu, guckte mit staunenden Augen, was der andere, der Große, dort mit seiner Schippe vollführte. Er selbst hatte nur ein rotes Schäufelchen in der Hand, auf das er etwas Sand gehäuft hatte.

»Du hast recht, der sieht Leo wirklich sehr ähnlich.«

Im Fokus des nächsten Bildes stand die Wippe des Spielplatzes, auf der zwei Mädchen saßen: das eine hoch in der Luft, das andere noch tief unten, die Füße am Boden. Gleich würde dieses Mädchen sich abstoßen, sodass das andere aus der Höhe jäh auf die Erde knallte … Tomma lächelte unwillkürlich. Sie hörte schon empörtes Kreischen. Obwohl – hier im weichen Sand wäre der Aufprall wahrscheinlich nicht so heftig, wie sie ihn vom Hof ihrer Grundschule in Erinnerung hatte. Aber was hatte das Foto mit Leo zu tun? Als sie genauer hinschaute, erkannte sie ihn im Hintergrund, ganz am Rand des Bildes. Er versuchte gerade, auf eine Schaukel zu klettern, wobei ihm jemand zu helfen schien, der aber nur zur Hälfte aufs Bild gekommen war. Jeans und irgendein helles Oberteil waren zu erkennen. Mann oder Frau? Beides war möglich.

Das dritte Bild war vor einer Eisdiele in der Zedeliusstraße aufgenommen worden, die Tomma wiedererkannte. »Da Tiziano«! Kinder mit dicken Eistüten in der Hand lachten breit in die Kamera. Aber wo sollte hier Leo sein? Richtig, da war Nicole Sander, seine Mutter. Sie spazierte auf der Straße vorbei, den Blick geradeaus gerichtet, während der kleine blonde Junge an ihrer Hand sehnsüchtig die Kinder mit dem Eis anstarrte. Viele Erwachsene wimmelten auf dem Foto herum. Alte und junge Leute, in roten, blauen und knallgelben Jacken, es musste kühl und regnerisch gewesen sein, als das Bild entstanden war. Auch im Juli, mitten im Sommer, konnte es an der Nordsee solche Tage geben. Gerade der Wechsel sei gesund, predigte

Tommas Mutter immer. Reizklima. Wind und Wetter statt der ewigen Sonne am Mittelmeer oder sonst wo im Süden der Welt.

Aber für ein Eis war es ja nie zu kalt, wie das Foto zeigte. Leider hatte Leo keins bekommen.

»Ich durfte als Kind auch kein Eis essen«, sagte Tomma.

»Wie denn das?« Kalinski sah sie halb mitleidig, halb belustigt an.

»Meine Mutter war der Meinung, Eis wäre schädlich für mich. Und nur, weil wir mal an der See Urlaub gemacht hatten, hier auf Wangerooge, da war ich vielleicht sechs Jahre alt. Ich durfte die erste Eiswaffel meines Lebens essen, Erdbeereis, hab ich nie vergessen. Anschließend hatte ich eine dicke Mandelentzündung. Seitdem stand für meine Mutter fest: Eis macht krank.«

»Verstehe.« Wie es seine Art war, ging Kalinski wieder einmal ganz ernsthaft auf ihre Geschichte ein und spann sie weiter: »Was Ursache und Wirkung betrifft, kann man sich leicht täuschen, sogar wir von der Polizei.«

Wenn zwei Dinge aufeinanderfolgten, hieß das für ihn eben noch lange nicht, dass sie irgendetwas miteinander zu tun hatten. Es konnte reiner Zufall sein. Doch ehe Tomma sich dazu äußern konnte, wurde sie abgelenkt. Sie hatte etwas auf dem Foto entdeckt. Sie sah genauer hin. Die Frau dort, mit Stirnband und hellem Anorak, kam ihr irgendwie bekannt vor. War sie schon auf einem der anderen Fotos zu sehen gewesen? Möglich war es. Sie legte das Bild mit dem Klettergerüst daneben. Nein, das Ganze war zu unscharf, um eindeutig zu sein. Und selbst wenn es sich um ein und dieselbe Person handelte: Zwar waren auf Wangerooge eine Menge Menschen unterwegs, doch die Insel war auch recht klein. Zur selben Zeit am selben Ort zu sein, war kein Kunststück und bewies gar nichts.

»Wo bleibt eigentlich der Profi von drüben, dieser Kuhlmann?«, fragte Kalinski, während er die Fotos zurück in die Mappe legte. »Was der so aufnimmt, würde mich auch interessieren. Sicher hat der den Leo auch fotografiert, ist ja schließlich der Sohn seiner …«

»Hat der sich echt noch nicht zurückgemeldet? Den müssen wir uns jetzt dringend mal vorknöpfen«, unterbrach ihn Tomma, griff nach ihrem Notizbuch und stand auf. »Am besten gehen wir direkt noch mal rüber und machen Dampf.«

Doch der Weg hinüber zur Pension Seestern erledigte sich, denn in diesem Augenblick klingelte das Telefon. Wenn man vom Teufel sprach … Es war Sven Kuhlmann, endlich. Das wurde auch Zeit.

»Frau Wilken? Tut mir leid, dass ich mich erst jetzt … aber ich habe Ihre Karte …« Er räusperte sich. »Ich war nicht abkömmlich.«

Aha. Tomma hakte nicht nach, sondern antwortete nur knapp: »Kommen Sie rüber, Zimmer 311.«

Und dann stand er vor ihnen, der Zeuge, von dem sie sich einige Erkenntnisse versprachen. Braun gebrannt und agil, im linken Ohrläppchen ein goldener Ring und trotz der sommerlichen Wärme ganz in Schwarz gekleidet, wie es sich für einen Mann gehörte, der von seiner Pensionswirtin als »halber Künstler« tituliert worden war. Er hatte seine Kamera bei sich, als ob er glaubte, auch die polizeiliche Vernehmung könnte ihm lohnende Motive liefern.

»Ich geh nie ohne«, sagte er, als Tomma mit fragendem Blick auf die Kamera zeigte. »Wer weiß, was sich an der nächsten Ecke bietet, und dann ist man nicht drauf eingestellt. Mein Motto: Immer bereit!« Er zeigte strahlend gebleichte Zähne.

Tomma verkniff sich die Frage, ob er jemals als Junger Pionier bei der Freien Deutschen Jugend mitgewirkt habe. Fehlte nur noch, dass er eine Hand schräg vor die Brust legte. Sie selbst kannte das nur vom Hörensagen und aus den Sendungen von Guido Knopp, sie war ein Westgewächs durch und durch. Spezialist für alles, was aus dem Osten kam, war Kalinski, schließlich war er bis vor ein paar Monaten im tiefsten Brandenburg zu Hause gewesen, in Wittstock an der Dosse genauer gesagt.

Die Feststellung der Personalien erbrachte, dass Sven Kuhlmann tatsächlich Ende der siebziger Jahre in Bitterfeld geboren, also noch in der DDR sozialisiert worden war. Doch was hieß das schon, der Mauerfall war längst Vergangenheit. Jetzt war Kuhlmann ganz präsent im Hier und Jetzt. Er arbeite frei, wie er betonte. Sie hatten es also mit einem freischaffenden halben Künstler zu tun. Zurzeit stelle er einen Inselkalender zusammen, ergänzte er, Wangerooge im Wechsel der Jahreszeiten. »Inselschönheit pur!«

»Und jetzt ist der Sommer dran?« Kalinskis Frage war inhaltlich überflüssig, sie diente dazu, die Atmosphäre zu lockern. So hatte er es in der Ausbildung gelernt.

»Richtig.« Kuhlmann hob blasiert eine Augenbraue.

»Verstehe«, murmelte Kalinski.

»Seit wann kennen Sie Frau Sander?«, schaltete sich Tomma ein. Das Vorgeplänkel war vorbei, es wurde ernst.

Kuhlmann ließ wieder seine fotogenen Zähne aufblitzen. »Schon länger.«

»Sie haben sie also nicht erst auf Wangerooge kennengelernt?«

»Nein.«

»Wann und wo dann?«

»Vor ein paar Jahren schon, in Oldenburg. Ich kenne sie von … über Bekannte, gemeinsame Bekannte. Aber wir hatten nie … also, wir waren damals nur bekannt miteinander.«

Da war wieder dieses Hüllwort. Jetzt hakte Tomma nach. »Wie ist denn Ihr heutiges Verhältnis?«

Kuhlmann strich sich über die sorgfältig rasierte Glatze. »Na ja, wir sind uns … nähergekommen. Aber erst hier auf der Insel. Das ist ja wohl nicht verboten.«

Weshalb war er auf einmal so gereizt? Dass erwachsene Menschen im Urlaub zueinander ins Bett fanden, war heutzutage doch nicht mehr der Rede wert. Zumal in diesem Fall beide ledig waren, also noch nicht einmal Ehebruch im Spiel war. Selbst Lotte Janning, die propere Pensionswirtin, hätte sicher nur etwas dagegen gehabt, wenn der nicht registrierte nächtliche Gast sich morgens noch den Kaffee und die Brötchen von ihr servieren ließe, anstatt sich am Frühstücksbüfett dort zu bedienen, wo er hingehörte.

Tomma klopfte mit ihrem Kugelschreiber auf die Tischplatte. »Herr Kuhlmann, Ihr Privatleben interessiert uns an sich herzlich wenig, da können Sie machen, was Sie wollen. Aber hier ist ein Kind verschwunden, ein Kind, das von der Mutter nachts allein gelassen wurde, damit sie mit Ihnen zusammen sein kann. Also, wie war das nun mit dem Jungen? Schildern Sie uns bitte, was sich in der Nacht von Mittwoch auf Donnerstag abgespielt hat.«

Kuhlmann fingerte an seinem Hals herum, als wollte er seine Krawatte zurechtrücken. Dabei trug er doch nur das obligatorische schwarze T-Shirt mit Rundausschnitt, von einer Krawatte keine Spur. Sein Hals war nackt, der kraftvoll auf- und abruckende Adamsapfel entblößt.

Was er berichtete, deckte sich zunächst mit dem, was auch Leos Mutter angegeben hatte. Das Kind war gegen acht Uhr zu Bett gebracht worden, und Nicole Sander war zu Kuhlmann in die Pension Seestern gekommen. Und dann?

»Wir haben abwechselnd nach ihm geschaut. Jede Stunde.« Er räusperte sich und fingerte am Gurt seiner Kameratasche herum, die vor ihm auf dem Tisch stand.

»Abwechselnd? Sie waren also tatsächlich auch drüben?«

Er nickte.

»Und jede Stunde? Die ganze Nacht hindurch? Das klingt ja fast heroisch! Haben Sie sich da nicht etwas übernommen?«

Tomma verzog keine Miene, musste innerlich aber schmunzeln. Kalinski konnte richtig sarkastisch sein, wenn er wollte. Und in diesem Fall wollte er es, weil dieser freischaffende halbe Künstler, das wusste sie, absolut nicht sein Typ war. Da ging es ihm genau wie ihr. Für den Mordsadamsapfel konnte Kuhlmann ja nichts, aber Glatze und Ohrring, nein danke.

»Na ja, eigentlich wollten wir alle halbe Stunde gucken, das haben wir aber nicht geschafft. Aber so jede Stunde, das kommt schon hin.«

»Wann waren Sie denn das letzte Mal drüben bei Leo?«

Kuhlmann dachte nach. Jedenfalls legte er ostentativ die Stirn in Falten. »Das war gegen eins.«

»Wie – und später nicht mehr?« Kalinski sah Kuhlmann herausfordernd an.

Der rutschte unbehaglich auf seinem Stuhl herum. »Na ja, ich war ziemlich kaputt, und dann dachten wir …«

Viel gedacht hatten die sicher nicht in dieser Nacht, aber das behielt Tomma für sich.

»Wie war es beim letzten Mal? Wie ging es Leo?«

»Der muss geschlafen haben. Alles war ruhig.«

»Was soll das heißen, der muss geschlafen haben? Hat er oder hat er nicht? Waren Sie bei ihm im Zimmer? Haben Sie ihn gesehen?« Tommas Stimme wurde immer eindringlicher, sie merkte selbst, dass sie sich um mehr Ruhe bemühen musste, Empörung brachte gar nichts.

»Ich war am Fenster, hab reingeguckt, und es war alles dunkel, da hat sich nichts gerührt. Der hat tief und fest geschlafen.«

»Oder auch nicht«, bemerkte Kalinski trocken. »Weil er schon gar nicht mehr da war.«

Tomma hob eine Hand. Lass es langsam angehen, Kollege, sollte das heißen. »Um das klarzustellen: Sie sind also gar nicht im Haus gewesen? Nur am Fenster?«

Kuhlmann nickte.

»War das so verabredet?«

»Eigentlich nicht. Aber Nicole … ich dachte …«

»Es war Ihnen wohl zu umständlich, vorn reinzugehen, mit dem Schlüssel und so. Ist das richtig?«

Kuhlmann nickte.

»Stand das Fenster offen?«

»Einen Spalt weit, ja. Den hatten wir offen gelassen. Wegen der frischen Luft und weil wir Leo dann besser hören konnten, falls …«

»Und weil alles ruhig war, meinten Sie, es wäre auch alles in Ordnung?«

»Klar.« Kuhlmann blickte auf die Flasche neben Tommas Notizbuch und bat um ein Glas Wasser. Kalinski verließ kurz den Raum, um ein zusätzliches Glas zu besorgen.

Tomma wechselte das Thema und deutete auf die Fototasche. »Haben Sie Leo fotografiert, Herr Kuhlmann?«

Die Frage schien den Mann nicht weiter zu berühren. Seine betont gelassene oder auch blasierte Miene blieb. »Ja, natürlich.

Kinder gehören zur Insel dazu. Ich hoffe, dass dabei für den Kalender ein Foto rausspringen wird.«

Rausspringen? Ziemlich flapsig formuliert, wenn noch niemand weiß, was mit dem Kind passiert ist, dachte Tomma.

Kalinski kam mit dem Glas zurück und stellte es vor Kuhlmann hin. Tomma schob ihm die Flasche zu, damit er sich selbst Wasser einschenken konnte.

»Würden Sie uns mal ein paar Fotos zeigen?«

»Sicher.« Er holte seine Kamera heraus, schaltete sie ein und zeigte ihnen ein paar gespeicherte Bilder. Es waren alles Schönwetteraufnahmen, die Sonne schien vom hellblauen Himmel, und es war offenbar warm, denn Leo war immer leicht bekleidet: im Badehöschen am Strand, mit einem kurzen Spielhöschen im Sand hockend oder auf dem Schoß seiner Mutter im Strandkorb. Nicole Sander trug einen knappen knallroten Bikini. Schön anzusehen, wenn auch etwas prollig. Tomma schaute auf die Uhr. Der Strandkorb erinnerte sie daran, dass sie unbedingt noch zum Strand hinuntermussten, um dort zu recherchieren. Möglichst bald, ehe die Leute alle zum Abendbrot aufbrachen.

»Noch eine Frage, Herr Kuhlmann: Was für Schuhe haben Sie in der Nacht getragen, als Sie nach Leo geschaut haben?«

Kuhlmann blickte sie verdutzt an. Dann sagte er: »Diese hier«, und zeigte auf seine himmelblauen Sneakers.

»Kann ich mal die Sohlen sehen?«

Sie hatten ein Gittermuster. Der Sohlenabdruck, der am Tatort, draußen vorm Fenster, gefunden worden war, sah anders aus: glatt und unauffällig. Außerdem trug Kuhlmann Größe 44.

Tomma betrachtete ihn nachdenklich. »Das wär's erst mal«, sagte sie. »Halten Sie sich bitte weiter zu unserer Verfügung. Falls Sie die Insel unbedingt verlassen müssen, informieren Sie uns über Ihren neuen Aufenthaltsort.«

»Ich bleibe noch anderthalb Wochen, wie geplant«, murmelte Kuhlmann. »Habe schließlich noch zu tun.«

Als er schon an der Tür war, die Hand auf der Klinke, fragte Tomma: »Was mich noch interessieren würde, Herr

Kuhlmann – warum waren Sie eigentlich gestern und heute Vormittag unabkömmlich?«

Kuhlmann stutzte, zögerte einen Augenblick. So als sei er noch unsicher, wie er reagieren sollte – schroff oder besser aalglatt. Er entschied sich für die zweite Variante und schenkte Tomma ein Lächeln, das wohl Verlegenheit demonstrieren und entwaffnend sein sollte. »Entschuldigen Sie, das ist eigentlich privat. Aber wenn Sie insistieren … Ich war bei … Bekannten. Brauchte unbedingt mal Abstand von diesem ganzen …« Er machte eine vage Handbewegung. »Im Hotel ›Germania‹ gibt es eine hervorragende Wellnessabteilung, Sie können das gern nachprüfen.«

Ich hätte mir den Namen der Leute geben lassen sollen, dachte Tomma, als sie wieder allein war.

VIER

Nach Auskunft des Strandkorbwärters Petersen hatte Nicole Sander einen Korb im mittleren Abschnitt gemietet, und zwar den mit der Nummer 112. Er stehe unterhalb des Cafés Pudding, doch die Frau würde sich heute nicht am Strand aufhalten, was nur allzu verständlich war. Kalinski hatte sie am Vormittag rauchend im Hof des Gästehauses gesehen. Die Insel verlassen wollte sie auf keinen Fall. »Ich bleib hier, bis ich Leo wiederhabe«, beteuerte sie gegenüber jedem, der sie ansprach. »Ich muss doch da sein, wenn sie ihn finden!«

Noch war Badezeit. Ein steifer Wind sorgte für kräftigen Wellengang. In dem abgesperrten Badebereich, der vom Rettungsturm aus beobachtet wurde, sprangen Junge und Alte im Wasser herum. Nur wenige wagten es, hinter den Wellen, die sich auf dem flachen Strand brachen, zu schwimmen. Dazu musste man erst die Brandung durchbrechen, also durch die letzten großen Wellen hindurchtauchen. Die meisten Badegäste blieben weiter vorn in der Brandung stehen, wandten den heranrollenden Wogen den Rücken zu und ließen sich lustvoll von ihnen überwältigen. So klang es jedenfalls. Ihr Kreischen und Juchzen war schon auf dem hölzernen Steg zu hören, als Tomma und Kalinski an den Strand hinuntergingen.

»Hier drüben muss es sein«, sagte Tomma. Hinter ihnen spiegelte sich die Abendsonne in den Panoramafenstern des Cafés Pudding. Tomma hielt ihr Gesicht Sonne und Wind entgegen, eine Wohltat nach den Aufregungen dieses langen Tages.

»Da ist er«, sagte Kalinski. Den blau-weiß gestreiften Strandkorb mit der großen schwarzen Nummer 112 darauf umgab ein niedergetrampelter Wall. Von der Burg war nur noch ein kümmerlicher Rest übrig. Hier war schon lange nicht mehr geschippt worden. Im Inneren des Korbs roch es feucht, der Regen der letzten Tage hatte seine Spuren hinterlassen. Auf dem Sitz lag ein rotes Plastikeimerchen, und als Tomma den

Korb ein wenig zur Seite rückte, sah sie zwei, drei bunte Plastikförmchen, halb im Sand vergraben.

Suchend schob sie mit dem Fuß Sand beiseite, doch die kleine rote Schaufel, die sie auf dem Foto gesehen hatte, war nicht da. Diese Schaufel, die Leo in der Hand hielt, als er dem großen Jungen zuschaute, der schon bis zu den Hüften in einem tiefen Loch stand und immer weiter grub und grub, drüben am Klettergerüst, nicht weit von hier.

Auf einmal lag das kleine rote Ding vor ihrem inneren Auge unten auf dem Boden des Lochs, in dem der Junge stand und schippte. Er häufte Sand darauf, bis das Schäufelchen verschwunden war. Spurlos.

Tomma riss sich zusammen. Tagträume, darauf durfte sie sich gar nicht erst einlassen. Nicht hier, nicht jetzt. Kalinski fasste sie am Arm.

»Das ist der ihr Strandkorb«, rief eine Frau von nebenan, und schon stand sie bei ihnen. »Eine schreckliche Geschichte, woll?«

Sie zeigten ihre Ausweise, obwohl das kaum nötig gewesen wäre. Die Frau schien genau zu wissen, wer sie waren, und auskunftsfreudig wirkte sie noch dazu.

»Können wir Ihnen ein paar Fragen stellen?«

Die Frau winkte ihren Mann herbei, der sich gerade mit einer Schippe bemühte, seine Sandburg auf eine anständige Höhe zu bringen, mit einem Elan, den er vermutlich auch beim Rasenmähen zu Hause in seinem Garten an den Tag legte. Das Paar war um die fünfzig, beide rundköpfig und untersetzt, trotz der einsetzenden Abendkühle noch in kurzen Hosen und mit nackten Armen, die Frau mit einem Top, das spärlicher kaum hätte sein können. Die typischen Sonnenanbeter, wie Tomma registrierte. Sie hießen Norbert und Claudia Hülsmeyer und kamen aus Recklinghausen.

Ja, als aufmerksame Nachbarn der jungen Mutter und ihres Sohnes war ihnen einiges aufgefallen. Der Mann gab als Erster sein Urteil ab: »Also wenn Sie mich fragen, mit der war nicht viel los. Die hat meistens oben ohne im Korb gehockt und sich gesonnt. Oder sich ihre Nägel lackiert. Oder irgend so ’nen Liebesroman gelesen.«

»Fifty Shades of Grey«, warf seine Frau ein. »Ich kenne doch das Cover. Das hat sie gelesen, anstatt sich um den Jungen zu kümmern. Der lief hier immer rum wie Falschgeld. Musste sich allein beschäftigen. Weshalb sich manche Leute Kinder anschaffen, möcht ich wissen. Die sind denen doch nur lästig, woll, Nobby?«

Nobby nickte.

»Haben Sie irgendetwas Konkretes beobachtet?«, erkundigte sich Tomma. »Etwas Ungewöhnliches?«

Die Frau starrte sie an. »Na ja, wie man's nimmt. Hinterher ist man ja immer schlauer. Erst kommt einem das gar nicht komisch vor, aber dann … Einmal war der Junge weg. Er wollte wohl spielen gehen und hatte die Mutter vorher immer schon genervt: ›Mama, spielen!‹ Der Kleine war verrückt nach der Schaukel da drüben.« Sie wies vage in Richtung Düne. »Aber die Mutter hat ihn immer nur vertröstet und abgewimmelt.«

»Und dann ist der Junge weggelaufen?«

»Ja, ich glaub schon. Jedenfalls war er weg. Irgendwann hat das die Mutter auch gemerkt, die wurde wohl nervös. Und dann ging das große Suchen los. Wir haben noch alle mitgeholfen hier rundum.«

Rundum schauten andere Gesichter neugierig aus den Strandkörben heraus. Tomma und Kalinski waren als korrekt bekleidete Gestalten unter all den gut geölten Menschen, die hier viel nackte Haut zeigten, unübersehbar fehl am Platz.

»Wann war das?«

»Vor drei, vier Tagen vielleicht.«

»Aber der Junge ist dann wieder aufgetaucht?«

»Na klar. Hier auf der Insel geht doch niemand verschütt«, verkündete Claudia Hülsmeyer. Es klang so überzeugt, als hätte sie gerade vorm Schaukasten der Kurverwaltung die tägliche Bekanntmachung abgelesen: »Wassertemperatur: 18 Grad. Außentemperatur: 20 Grad. Wind NNO 3–4.« An diesen Fakten war einfach nicht zu rütteln.

Norbert Hülsmeyer machte sich durch ein Räuspern bemerkbar, doch seine Frau verstand trotzdem nicht, dass ihre

Aussage, hier gehe niemand »verschütt«, durch die Realität widerlegt worden war.

Tomma fragte nach. Wo war der Junge gewesen? Wie hatte er zur Mutter zurückgefunden? Es konnte ja am Strand leicht passieren, dass sich Kinder verirrten, für sie sah jeder Strandkorb wie der andere aus.

»Keine Ahnung, wo der gesteckt hat«, sagte Claudia Hülsmeyer. »Auf einmal war er wieder da.«

Ihr Mann schaltete sich ein. »Eine Frau hat ihn zurückgebracht, glaube ich.«

»Eine Frau? Kannten Sie die?«

»Nee. Die stand da oben auf dem Steg«, er zeigte zur Düne hoch, »und hielt den Jungen an der Hand. Dann kam der Junge runter, und ...«

»Ach ja, die Mutter hat sich gleich auf ihn gestürzt«, fiel ihm seine Frau ins Wort, »also so was von ...« Sie stockte. Die überschießende Gefühlsreaktion einer Mutter wollte sie nun wohl doch nicht kritisch hinterfragen, schließlich war das Schicksal des Kindes ungewiss.

Näher beschreiben konnten die beiden jene Frau nicht, auch die anderen Strandnachbarn mussten da passen. Unauffällig sei die Person gewesen, mittelalt und, na ja, eben total unauffällig. An ihr Gesicht konnte sich niemand erinnern. Was sie angehabt hatte? Das, was mittelalte Damen hier so anhatten: helle Jacke, helle Hose. Beige. Vielleicht auch bleu. Oder rosa. Altrosa, nicht etwa pink! Irgendwas Helles jedenfalls, darin war man sich einig. Haarfarbe? Frisur? Fehlanzeige. Um den Kopf herum irgendein Tuch. Oder war es eine Mütze? Ein Stirnband?

»Bloß gut, dass die Frau aufgepasst hat«, betonte Claudia Hülsmeyer. »Wer weiß, was dem Jungen sonst passiert wäre! Die Frau hat ihn wohl drüben beim Spielplatz aufgegabelt und dann mit ihm alle Burgen abgeklappert, bis sie endlich bei der Mutter gelandet ist.«

»Ist diese Frau sonst noch mal aufgetaucht?«

Die Eheleute waren sich nicht einig. Norbert meinte, er habe die Frau nie mehr gesehen, Claudia dagegen behauptete, sie sei noch einmal am Strandkorb gewesen und habe sich nach Mutter und Kind erkundigt. »Aber da waren die schon nicht mehr da.«

»Nicht mehr da? Aber Frau Sander hatte doch den Korb die ganze Woche gemietet, bis einschließlich heute.«

»Na, die Mutter hat sich einfach nicht mehr hier gezeigt. Vielleicht hatte sie ja Besseres vor. Keine Ahnung.« Claudia zuckte mit den Schultern. Es war ohnehin klar, was sie von dieser Mutter hielt.

Eine Frage hatte Tomma noch. Sie wandte sich damit direkt an den Ehemann, der ihr unvoreingenommener schien als seine Frau. »Herr Hülsmeyer – wie ist die Mutter mit dem Jungen umgegangen? Konnten Sie da etwas beobachten?«

»Unmöglich war die«, warf Claudia Hülsmeyer ein. »Keine Geduld. Und überhaupt kein Verständnis für den Jungen. Der war ihr nur lästig. Solche Frauen bekommen ein Kind nach dem anderen, während …«

Norbert Hülsmeyer legte seiner Frau den Arm um die Schultern. »Nun lass doch, Claudi«, murmelte er beschwichtigend. »Ist auch nicht so einfach, ganz allein mit einem Kind …«

»Ach, hör doch auf. Angeblich sind die Mütter ja alle bloß überfordert heutzutage.« Ihre Stimme wurde schrill. »Aber wenn Sie mich fragen, da ist doch was faul! Ich meine, weil der Junge schon wieder weg ist und niemand weiß, wo er abgeblieben ist. Wer weiß, ob die mit der ganzen Sache nicht selbst was zu tun hat. Stellen Sie sich vor, als der neulich weggelaufen ist oder sich verlaufen hat oder was auch immer, da hat die Mutter ihn angeschrien: ›Nie wieder machst du so was, nie wieder, verstanden?‹ Und dann hat sie ihn geschlagen! Die war gar nicht mehr bei sich vor … ich weiß nicht, was.«

»Nun lass doch, Claudi«, versuchte Hülsmeyer, sie wieder zu beruhigen. »Was heißt schon geschlagen? Die war eben mit den Nerven fertig.«

»Die Mutter hat den Jungen geschlagen«, wiederholte Kalinski. »Und Sie alle haben dabei zugeschaut? Einfach so?«

Aber Hülsmeyer ging gar nicht darauf ein. »Einen Klaps hat sie ihm gegeben, auf den Po. Na ja, und ein paar hinter die

Ohren. Das kennen wir doch alle noch von früher. Und hat es uns geschadet?« Er war nicht zu bremsen.

Tomma musste an die Blutspuren im Bad denken. Nasenbluten, hatte die Mutter gesagt, Leo habe manchmal Nasenbluten. Und sie selbst hatte sich in den Finger geschnitten, angeblich. Gleich zwei Erklärungen auf einmal? Das war verdächtig. Waren die Laborbefunde eigentlich noch nicht da? Man musste abwarten, was die Untersuchungen ergaben. Damit klar war, von wem das Blut wirklich stammte.

***

Der Abend war spannungsgeladen, Tomma wartete auf Nachrichten aus Wilhelmshaven. Untätig herumzusitzen war quälend. Der Einsatz im Habichtswald rückte immer näher. Der letzte Anruf von Harmsen hatte sie gegen zweiundzwanzig Uhr erreicht: »Alles klar. Alles ruhig. Wir melden uns, wenn es Neuigkeiten gibt.«

Doch das Telefon blieb stumm.

Erst hatte sie nicht einschlafen können, weil sie den Gedanken an Frank noch immer nicht abschütteln, den Klang seiner Stimme, der sich in ihrem Kopf eingenistet hatte, nicht verdrängen konnte. »Tommusch.« So zärtlich wie früher. Bloß nicht sentimental werden! Sie hatte so lange gebraucht, um sich endlich ganz von Frank zu lösen. Das hatte Kraft gekostet, und die brauchte sie jetzt für etwas anderes, verdammt noch mal! Für ihre Arbeit, für diesen Fall.

Als sie dann doch endlich einschlief, kamen die Alpträume. Wie das Kind in den Bombentrichter läuft, wieder und wieder. Eine dunkel gestrichene Tür, die mit einem dumpfen Knall zufällt. Sie hört es und weiß: Das ist ein Bunker. Dahinter sitzt er, Leo! Aber sie findet keine Klinke und kein Schloss, irrt hilflos in Panik umher, über Straßen und Dünen, und kann doch keinen Zugang entdecken. Dabei ist klar: Die Zeit drängt. Läuft erbarmungslos ab. Sie muss diese Tür öffnen! Dann hört sie, wie jemand mit bloßen Fäusten dagegentrommelt. Das war aber doch kein Kind, das war …

Tomma wachte auf. Der Traum war vorbei, Gott sei Dank. Sie hätte heulen können vor Erleichterung.

Hatte sie das wirklich nur geträumt? Irgendwo im Haus klopfte vielleicht jemand an die Wand oder an irgendeine Tür. Hatte man eigentlich das Gästehaus gründlich durchsucht? Gab es nicht doch noch irgendwelche Schränke oder Verschläge auf dem Dachboden oder im Keller dieses großen, verwinkelten Hauses, in dem man sich so leicht verlaufen konnte ... Orte, die ein düsteres Geheimnis bargen, die undurchschaubar waren, rätselhaft ...

Obwohl diese Gedanken und Bilder sie bedrängten, schlief Tomma endlich wieder ein.

***

Auf der A 1 rauschten die Autos vorbei und erhellten die Bahn flüchtig, doch der Parkplatz lag im Dunkeln. Erst wenn man näher an das Toilettenhäuschen heranfuhr, wurde man vom Licht einiger Lampen erfasst, und die Abfalltonnen und Graffitispuren an der Wand stachen hervor: »Fuck the police« in grellem Rot, dazu ein schwungvoller Namensschnörkel, ein »Tag«, ganz in Schwarz. Hinter dem Häuschen verlief ein Stacheldrahtzaun, der den Parkplatz von einem Waldstück abgrenzte. An einer Stelle war der Draht durchtrennt, der Zaun niedergetrampelt. Manch ein Autofahrer, der den hygienischen Verhältnissen der öffentlichen Toilette misstraute, nahm offenbar diesen schon vorgebahnten Weg ins Unterholz, worauf allerhand Abfall hindeutete. Papier lag herum, hier und da auch typischer Wohlstandsmüll, man konnte über einen klobigen Fernseher oder einen Sack mit Altkleidern stolpern, und etliche Plastiktüten knäulten sich im Unterholz.

So wäre die blau-weiße ALDI-Tüte, die etwa zwanzig Meter hinter dem Zaun unter einem Ilexbusch lag, gar nicht weiter aufgefallen – wenn da nicht das rote Fähnchen gewesen wäre, mit dem dieser Ort markiert war, genau so, wie der Erpresser es in seinem Brief gefordert hatte.

Inzwischen war es ohnehin stockdunkel. Alles wartete

darauf, dass die Person, die Leo in ihrer Gewalt hatte, sich zeigte. Auf einen Zugriff sollte möglichst noch verzichtet werden, da man hoffte, der Erpresser werde sich, sobald er im Besitz des Lösegelds war, wieder zu dem Kind begeben. Man würde heimlich die Verfolgung aufnehmen, alles war dafür vorbereitet.

Die Polizeibeamten, die in ihren abgedunkelten Zivilfahrzeugen saßen, mussten sich gedulden. Das eine war ein uralter VW-Bulli, als Campingwagen getarnt. Hier schien hinter Jalousien ein nostalgischer Alternativer ganz harmlos die Nacht zu verbringen. In dem anderen Fahrzeug, einem Toyota älterer Bauart, saß Polizeimeisterin Möller mit ihrem Kollegen Potthast, um – falls nötig – ein Liebespaar zu mimen. Auch drei Lastwagen mit Anhängern, die Schriftzüge internationaler Logistikfirmen trugen, standen auf diesem Parkplatz. Da alles so normal wie möglich wirken sollte, hatte man ihn nicht räumen lassen und die betreffenden Fernfahrer über die bevorstehende Aktion auch nicht informiert. Bei zweien von ihnen hatte noch lange, bis nach Mitternacht, der Fernseher in der Kabine geflimmert. Inzwischen hatten sich wohl alle drei zum Schlafen zurückgezogen, während es für die insgesamt sechs Polizeibeamten, die versteckt im Unterholz des angrenzenden Waldstücks lagen, weniger gemütlich war. Sie hatten die ALDI-Tüte samt rotem Fähnchen im Visier.

Der Verkehr auf der Autobahn hatte schon ab Mitternacht stark nachgelassen. Es wurde eins, es wurde zwei. Es wurde immer später. Doch nichts tat sich.

Plötzlich war Motorengeräusch zu hören. Ein Auto näherte sich, bog auf den Parkplatz ein. Polizeiobermeister Potthast schreckte auf. Er stieß seine Kollegin an, legte den Arm um sie und zog sie dicht an sich heran. Ein dunkler Pkw fuhr über den Parkplatz, fast bis zur Ausfahrt, und parkte dort. Eine Tür ging auf, schlug wieder zu. Beide Beamten starrten gebannt auf die Gestalt, die sich jetzt dem Toilettenhäuschen näherte. Schlank, mittelgroß. Dunkel gekleidet, eine Wollmütze auf dem Kopf. Ein Mann? Oder eine Frau? Die Person führte einen Hund an der Leine. Sie ging am Toilettenhäuschen vorbei, auf den

Zaun zu. Der Strahl einer Taschenlampe huschte über den Boden.

Potthast griff nach dem Sprechfunkgerät. »Verdächtige Person nähert sich dem Ziel. Achtung: mit Hund.«

»Verstanden«, knarzte es aus dem Lautsprecher.

Wo der Zaun schon heruntergetreten war, überstieg die Person diesen zielstrebig, so schien es, bahnte sich ihren Weg durchs Unterholz und machte im Schein ihrer Taschenlampe direkt vor der Tüte halt. Die Person hatte die Hand noch nicht richtig danach ausgestreckt, als sich der Hund mit einem Satz von der Leine losriss und einem Polizisten, der einige Meter entfernt im Unterholz lag, kläffend an die Beine sprang. Jetzt musste der Zugriff erfolgen, ob man wollte oder nicht.

Es war ein Mann. Alle umringten ihn. Aus dem Unterholz, dem Toyota, dem Bulli waren sie auf ihn zugestürzt, und gleich vier Beamte auf einmal hatten ihn gepackt. Er musste sich, die Beine breit, mit dem Gesicht zur Wand des Toilettenhäuschens stellen. Potthast tastete ihn ab, griff in die Taschen seiner Jeans, fuhr mit den Händen an seinen Beinen hinab. Keine Waffe, nichts.

Laut Führerschein handelte es sich um Julian Schütte, neunundzwanzig Jahre alt, wohnhaft in Delmenhorst. Er habe nur eine Pinkelpause machen wollen, beteuerte er. Auch sein Hund musste mal raus aus dem Auto. Er sei unterwegs nach Freiburg. Student? Ja, Student. Er fahre immer nachts, da sei es auf der A 1 ruhiger. Bloß kein Stress!

Also nur ein ganz harmloser Zeitgenosse? Konnte sein. Konnte aber auch nicht sein.

»Sagt Ihnen der Name Leo Sander etwas?«, fragte Potthast.

Der Mann reagierte kaum. Er wirkte müde. Oder war verdächtig gelassen. »Leo Sander? Nein. Wer soll das sein?«

»Auf der Insel Wangerooge ist ein Kind verschwunden, der Name des Jungen ist Leo. Haben Sie das nicht mitbekommen?«

»Ach so, ja, da war was«, sagte Schütte. »Aber was hab ich damit zu tun?«

Auf lange Erklärungen ließ Potthast sich nicht ein. »Sie

kommen mit aufs Revier. Wir überprüfen Ihre Angaben und fertigen ein Protokoll an.«

»Ich schreibe morgen eine Klausur!«, empörte sich der junge Mann. »Ich muss zur Uni.« Der Hund, eine hochbeinige Promenadenmischung mit Ringelschwanz und Stehohren, fing wieder an zu kläffen, noch wütender diesmal.

Sie wollten den Mann auf den Rücksitz verfrachten. Beim Einsteigen drückte Potthast den Kopf des Verhafteten nach unten, was für unbeteiligte Beobachter wie eine beschützende Geste aussah, als sollte der Mann sich nicht den Kopf am Wagendach stoßen. In Wirklichkeit zeigte sich aber in dieser Geste, wer hier das Sagen hatte. Entsprechend verärgert reagierte Schütte auch. Er knurrte wütend und versuchte vergeblich, die Hand des Polizisten abzuschütteln, zog dann aber doch den Kopf zwischen die Schultern und stieg ein.

Der Hund saß schon im Fond, wo sonst die Polizeihunde transportiert wurden, und kläffte das Netz an, das ihn von seinem Herrchen trennte.

In dem Moment schrie jemand: »Das Geld ist weg!«

Das rote Fähnchen steckte noch in der Erde, doch die Tüte unter dem Ilexbusch war verschwunden.

***

Tomma wälzte sich bis zum Morgengrauen unruhig hin und her, schreckte hoch, blickte auf die Uhr, dämmerte vor sich hin, fiel in einen flachen Schlaf. Im Unterbewusstsein war sie mit ihren Kollegen auf diesem Parkplatz, und immer wieder kam dieser Alptraum von dem Kind, das eingeschlossen war. Da war auch wieder dieses Klopfen. Es wurde stärker, dringlicher, bis sie endlich begriff, dass jemand an ihrer Zimmertür war.

»Tomma?« Es war Kalinski. Er hielt sein Mobiltelefon in der Hand und berichtete.

Die Aktion Habichtswald war in die Hose gegangen, wie sich der Kollege aus Wilhelmshaven ausgedrückt hatte. Während man einen Mann verhaftet hatte, der allem Anschein nach völlig unschuldig war, ein harmloser Autofahrer und sonst gar nichts, war das Lösegeld entwendet worden. Was das für Leo bedeutete, war noch überhaupt nicht abzusehen.

»Und der Mann hat mit der Sache wirklich nichts zu tun?«, fragte Tomma schlaftrunken. »Ist das denn schon klar? Vielleicht hat er als Lockvogel agiert, und sein Komplize hat die Situation dann ausgenutzt.«

»Möglich. Das werden die Kollegen überprüfen.«

Tomma schüttelte den Kopf. Wie konnte das Geld unbeobachtet bleiben? Aber in dem Durcheinander des Zugriffs …

»Der Erpresser muss sich ganz in der Nähe aufgehalten und nur darauf gewartet haben, dass sich so eine Situation ergeben würde. Wenn er sie nicht von vornherein mit seinem Komplizen geplant hatte.«

Oder hatte etwa einer der Polizisten der Versuchung nicht widerstehen können und sich das Geld gegriffen, während alle seine Kollegen den vermeintlichen Erpresser im Fokus hatten?

Das war ein Gedanke, der sich eigentlich verbot. Manchmal musste man aber auch das Verbotene denken, um ans Ziel zu kommen.

»Aber … was ist mit dem Kind?« Tomma war die Kehle plötzlich wie zugeschnürt. »Was wird der Entführer jetzt tun? Der muss sich noch mal melden! Wo ist Leo?«

Ihre Gedanken überschlugen sich. Die Polizei sollte sich raushalten, hatte der Erpresser gefordert. Man hatte sich nicht daran gehalten. Wie würde er nun reagieren? Warum meldete er sich nicht, verdammt noch mal! War Leo nach dieser Aktion in größerer Gefahr als zuvor?

Und noch eine Frage drängte sich auf: Wenn der Erpresser nur ein Trittbrettfahrer war und mit der Entführung überhaupt nichts zu tun hatte, was dann? »Gehen Sie zurück auf null«, hörte sie innerlich jemanden sagen.

Sie zwang sich zur Routine. Also erst mal ins Bad und Zähne putzen. Als sie sich im Spiegel über dem Waschbecken sah, bekam sie einen Schreck. Was für Augenringe, und dann diese hängenden Mundwinkel, furchtbar! Mit solch einer Miene hatte man niemals Erfolg. Sie riss sich zusammen, hob die Mundwinkel, zwang sich zu einem Lächeln und schien tatsächlich gleich ein wenig optimistischer zu werden. Dann nahm sie den Mund voll Wasser und spuckte energisch aus. Auch das half.

Der Frühstückssaal wurde an diesem Morgen von einer Gruppe dominiert, die pralle Lebensfreude verbreitete. Die Leute strahlten geradezu. Weshalb? Einfach alles war ihnen Anlass genug: Der Kaffeeduft. Die frischen Brötchen vom Inselbäcker. Das Gelee vom inseleigenen Sanddorn. Die Butter von glücklichen Kühen. Die Eier von frei laufenden Hühnern. Die weiß gedeckten Tische mit den geschmackvollen Gestecken von Dünengras und Strandflieder. Und die Sonne am Inselhimmel strahlte dazu! Es war eine Lauftherapiegruppe aus Ostwestfalen, die sich hier mit ihrem Coach stärkte, bevor sie sich auf einen langen Lauf rund um die Insel begab. Alle waren in sportlichen Trikots, trugen Stirnbänder, eng anliegende Leggings und exquisite Laufschuhe.

»Ich will den Flow«, sagte einer von ihnen, der besonders drahtig und fit wirkte. »Deshalb bin ich hier. Vorgestern hatte ich den schon, als wir durch die Dünen bis zum alten Ostanleger gelaufen sind, das war großartig – endlich mal wieder der Flow!«

Er sah aus wie ein erfolgreicher Manager oder Chefarzt. Flow? Den wünschte sich Tomma auch, obwohl es ein Modewort war. Aber ganz in einer Tätigkeit aufzugehen, war ein wunderbarer Zustand. Das konnte ja alles Mögliche sein: Tanzen oder Kartoffeln schälen oder am Bildschirm sitzen und Informationen sammeln. Informationen, die sie weiterbringen würden in diesem Fall … Ein Zustand jedenfalls, in dem man alles um sich herum vergessen konnte. Auch sich selbst. Das vor allem.

Als sie sich gerade am Büfett einen weiteren Pott Kaffee zapfen wollte, sagte eine Frau neben ihr: »Kann ich Sie mal kurz sprechen?«

Es war der strahlende, mittelalte Coach, der die Laufgruppe anführte. Eine weibliche Bezeichnung für diesen Beruf kannte Tomma nicht. Dem Namensschild am Busen war zu entnehmen, dass dieser Coach Charly hieß oder zumindest so genannt werden wollte. Unter Läufern redete man sich anscheinend nur mit dem Vornamen an.

»Ich möchte Ihnen etwas mitteilen, was wir neulich unterwegs beobachtet haben.«

Sie setzten sich an einen Tisch, auf dem das Frühstücksgedeck noch unberührt war.

»Wann war das?«, erkundigte sich Tomma.

»Vor ein paar Tagen, am Montag oder Dienstag. Wir waren ziemlich weit draußen, Richtung Osten, wir wollten zum alten Hafen, sind quer durch die Dünen gelaufen. Und da waren sie.«

»Wer denn?«

»Ein Mann und das Kind. Die Mutter war auch dabei. Das war diese Nicole Sander, die hatte ich jedenfalls schon hier im Haus gesehen.«

»Und was war daran so besonders?«

»Der Mann hatte eine Kamera und machte Fotos. Die Stelle ist ziemlich abgelegen, das ist wirklich weit weg. Ein normaler Spaziergänger kommt da gar nicht hin, und für das Fahrrad ist das auch nichts, dieser Sand überall. Jedenfalls fotografierte der Mann, es sah ganz professionell aus.«

Tomma fragte noch einmal: »Was war denn das Besondere daran, dass ein Profi Fotos macht?«

Die Frau hatte ihr Strahlen abgeschaltet. Sie sah jetzt auch nicht mehr so aus, als ob sie Charly genannt werden wollte. »Das Kind hatte kaum was an. So genau konnte ich's nicht sehen, aber ich denke, es war so gut wie nackt. Die Mutter übrigens nicht, die waren also nicht nur am Sonnenbaden.«

»Sind Sie sicher, dass es Leo war?«

Die Frau zögerte. »Nein ... nicht hundertprozentig. In dem Alter sehen sich Kinder ja sehr ähnlich. Aber der Junge war auch blond, und die Mutter kenne ich doch hier aus dem Haus.«

»Ist Ihnen sonst noch irgendetwas aufgefallen?«

Sie schüttelte den Kopf. »Erst habe ich mir gar nichts dabei gedacht. Aber nun, wo der Junge verschwunden ist ... Der Mann war übrigens so ein Großer, Schlanker mit Glatze. So um die vierzig rum.«

Tomma nickte. Den kannten sie. Sven Kuhlmann, immer

wieder der. Es wurde Zeit, diesen Mann genauer unter die Lupe zu nehmen, ihn und das, was er mit seiner Kamera produzierte.

Auf Charlys Gesicht war die Sonne wieder aufgegangen. »Ich wünsche Ihnen noch einen wunderschönen Tag«, verkündete sie, sichtlich erleichtert, dass sie ihre Beobachtung losgeworden war, und gesellte sich zu ihrem Trupp, der schon an der Tür des Speisesaals wartete. Alle in ihren Laufschuhen federnd, alle bereit, sich auszupowern und in den ersehnten Flow einzutauchen … Immerhin hatte der ihren Coach nicht daran gehindert, die Augen offen zu halten.

Tomma stand nun auch auf, Kalinski hatte den Speisesaal schon verlassen. Der junge Kollege war eifrig, das musste sie anerkennen.

Im Arbeitszimmer erwarteten sie weitere Neuigkeiten. Zum Beispiel hatte die Recherche der Kollegen ergeben, dass Nicole Sander beim Jugendamt in ihrem Wohnort Oldenburg keine Unbekannte war. In den ersten Wochen nach Leos Geburt hatte es massive Probleme gegeben. Die noch recht junge alleinerziehende Mutter war zunächst nicht in der Lage gewesen, eine Bindung zu ihrem Sohn aufzubauen und sich angemessen um ihn zu kümmern. Einmal stellte sie morgens den Kinderwagen mit dem Baby in einer öffentlichen Toilette ab, um in der Innenstadt zu shoppen, und als sie ein paar Stunden später wiederkam, hatten Polizei und Jugendamt eingegriffen. »Der Hilfeschrei einer überforderten jungen Frau«, hieß es damals. Seither besuchte eine Familienhelferin Mutter und Sohn regelmäßig und berichtete darüber. Alles schien jetzt normal, keine Auffälligkeiten – bis auf eine. Leo war sprachlich nicht altersgemäß entwickelt. Er sprach noch sehr wenig, zu wenig für einen fast Dreijährigen. Merkwürdig, davon hatte die Mutter kein Wort gesagt.

In den Unterlagen, die Harmsen ihr per E-Mail geschickt hatte, stieß Tomma dann aber doch noch auf zwei Aktennotizen aus jüngster Zeit, die sie aufhorchen ließen: Einer anderen Mutter war auf dem Spielplatz aufgefallen, dass der Junge blaue Flecken im Gesicht und an den Armen hatte. Unabhängig davon hatte eine Nachbarin, eine pensionierte Lehrerin, zu Protokoll gegeben, dass in der Wohnung nebenan öfter Geschrei zu hören sei, und zwar störendes Geschrei. Da werde wohl eine Mutter mit dem Nachwuchs nicht fertig. Kinder brauchen Grenzen, betonte die Pädagogin.

Andererseits: Es war leicht, eine junge Mutter anzuschwärzen, indem man sich über Lärm beschwerte. Die blauen Flecken hatte Nicole Sander auf Nachfrage des Jugendamtes damit erklärt, dass Leo die Treppe hinuntergefallen sei. Er wolle immer alles allein machen und sich nicht mehr an die Hand nehmen lassen. Dann sei es eben passiert, zum Glück ohne ernste Folgen. Nein, bewusstlos sei er nicht gewesen. Er habe sich nur kurz übergeben und dann den ganzen Nachmittag geschlafen. Hört sich nach einer Gehirnerschütterung an, dachte Tomma, doch beim Kinderarzt war die Mutter mit ihm nicht gewesen. Die üblichen Vorsorgeuntersuchungen, die doch von der Kasse bezahlt wurden, hatte sie auch nicht regelmäßig machen lassen. Nein, »scheckheftgepflegt«, wie Tommas Schwester Heike das einmal schnodderig genannt hatte, war dieses Kind nicht.

»Sag mal, Mike, ich frage mich schon die ganze Zeit, wie sich Nicole Sander eigentlich diesen Urlaub hier auf der Insel leisten kann«, sagte Tomma. »Billig ist Wangerooge nicht gerade. Bestimmt kein Urlaubsort für Hartz-IV-Empfänger.«

»Eher etwas für gutbürgerliche Mittelschichtfamilien mit kleinen Prinzen und Prinzessinnen«, bemerkte Kalinski.

Recht hatte er.

»Vielleicht arbeitet sie als Model?«, sagte Tomma halb im Scherz. Sven Kuhlmann mit seiner Kamera stand ihr wieder vor Augen, und sie dachte daran, wie Nicole sich oben ohne im Strandkorb räkelte, während Leo sich zwischen den Sandburgen verlief ... Arbeit als Model? Schon möglich, die Figur dazu hatte sie. Man würde sie danach fragen müssen. Vielleicht hatte sie aber auch noch eine ganz andere Einnahmequelle. Die Szene in den Dünen, die Tomma gerade geschildert worden war, kam ihr wieder in den Sinn. Was den Fotografen betraf, mussten sie tätig werden. Beim Staatsanwalt Zugriff auf seinen Computer beantragen, das war das Nächste. Sie griff zum Telefon.

Nachdem sie Harmsen auf Kuhlmann angesetzt hatte, kam ihr noch ein anderer Gedanke. Was hatte Kalinski vorhin gesagt? Die Mittelschicht mit ihren Prinzen und Prinzessinnen … Obwohl Tomma selbst keine Kinder hatte, nahm sie doch wahr, was um sie herum in puncto Nachwuchs vor sich ging, und es ging ihr zunehmend gegen den Strich. Je seltener Kinder wurden, desto mehr wurden sie vergöttert. Jedenfalls in bestimmten Kreisen, die sich immer mehr ausbreiteten. Prinzen und Prinzessinnen … wo waren ihr diese Worte kürzlich noch begegnet?

Richtig, das war's! Tomma machte sich auf den Weg. Das wollte sie sich genauer anschauen. An der Pinnwand des Gästehauses, an der sie auf ihrem langen Marsch zum Speisesaal immer vorbeikamen, hing ein Plakat, das über alle Aktivitäten informierte, die auf der Insel stattfanden. Regelmäßig, jedenfalls in der Hochsaison, standen Fahrten mit dem Motorschiff »Seejungfrau« (I und II) auf dem Programm. Eine schöne Abwechslung, besonders für diejenigen, die sich einmal für ein paar Stunden von der Insel befreien wollten; es sollte ja so etwas wie einen Inselkoller geben.

Die Ziele variierten. Es gab Fahrten zu anderen Ostfriesischen Inseln, wie sie auf dem Luftbild im tiefen Blau aufgereiht waren: meistens nach Spiekeroog gleich nebenan und nach Langeoog, aber auch Norderney, das schon exotischer war, da weiter entfernt und mit »städtischem Flair«, wurde angesteuert. Freitags stand immer Helgoland auf dem Programm, dort lockten die Lange Anna und der zollfreie Einkauf. Und um auch den kleinen Urlaubern etwas ganz Besonderes zu bieten, gab es die Themenfahrten: »Pirat meets Prinzessin«.

Die Jungs als Piraten verkleidet, die Mädchen als Prinzessinnen. Immer nach dem alten Rollenschema. Warum nicht mal umgekehrt: »Piratin meets Prinzen« oder »Prinz meets Piratin«? Dieser Sprachmischmasch war natürlich fürchterlich. Hatten die das hier wirklich nötig?

Auch die »Seejungfrau« hatte am Donnerstag bereits abgelegt, ehe der Wangerooger Hafen kontrolliert werden konnte, nämlich schon um acht Uhr fünfundvierzig. Der Entführer konnte also auch dieses Schiff benutzt haben, um von der Insel wegzukommen. Hatte es einen Aufenthalt unterwegs gegeben? Das Programm dieser Fahrt musste man unbedingt unter die Lupe nehmen.

Sie schaute noch einmal auf die Pinnwand. Die Ankündigung der Piratenfahrt wurde von einem idyllischen Inselfoto gekrönt: blau der hohe Himmel, hellgrün die Dünen, sonnengelb der Sand – und in der Ferne, als verheißungsvoller flaschengrüner Strich, das Meer. Darauf, wie in einem Comic gestrichelt, ein Schiff mit der Totenkopfflagge der Piraten. An einem Satzfetzen im Text blieb Tommas Blick hängen: »In Verkleidung« sollten die Kinder kommen. Sie sah einen Haufen kleiner Jungs mit Pumphosen, Augenklappen und Kopftüchern vor sich und lauter kleine Mädchen mit langem blonden Haar und Reifröcken, und alle diese Kinder trugen sichtbar oder auch unsichtbar ihr Krönchen auf dem Kopf. Alle wurden sie gehegt und bewundert von ihren Eltern, die nur das Beste für sie wollten. Bewundert und geliebt, grenzenlos.

Konnten Eltern ihren Nachwuchs auch zu viel lieben? Kinder brauchten Grenzen, wie die vom Lärm gestörte Oldenburger Lehrerin, eine ehemalige Rektorin übrigens, zu Protokoll gegeben hatte. Diese Frau war möglicherweise nichts weiter als eine verbitterte Alte, die den Jüngeren das Glück mit ihren Kindern missgönnte. Im Märchen hätte man sie Hexe genannt. Würde sie, Tomma, auch einmal so enden? Sofort verbannte sie diesen Gedanken aus ihrem Kopf.

»In Verkleidung«, das ließ sie nicht los. Unter blonden offenen Haaren oder einem verwegen gebundenen knallroten Piratenkopftuch sah sie vor ihrem inneren Auge ein Gesicht, das sie kannte: Leo.

Wie leicht es war, ein Kindergesicht zu verfremden. Mit einer Perücke oder einer Augenklappe zum Beispiel. Wie leicht es war, aus einem Jungen ein Mädchen zu machen, besonders dann, wenn das Kind »sprachlich nicht altersgemäß entwickelt« war. Wenn es nicht verraten konnte, was mit ihm gemacht wurde, nicht ausdrücken, was in ihm vorging.

Wieder griff Tomma zum Telefon. Die Kollegen von der

SOKO sollten sich bei den Veranstaltern dieser Fahrten umhören. Vielleicht war am Donnerstag irgendetwas an Bord vorgefallen, das ihnen jetzt weiterhelfen konnte. Hatte sich eins der Kinder ungewöhnlich benommen? Gut vorstellbar, dass ein Dreijähriger lautstark dagegen protestierte, mit einem Fremden unterwegs zu sein. Tomma konnte nur hoffen, dass das der Fall wäre.

***

Von der Öffentlichkeit so gut wie unbeachtet, fand am späten Nachmittag gegenüber vom Haus Meeresfrieden eine bemerkenswerte Polizeiaktion statt. Mit richterlichem Beschluss wurde in der Pension Seestern der Computer des Fotografen Sven Kuhlmann beschlagnahmt. Verbunden damit, also zeitgleich, wie es in der Anordnung hieß, durchsuchten Polizisten Kuhlmanns Bremer Dachwohnung am Steintor wegen des Verdachts auf Produktion und Verbreitung von kinderpornografischem Material.

Kuhlmann selbst blieb noch unbehelligt, er konnte also weiter sommerliche Inselimpressionen mit der Kamera einfangen. Diesmal allerdings ohne Kinder vor der Linse. Natur pur, damit musste er sich jetzt begnügen. Das Ergebnis der Durchsuchung von Computer und Wohnung war abzuwarten, bis dahin galt die Unschuldsvermutung. Allerdings nicht für Tomma Wilken. Ihr Urteil »aus dem Bauch heraus« stand fest, wenn sie es auch nur ganz privat ihrem Kollegen gegenüber äußern durfte. »Der Mann war mir gleich nicht koscher«, sagte sie, als beide am Jägerzaun zwischen den Grundstücken standen und beobachteten, wie zwei Polizisten einige Sachen aus dem Haus gegenüber trugen: eine Computertasche, ein paar großformatige dunkle Mappen sowie zwei mittelgroße Umzugskartons, deren Inhalt ihnen verborgen blieb. Kuhlmann selbst ließ sich nicht blicken. Dafür war Lotte Janning, die Pensionswirtin, unübersehbar präsent. Und auch unüberhörbar, obwohl der Wortlaut ihrer Suada aus der Entfernung nicht genau zu verstehen war.

Lotte Janning stand umgeben von flatternder Bett- und Kinderwäsche im Hof, die Hände in die Seiten gestemmt, und redete auf die Beamten ein. Sicher versuchte sie, diese von der Unschuld ihres Gastes zu überzeugen, der sie mit dem Charme des halben Künstlers um den Finger gewickelt hatte. Die Polizisten blieben betont ruhig und verzogen keine Miene, sodass Lotte Janning ihre Lautstärke steigerte und zwei Worte zum Haus Meeresfrieden herüberwehten: »Sooo kinderlieb!« Wie zum Beweis kamen hinter den Bettlaken zwei kleine Blondschöpfe hervorgestolpert, beide noch in dem Alter, in dem Kinder kaum die Balance halten können. Sie suchten an den Beinen ihrer Pflegemutter Schutz.

»Wie rührend«, sagte Tomma sarkastisch.

»Verstehe«, murmelte Kalinski.

Gegen Frau Janning lag absolut nichts vor, wie die Nachfrage beim Wilhelmshavener Jugendamt ergeben hatte. Sie schien tatsächlich eine Supermutti zu sein, was Tommas Sympathie ihr gegenüber nicht gerade verstärkte. Der Neid war eben doch eine der mächtigsten Triebfedern des Menschen, wie sie sich selbstkritisch eingestehen musste. Dieser Frau gelang es allem Anschein nach wirklich, in Perfektion das zu erfüllen, was heute von den Frauen allgemein gefordert wurde: Familie und Beruf miteinander zu vereinen. Dazu sah sie noch aus wie das blühende Leben und war modisch einfach top gestylt, was man von Tomma nicht gerade behaupten konnte. Der Blick in den Spiegel heute Morgen war nicht nur ernüchternd, er war niederschmetternd gewesen. Und sie hatte noch nicht mal Kinder, nur ihren Beruf. Aber der reichte ihr schon.

Diesmal war Kalinski der Misstrauischere von beiden. »Bin gespannt, was die auf dem Computer alles finden werden«, sagte er. »Falls eindeutiges Material drauf ist, erleben wir sicher noch einige Überraschungen.«

Tomma sah ihn fragend an.

»Der wohnt vielleicht nicht zufällig bei dieser Super-Pflegemutter. Könnte doch sein, oder?«

Tomma nickte nur, was Kalinski zum Weiterreden ermutigte. »Der Mann braucht doch Kinder für seinen Job, und da drüben hat er freie Auswahl. Wo er doch sooo kinderlieb ist. Pädophilie heißt doch Kinderliebe, Liebe zu Kindern, oder?«

Ekelhaft. Tomma schüttelte sich.

Aber was war mit Leo? Wo war er? Was war mit ihm passiert? Sie hatte nicht das Gefühl, dass sie einer Lösung dieses Falls auch nur einen Schritt näher gekommen waren. Im Gegenteil.

Tomma fühlte, wie der Frust auf ihr zu lasten begann und sie lähmte. Als weitere Informationen hereinkamen, bestätigten sich ihre schlimmsten Befürchtungen: Das Blut in der Dusche stammte tatsächlich von dem Jungen. Nasenbluten, hatte die Mutter gesagt. Konnte man ihr das glauben? Die Sorge um das Kind schnürte ihr die Kehle zu.

»Glaubst du, die Mutter hat etwas mit Leos Verschwinden zu tun?«, fragte Kalinski, dem nicht entgangen war, wie sich Tommas Miene verfinstert hatte.

»Ich fürchte, ja.«

»Aber wie sollte das vor sich gegangen sein?«

»Überlegen wir mal«, antwortete Tomma. »Bisher sind wir mehr oder weniger davon ausgegangen, dass jemand anderes, ein Fremder, Leo mitgenommen hat. Einer, der entweder von draußen oder aus dem Haus selbst kam. Beides ist möglich. Ob dieser Fremde auch das Lösegeld gefordert hat oder ob es sich um einen Trittbrettfahrer handelt, wissen wir nicht, und dieses Problem lassen wir jetzt mal außen vor.«

Kalinski nickte. »Und weiter?«

»Es kann auch sein, dass Leo auf der Suche nach seiner Mutter aus dem Fenster gestiegen ist oder sonst wie das Zimmer verlassen hat – und dann jemandem, einem Fremden oder jemandem, den er kannte, in die Arme gelaufen ist.«

Kalinski nickte wieder.

»Betrachten wir das also unter der Hypothese: Die Mutter ist in das Ganze verwickelt. Ein mögliches Szenario sähe so aus: Die alleinerziehende Nicole Sander ist total überfordert mit dem lebhaften Jungen und der ganzen Situation, diesen Urlaub hat sie sich anders vorgestellt. Da rutscht ihr schon mal die Hand aus. So kommt Leo bei einem Ausraster der Mutter zu Schaden. Sie schlägt ihn im Bad, es kommt zu einem Sturz, dabei könnte er zum Beispiel mit dem Kopf auf dem Rand der Duschwanne aufgeschlagen sein. Er stirbt. Die Mutter muss ihn verschwinden lassen.«

»Und dieser Kuhlmann hilft ihr dabei. Der ist doch mit allen Wassern gewaschen«, ergänzte Kalinski.

»Dann wäre alles Theater, was die uns vorgespielt haben«, führte Tomma weiter aus. »Von wegen, sie haben mindestens jede Stunde nach ihm geschaut, und auf einmal war er nicht mehr da. Von wegen, der Vater war hinter ihm her. Alles Theater, alles inszeniert und aufgebauscht. ›Der hat ihn geholt‹ – das hat sie wie auf der Bühne ins Publikum gerufen, damit auch jeder kapiert, wer hier der Schuldige ist.«

»Verstehe«, sagte Kalinski nachdenklich.

Tomma nahm einen großen Schluck aus der Wasserflasche, die sie immer bei sich trug. Sie bildete sich ein, dass das Wasser in jede ihrer Zellen drang und ihr Gehirn wieder hellwach machte. So wie eine verwelkte Blume sich vollsog und wieder in der Vase stand wie eine Eins. Doch ihre dunklen Gedanken wurden dadurch nicht aufgehellt. Sie musste sich der Realität stellen.

Kalinski sprach aus, was sie nur dachte: »Wenn die Mutter mit drinsteckt und eventuell auch ihr Liebhaber, dann haben die ihn irgendwo auf der Insel versteckt.« Leise fügte er hinzu: »Dann lebt das Kind nicht mehr.«

Tomma nickte bloß. Suchten sie nach einer Leiche? An diesen Gedanken wollte sie sich nicht gewöhnen. Zwar war sie Profi genug, um ihn nicht auszublenden, sie musste ihn als eine Möglichkeit im Kopf behalten, doch glauben wollte sie daran nicht. Es musste alles gut werden! Der Junge war so klein, so verletzlich. Er konnte noch nicht einmal sagen, was man ihm angetan hatte. Die Tränen stiegen ihr in die Augen.

Sie besann sich auf die Routine. Routine war nötig, damit man die Fassung wahren und wie ein Profi handeln konnte. Tomma riss sich zusammen, es gab viel zu tun.

***

Hochflut. Kraftvoll und ohne Pause rollten die Wellen an den Strand, leckten an den Sandburgen, die von den Kindern aufgetürmt worden waren, füllten ihre Gräben mit Wasser und Gischt, bis die Festung in sich zusammenbrach und überspült wurde. Und wieder warfen sich die Badenden in langer Reihe rücklings in die schäumende Brandung.

Tomma fühlte sich von alldem wie durch eine Glaswand getrennt. Sie stand unterhalb der Promenade, mitten auf der aus farbigen Backsteinen gemauerten Windrose, Kalinski neben ihr. Beide hielten ihre Gesichter in den Wind und tranken einträchtig aus Tommas Mineralwasserflasche. Vielleicht sollten sie mal das Meerwasser probieren, das im Kurhaus ausgeschenkt wurde. Auf einem meergrünen Plakat im Schaukasten der Kurverwaltung wurde diese »Trinkkur« angepriesen.

»›Durch die Aufnahme von verdünntem Meerwasser wird der Körper mit zahlreichen Mineralien und Nährstoffen versorgt‹ steht da«, wusste Kalinski. »Sollte man mal testen. Wer weiß, wofür's gut ist. Das Meer reinigt uns von allen Krankheiten, hat schon Euripides –«

»Tomma!«, rief jemand. Sie drehte sich um. Oben auf der Promenade saß ihre Schwester Heike beim Kaffee und winkte. Sie stiegen die Treppe nach oben.

Neben der jungen Mutter thronten im Zwillingsbuggy ihre Kinder, jedes mit einem Keks in der Hand, den sie genüsslich zermanschten.

»Na endlich erwisch ich dich mal«, sagte Heike.

Man fiel sich nicht in die Arme, ein solch offener Ausbruch von Geschwisterliebe war in ihrer Familie nicht üblich. Tomma fasste die Schwester nur leicht am Arm und beugte sich zu den Kindern hinunter. Ihre Nichte Cleo war ganz und gar in Rosa gekleidet. Eine Orgie in Rosa! Heike liebte diese Farbe. Mütze, Anorak und Latzhose, alles in Rosa, die Schuhe sogar in Pink, während Neffe Ben passend zur See marineblau ausgestattet war. Um den Hals trug er ein blaues Dreieckstuch mit roten Totenköpfen darauf. Halstücher haben sich ja eingebürgert, nicht nur bei kleinen Kindern, dachte

Tomma. Manchmal fand man sie sogar bei Hunden, was darauf schließen ließ, dass diese Tiere ganz besonders verhätschelt wurden. Als Kindersatz?

»Sag mal, Ben«, fragte Kalinski, »bist du ein Pirat?«

Begeistertes Nicken. Sprechen konnte der Junge nicht, weil sein Mund mit Kekskrümeln vollgestopft war.

Auf Cleos Halstuch waren auf rosa Grund lauter goldfarbene Krönchen abgebildet.

»Und du bist wohl eine Prinzessin?«

»Ja!«, prustete Cleo und versprühte dabei Krümel um sich herum.

»Man muss die Kinder ja bei Laune halten«, schwatzte Heike drauflos. »Was soll man hier auf der Insel schon machen? Man muss ihnen was bieten, sonst langweilen die sich zu Tode.«

Komisch, dachte Tomma. Wenn sie früher mit ihren Eltern Ferien an der See machten, war Langeweile ein Fremdwort für sie gewesen. Aber hier langweilte sich wohl eher die Mutter als die Kinder.

»Und was hast du ihnen Tolles geboten?«, erkundigte sie sich.

»Wir waren mit dem Schiff unterwegs. So 'ne Themenfahrt, ›Pirat meets Prinzessin‹. War lustig. Die Halstücher konnte man da kaufen, die Kinder waren verrückt danach.«

Tomma merkte auf. »Wann war denn das?«

Heike rührte in ihrem Latte-macchiato-Glas und schob sich einen Löffel voller Milchschaum in den Mund. »Na, vorgestern.«

»Also Donnerstag?«

»Ich glaube.« Sie nahm einen kräftigen Schluck aus dem Glas. Als sie es absetzte, zeichnete sich unter ihrer Nase ein kleines weißes Bärtchen aus Schaum ab. Tomma wies sie nicht darauf hin, sondern fragte stattdessen, wie das an Bord denn so abgelaufen sei.

In diesem Augenblick tauchte die Bedienung, ein dunkelhaariger junger Mann mit mediterranen Zügen, an ihrem Tisch auf. Tomma bestellte eine Portion Ostfriesentee auf dem Stövchen. »Mit zwei Tassen, bitte.« Man sollte keine Inspirationsquelle auslassen, und außerdem munterte ein steifer Tee sie immer auf.

Inzwischen erzählte Heike munter weiter. »Es wurde getanzt, Kinderdisco wie auf Malle, und Spiele haben sie auch gemacht. Die hatten einen echten Animateur engagiert. Voll professionell, das Ganze, die Kinder waren begeistert. Cleo und Ben gehörten natürlich zu den Kleinsten, die brauchten eine Weile, um aufzutauen, und haben erst mal nur große Augen gemacht …«

»Die größeren Kinder haben alle mitgemacht?«

»Mehr oder weniger. Manche sind natürlich schüchtern bei solchen Events. Die sind dann zu nichts zu bewegen, da kann der Animateur sich auf den Kopf stellen. Da waren ein, zwei kleine Mädchen, die wollten nicht von den Röcken der Omas weg. Na ja, nicht wörtlich zu nehmen. Auch die Omas tragen heutzutage ja alle Hosen.« Sie holte ihre Puderdose heraus, klappte sie auf und blickte in den Spiegel. »Wie seh ich denn aus? Warum sagst du mir denn nicht, dass ich …« Energisch wischte sie sich den Schaum von der Oberlippe. Und redete weiter. »Ob das nun Omas waren, weiß ich gar nicht genau, das können ja auch alte Mütter gewesen sein. Kann man ja heute kaum unterscheiden, wo doch die Mütter immer älter werden. Erstgebärende mit vierzig – nee, also für mich wär das nichts.«

Damit hatte die Jüngere wieder mal ganz klargemacht, worin sich die beiden Schwestern unterschieden. Heike hatte sich in der Blüte ihrer Jugend – immerhin war sie aber auch schon zweiunddreißig gewesen – als fruchtbar erwiesen, womit sich für sie der Sinn des Lebens erfüllt hatte. Tomma hingegen entfernte sich von diesem Sinn immer weiter, da sie die magische Vierzig schon überschritten hatte und noch immer »güste« stand, wie ihre Großmutter Marie, die von einem Bauernhof im Ostfriesischen stammte, von Kühen sagte, die nicht gekalbt hatten und deshalb auch keine Milch gaben. Sie standen nur »güste«, nämlich trocken, im Stall herum und würden demnächst dem Schlachter anheimfallen. Doch Tomma ging auf Heikes kleinen Nadelstich nicht ein, weil sie Wichtigeres im Visier hatte. »Sind dir sonst noch Kinder aufgefallen?«

»Na ja, da war ein kleiner Junge, der war außer Rand und Band, der ging über Tisch und Bänke. ADHS hoch drei! Wenn ich mir vorstelle, der kommt in die Schule – die armen Lehrer. Solche Kinder werden dann mit Tabletten vollgestopft; damit haben wir Gott sei Dank keine Last.« Sie schenkte ihren Zwillingen einen kurzen Blick, die wie auf Kommando anfingen, »Mama, Keks!« zu schreien. Sie fingerte an der Kekstüte herum, füllte rasch die Hände, die sich ihr entgegenstreckten, und redete weiter auf Tomma ein. »Der Vater oder was das war, der hatte alle Mühe, den Jungen in den Griff zu kriegen. Der wollte partout den Enterhaken haben, den der Animateur den Kindern gezeigt hat, und damit hat der Junge dann rumgefuchtelt, also das war schon gemeingefährlich.«

»Und sonst?«

»Ein anderer Junge hat nur geschrien, der stand in einer Ecke – und die Mutter, die war auch schon älter und natürlich Single, jedenfalls war sie ganz allein auf dem Schiff, die wusste sich echt keinen Rat mehr. Erst als der Junge vom Animateur eine Augenklappe geschenkt bekam, hörte er auf zu brüllen. Die Mädchen bekamen dann alle noch ein Krönchen aufgesetzt und …« Heike nahm einen letzten Schluck Kaffee und kratzte mit dem langen Löffel die Milchschaumreste aus ihrem Glas.

Inzwischen hatte der junge Ober den Tee samt Stövchen auf den Tisch gestellt. Tomma gab zwei dicke Brocken Kandis in die dünnwandige Tasse mit der ostfriesischen Rose darauf, goss den Tee ein, sodass sich der Kandis knisternd auflöste, und ließ mit dem Silberlöffelchen eine Portion flüssige Sahne hineinlaufen, die sich wolkenartig in der tiefdunklen Flüssigkeit verteilte. Kalinski machte es ihr Schritt für Schritt nach. So gelangt die ostfriesische Teekultur bis nach Brandenburg, dachte Tomma. Wangerooge meets Wittstock. Der Sprachmischmasch störte sie in diesem Augenblick nicht.

Sie nahmen beide gleichzeitig den ersten Schluck.

»Da blühen unsere grauen Zellen auf.« Als junges Mädchen hatte Tomma Agatha Christie geliebt und Geschichten mit Hercule Poirot verschlungen, was zu ihrer Berufswahl beigetragen hatte. Poirot allerdings, der Belgier war, verschmähte Tee und trank immer nur diesen scheußlichen süßen Likör, wie hieß der noch …

»Verstehe«, sagte Kalinski und grinste.

Vom Tee aufgehellt und klarer denkend, konnte sie wieder die wichtigen Dinge in den Fokus nehmen. »Seid ihr zwischendurch irgendwo von Bord gegangen, Heike?«

»Ja, auf Spiekeroog. Eine Stunde Aufenthalt, dann ging's wieder zurück. Man konnte sich die Füße im Dorf vertreten, ein Fischbrötchen essen, 'ne Cola trinken und so. Viel los ist da ja nicht.«

»Ist dir aufgefallen, ob danach jemand an Bord gefehlt hat?«

Heike schüttelte den Kopf. »Hab ich nicht drauf geachtet. Die Kurzen waren müde und am Quengeln, dann musste ich sie auch noch unterwegs auf der Toilette wickeln, ich kann dir sagen … Inzwischen war's auch am Regnen, das Schiff fing an zu schaukeln, alle liefen unter Deck, na, und mir war schon total schlecht von der Schaukelei, das hatte mir gerade noch gefehlt …« Sie winkte den Ober heran. »Aber dann, kaum waren wir wieder an Land, also auf Wangerooge, meine ich, da kam diese schreckliche Nachricht. Dass dieses Kind verschwunden ist. Habt ihr da schon Fortschritte gemacht? Spurlos verschwunden, das gibt's doch gar nicht.«

Sorry, darüber konnte Tomma leider keine Auskunft geben, Schwester hin oder her. Spiekeroog, dachte sie. Dort wäre noch einmal gründlich nachzuforschen. Wenigstens ein kleiner Anhaltspunkt. Die Nadel im Heuhaufen? Das Sandkorn am Strand?

Als der Ober die Rechnung brachte und sich fürs Trinkgeld bedankte, nahm sie seinen fremdländischen Akzent wahr. Der Mann musste irgendwo auf dem Balkan zu Hause sein. In Bosnien, Kroatien, im Kosovo? Wangerooge meets Krk, dachte Tomma amüsiert. Keine Ahnung, wie sich diese Insel an der Adria aussprach, aber auf einem Werbeplakat würde sich der Name phantastisch machen. Gerade deshalb.

Auch vom Wattenmeer ließ sich die Globalisierung eben nicht aufhalten. Unter den Urlaubern allerdings war solch ein Akzent – überhaupt irgendein Akzent – kaum jemals zu hören.

»Viel Erfolg«, wünschte Heike, die sich zum Abschied nicht verkneifen konnte, darauf hinzuweisen, dass ihre Eltern so überaus glücklich über das Enkelpärchen seien, dass sie kürzlich ein Sparbuch (»Für den Führerschein!«) eingerichtet und für nächstes Jahr im August eine gemeinsame Ferienwohnung auf Wangerooge angemietet hätten. »Damit sie etwas von ihren Enkeln haben.«

Tomma spürte einen leisen Stich in der Herzgegend. Enkelpärchen! Was hatte sie dagegen zu bieten? Sie schlug sich mit einem Fall herum, der ihr die ersten grauen Haare einbrachte und sie wertvolle Lebenszeit kostete. Von dem Schmerz in der Schulter, der sich gerade wieder ziehend meldete, ganz zu schweigen. Und noch immer war kein Ende abzusehen. Kein Licht am Ende des Tunnels.

FÜNF

Annelore und Hans-Udo Kress, die ihren Urlaub seit über zwanzig Jahren auf Wangerooge verbrachten, traten kräftig in die Pedale. Das Ehepaar aus Warendorf im Münsterland liebte es, früh aufzustehen. Je früher, desto besser. Wenn möglich, noch ehe die Sonne aufgegangen war. Den ersten Lichtstrahl begrüßen, wenn alles noch frisch und jung war wie am ersten Tag, das war erhebend! An diesem Sonntagmorgen radelten sie in Richtung Osten, dorthin, wo einmal der alte Hafen gewesen war, um den Sonnenaufgang zu beobachten. Minuten später saßen sie nebeneinander auf der Düne, von Sanddornsträuchern und Gebüsch umgeben, und das Watt breitete sich glänzend vor ihnen aus. Die Sonne, die noch sehr niedrig stand, tauchte das Wasser und den Streifen Festland am Horizont in ihr orangefarbenes Licht.

Drüben waren im ersten Schein ein hoher Schornstein und ein Fernmeldemast zu sehen. In westlicher Richtung Windräder. Ein einsames Segelboot kreuzte in der Ferne. Da war also noch jemand früh aufgestanden. Möwen schrien. Sonst war kein Laut zu hören. Vor ihnen ragten morsche Pfosten, die Überreste des alten Anlegers, aus dem Schlick.

Annelore tastete nach der Hand ihres Mannes. Sie waren beide keine großen Redner. Wenn wunderbare Eindrücke im Spiel waren, zogen beide es vor zu schweigen. Wenn die Sonne aufging zum Beispiel. Sie machten auch keine Fotos. Es genügte ihnen den Himmel und die Landschaft zu betrachten. »Mentale Fotografien« nannte Hans-Udo Kress das immer, doch das war seiner Frau zu technisch, damit konnte sie nichts anfangen. Genau hinschauen, sich das Bild einprägen und es in sich aufbewahren, darauf kam es an.

Manchmal versuchte Annelore sich beim Betrachten ihrer Landschaften heimlich an Haikus, diesen japanischen Kurzgedichten. Drei Zeilen und siebzehn Silben, mehr nicht! Das musste genügen, um einen Eindruck wie diesen gerade in

Worte zu fassen. Was natürlich unmöglich war, niemals würden die Worte an die Wirklichkeit heranreichen. Annelore versuchte es trotzdem und behielt jedes dieser Gedichte für sich; Hans-Udo hätte ohnehin keinen Sinn dafür.

»Die Sonne geht auf« – das war die erste Zeile, fünf Silben waren damit bereits aufgebraucht, doch wie sollte es nun weiter...

Aus dieser lyrischen Stimmung wurde sie jäh herausgerissen. Sie stieß ihren Mann an und durchbrach ganz gegen ihre Gewohnheit das Schweigen. »Da kommt jemand.«

Unterhalb der Düne, auf dem Weg, den sie selbst auch genommen hatten, näherte sich eine Gestalt. Es war ein Mann, der sein Fahrrad schob. Sie sahen ihn, doch er konnte sie nicht sehen, weil sie und auch ihre Räder hinter Gebüsch verborgen waren. Sein Fahrrad hatte vorn einen Aufsatz, um Lasten zu transportieren. Solche Räder sah man häufiger auf der autofreien Insel. Man konnte Reisegepäck aufladen, eine Kiste mit Lebensmitteln, eine Getränkepalette. Hier war es ein grauer, länglicher Plastiksack. Außerdem klemmte auf dem Gepäckträger hinter dem Rücken des Fahrers ein Spaten.

»Was hat der vor?«, flüsterte Annelore.

Hans-Udo zuckte nur mit den Schultern.

Der Mann dort unten am Watt trug ein graues Sweatshirt und ausgebeulte Jogginghosen. Er wirkte schlank und noch recht jugendlich. Genauer war er von hier oben nicht zu erkennen. Er stieg vom Rad und schob es zum Dünenrand hinüber, wo er es in den Sand legte, den Sack vom Träger zog und ihn danebenlegte. Dann schulterte er den Spaten und verschwand aus ihrem Blickfeld. Nach ein paar Minuten kam er zurück, hob den Sack auf und verschwand wieder.

Nach etwa einer Viertelstunde war der Mann ohne seine Last wieder da, klemmte den Spaten auf den Gepäckträger und fuhr zurück in Richtung Westen.

Die Eheleute sahen einander an. Beide dachten dasselbe, sprachen es aber nicht aus. Endlich griff Kress nach seinem Handy, hoffentlich hatte man hier draußen Empfang. Er tippte 110. Irgendwo klingelte es.

»Leitstelle Oldenburg«, sagte eine ruhige Stimme.

Und dann: »Wir stellen Sie durch.«

***

Obwohl Edo Janssen, der zum Zeitpunkt des Anrufs noch fest geschlafen hatte, sofort ins Polizeiauto gesprungen und Richtung Osten gefahren war, hatte er keine Spur mehr von dem Radfahrer finden können. Es gab zu viele kleine Wege und Pfade auf der Insel. Wer sich hier auskannte und nicht gefunden werden wollte, war gegenüber Verfolgern immer im Vorteil. Auch die Urlauber aus Warendorf waren sofort nach ihrem Anruf aufgebrochen und dem Mann hinterhergefahren, doch ebenfalls ohne Erfolg. Er schien sich in Luft aufgelöst zu haben.

Das war nun nicht mehr zu ändern, doch Janssen würde alles daransetzen, den Platz in den Dünen zu finden, wo dieser Kerl am Morgen etwas vergraben hatte. Das Ehepaar aus Warendorf saß inzwischen auf der Station und beschrieb ihm die Stelle. Janssen machte sich ein paar Notizen, das offizielle Protokoll musste warten.

»Und was jetzt?«, fragte Annelore, sichtlich aufgeregt.

»Kommen Sie mit«, entgegnete Janssen knapp. »Wir brauchen Ihre Hilfe.«

Es dauerte nicht lange. In einer Senke, unter einem Busch weißer Dünenrosen, fanden sie, was sie gesucht hatten. Hier hatte jemand gegraben und dabei Strandhafer und Dünengras zerstört. Der Sand, der aus der Tiefe der Grube stammte und sie jetzt zudeckte, war noch feucht, die Sonne hatte ihn nicht getrocknet. Er war festgetrampelt worden, die Abdrücke von Schuhen waren deutlich sichtbar.

Die Beamten setzten den Spaten an.

Der Mann hatte den Leichnam gut einen Meter tief unter die Erde befördert. Es war ein Hund. Ein großer toter Hund mit braunem Fell, das um die Schnauze herum schon ergraut war, eine Mischung aus Schäferhund und Labrador.

Janssen richtete sich auf und atmete tief durch. »Den kenne ich«, sagte er. »Der gehört dem Pfarrer.«

Natürlich, zum Pfarrhaus gehörte auch ein solches Fahrrad, wie das Ehepaar es beschrieben hatte. Pfarrer und Küster transportierten damit Lebensmittel, wenn einmal im Monat zum Gemeindefrühstück eingeladen wurde, oder auch Requisiten, wenn die Konfirmanden für ein »Anspiel« im Gottesdienst probten. Zwar war das kein richtiges Theaterstück, weil eigentlich nur gesprochen wurde, aber auch wenn man sich nicht vom Altar wegrührte, Requisiten brauchte man trotzdem dafür.

»Dem werd ich was erzählen!«, ereiferte sich Janssen. »Einen Kadaver in den Dünen entsorgen, das geht ja gar nicht! Wozu gibt's denn den Tierfriedhof auf Norderney?« Doch je mehr er sich aufregte, desto mehr war ihm anzumerken, wie erleichtert er war.

***

An Tomma ging dies alles vorbei. Sie wurde erst informiert, als die Sache schon geklärt war, und konnte darüber nur noch den Kopf schütteln.

Es war eine traurige, aber leider beinahe alltägliche Sache, die sich im Pfarrhaus abgespielt hatte. Pfarrer Werner war vor ein paar Monaten von seiner Frau verlassen worden, die Kinder hatte sie mitgenommen. Auch ein Pfarrer hat eben sein Päckchen zu tragen, wie Janssen bemerkte. Zu allem Überfluss war dann auch noch der geliebte Familienhund gestorben – an Altersschwäche. Auf den Tierfriedhof nach Norderney wollte ihn sein Herrchen nicht transportieren lassen, er wollte ihn bei sich, hier auf der Insel behalten. Ein Dünengrab für Fido! So ein Haustier hatte doch auch symbolischen Wert. Als die Familie noch heil war, war auch der Hund jung und gesund gewesen …

»Fido war glücklich hier, er sollte bei mir bleiben«, hatte der Pfarrer beteuert, als Janssen ihn zur Rede stellte. Er trug noch seinen Talar, da er gerade aus dem Sonntagsgottesdienst kam, und war ganz schön fertig, der arme Kerl. Eine saftige Ordnungsstrafe hatte er zu erwarten, doch ansonsten … Sie hätten wahrhaftig Wichtigeres zu tun, hatte Janssen geschimpft.

Recht hatte er. Hier war ein Kind verschwunden! Und noch immer fehlte von ihm jede Spur.

Von der Tragödie zur Farce ist es oft nur ein kleiner Schritt, dachte Tomma. Aber dann riss sie sich zusammen. Noch war es keine Tragödie, vielleicht wurde für Leo doch noch alles gut. Sie durften die Hoffnung nicht aufgeben.

***

Aus Wilhelmshaven kamen Neuigkeiten herein. Die Beamten hatten das Umfeld von Nicole Sander genauer überprüft und die Wohnungsnachbarn befragt.

»Hör mal, Tomma«, sagte Harmsen. »Da gibt's ein interessantes Detail. Kann natürlich reiner Zufall sein. Wir wollten die Frau sprechen, die sich beim Jugendamt gemeldet hat, weil Leo so viel geschrien haben soll.«

»Die pensionierte Lehrerin von nebenan?«

»Genau die. Wir haben sie aber nicht angetroffen, sie scheint verreist zu sein.«

»Nichts Besonderes, jetzt im Juli. Wisst ihr denn, wo sie ist?«

»Nein, das nicht. Noch nicht. Wir wissen aber, wo sie ein Ferienhaus besitzt.«

»Etwa hier – auf Wangerooge?« Tomma verschluckte sich fast an ihrem Kaffee, den sie sich gerade aufgebrüht hatte.

»Genau. Ist doch interessant, oder?«

»Allerdings.« Tomma griff nach Bleistift und Notizbuch. »Name, Adresse?«

»Irene Fuchs, Bibernellweg 1b.«

»Danke. Da sehen wir gleich nach. Mal schauen, ob wir fündig werden.« Sie stand auf und informierte Kalinski, der über einer Akte brütete, die das Oldenburger Jugendamt ihnen zugeschickt hatte.

»Irene Fuchs. Sagt dir der Name was? Die Nachbarin von Nicole Sander? Die hat ein Haus hier auf der Insel.«

»Verstehe«, sagte Kalinski.

»Wie, mehr hast du dazu nicht zu sagen? Mensch, das könnte

es doch sein! Das ist eine ganz heiße Spur! Die Frau müssen wir uns vorknöpfen.«

Kalinski zögerte. Er schien selbst nicht genau zu wissen, warum. Aber wenn seine Kollegin so vor Begeisterung glühte, behielt er seine Zweifel lieber für sich.

»Gib mir doch mal die Karte von Wangerooge rüber. Wo liegt denn dieser Bibernellweg, den kenne ich nicht. Bibernell ist die Dünenrose, wahrscheinlich haben die hier so ein Blumen- oder Pflanzenviertel ...« Tomma beugte sich über den Straßenindex, als ihr Handy aufs Neue klingelte. Wieder war es Harmsen.

Es gab erste Ergebnisse der Untersuchung von Sven Kuhlmanns Computer und den anderen Dingen, die man konfisziert hatte.

»Volltreffer«, sagte Harmsen trocken. »Den Mann werden wir uns greifen, wir haben jetzt schon ausreichend Beweise für die Benutzung und Verbreitung von fotografischem Material für Pädophile. Wobei die Grenzen zur Kinderpornografie fließend sind. Der hat die einschlägigen Seiten im Netz jedenfalls nicht nur benutzt, der hat auch selbst solchen Schweinkram produziert. Massenhaft.«

Das wäre also geklärt. Von wegen »Inselschönheit pur«, dachte Tomma. Und dann noch im Wechsel der Jahreszeiten! Doch sie fühlte keine Erleichterung und schon gar keinen Triumph. Eher eine unbestimmte Traurigkeit, so als wäre etwas verloren gegangen. Endgültig. Für immer.

Draußen vorm Fenster schien weiter die Sonne, diese unschuldige Urlaubssonne, und auf dem Meer fuhren die Frachtschiffe mit ihren bunten Lasten, eine Kette ohne Anfang und Ende. Die einen steuerten den nahen Hafen an, die anderen die weite See. Aber alle wussten, wohin sie unterwegs waren.

Und sie wusste es, verdammt noch mal, auch! Tomma fixierte wieder ihren Schreibtisch.

»Hat der den Jungen ...«

»Ja. Eindeutig. Der hat ihn benutzt. Es gibt eine ganze Reihe Bilder von dem Jungen. Deshalb wohl auch der Aufenthalt zusammen auf der Insel. Von wegen Urlaub! Die Mutter hat mit dem höchstwahrscheinlich unter einer Decke gesteckt.«

»Kann man wohl sagen«, murmelte Tomma, meinte es aber eher im wörtlichen Sinn. Wie weit Leos Mutter an Kuhlmanns Schweinereien beteiligt war, musste noch geklärt werden. Eine Vorverurteilung durfte es nicht geben.

Wie aufs Stichwort sagte Harmsen: »Die Mutter hat selbst gewisse Qualitäten, die war wohl auch so 'ne Art Model für den.«

Womit sie sich den Urlaub und manch anderes finanziert haben mochte. Aber was hatte das alles mit dem Verschwinden des Kindes zu tun? Gab es da überhaupt einen Zusammenhang? Es mochte naheliegen, doch das Naheliegende war nicht immer das Wahre. Damit mussten sie in ihrem Beruf rechnen.

Doch nun zu dieser Frau Fuchs, Irene Fuchs. Sie machten sich auf den Weg. Die Charlottenstraße entlang, Richtung Flugplatz. An einem großen Haus mit merkwürdig blauen Dachziegeln, das von einem Riesenzaun hermetisch abgeriegelt war, blieben sie stehen.

»Hier soll doch der Spürhund die Fährte verloren haben«, sagte Kalinski, der alle Details dieses Falls minutiös im Kopf gespeichert hatte. Das war seine große Stärke, was Tomma zu schätzen wusste.

»Stimmt. Öttinger Immobilien & Consulting, da steht's.« Sie wies auf das Schild. »Und der Bibernellweg, der muss hier ganz in der Nähe … hier irgendwo abgehen …«

Tomma zog noch einmal den Inselplan zurate, doch die kleine Schrift machte sie fertig. Es war so weit: Sie brauchte eine Lesebrille. Mit gerade mal vierzig Jahren! Wie peinlich war das denn? Da fragte Kalinski auch schon nach, ob es denn von hier aus nun nach rechts oder nach links abginge, und während sie sich noch ziemlich ratlos umschaute und er hilfsbereit die Hand nach der Karte ausstreckte, öffnete sich die Pforte im Zaun, und eine Frau trat heraus.

Eine imposante Erscheinung! Das Haar, tiefschwarz gefärbt, reichte ihr bis auf die Schultern. Ihr türkisfarbenes wallendes Gewand war eine eigenwillige Kombination aus Poncho und Hosenrock, es verhüllte in voluminöser Fülle die Figur seiner Trägerin und ließ nur ahnen, was sich darunter verbarg. »Kann ich Ihnen helfen?«

Das musste »Pani Renata« sein, wie im Protokoll der Hundeaktion zum Namen der Hausherrin vermerkt war. Sie stellte sich als Renate Grotemeyer vor. Tomma und Kalinski zückten ihre Ausweise, doch das hätten sie sich sparen können. Frau Grotemeyer hatte längst erraten, wer sich an ihrem überdimensionalen Playmobilzaun eingefunden hatte. Sie schien den sechsten Sinn zu haben. Oder sah man den beiden an den Nasenspitzen an, in welcher Mission sie unterwegs waren?

»Eine schreckliche Geschichte!« Sie hob die Arme, sodass sich die Ponchoärmel fledermausartig entfalteten. »Ich habe von meiner Haushälterin gehört, dass die Polizei auf der Suche nach dem Jungen auch bei mir zu Hause war …«

»Und wir haben von Ihrer Haushälterin gehört, dass Sie gerade in der Karibik sind, zum Segeln«, entgegnete Kalinski.

Die Frau zögerte kaum merklich, dann sagte sie leichthin: »Ach, wissen Sie, Hausangestellte müssen nicht immer alles wissen. Mein Mann ist mit unserer Yacht unterwegs, das ist richtig. Aber als Frau braucht man auch seine Freiräume.« Sie lächelte Tomma wissend, fast verschwörerisch an, doch diese lächelte nicht zurück. »Als ich von dem verschwundenen Kind gehört habe, bin ich sofort zurückgekommen auf die Insel. Vielleicht kann ich Ihnen behilflich sein.«

»Behilflich – in welcher Hinsicht?«, erkundigte sich Tomma vorsichtig. Sie erinnerte sich daran, dass im Bericht der Polizeibeamten von irgendwelchen esoterischen Gerätschaften in diesem Hause die Rede gewesen war. Eine Glaskugel? Astrologische Tabellen? Obskure Pendel? Das fehlte ihr gerade noch, dass sich jetzt auch noch eine Wahrsagerin mit ihren Phantasien aufspielte. Die wollten doch alle nur Publicity, diese Leute, nichts weiter.

»Wenn ich das genaue Geburtsdatum des Kindes wüsste, also Stunde und Minute, dann …«

»Vielen Dank, aber das lassen wir lieber.« Auf einmal fiel es Tomma leicht, sich kühl und strikt zu geben. Obwohl ein Stimmchen tief in ihr flüsterte, man könne doch nie wissen, und schaden könne es schließlich auch nicht, alternative Methoden seien besser als gar nichts, der letzte Notnagel vielleicht, doch sie erstickte dieses Stimmchen beherzt. »Wir suchen den Bibernellweg Nummer 1b. Können Sie uns sagen, wo das ist?«

Mit weit ausgestrecktem Arm, so als stünde sie auf der Bayreuther Opernbühne, wies Renate Grotemeyer hinüber auf die andere Straßenseite, wo tatsächlich ein Weg abzweigte. Es war nur ein sandiger Fußweg, auf beiden Seiten eingefasst von weiß und rosa blühenden Dünenrosen, die in der Sonne dufteten. »Das da ist Nummer 1b.«

Es war das Eckgrundstück. Von dem Haus war noch nicht viel zu sehen, es verbarg sich hinter einer verwilderten Ligusterhecke und Büschen, die einen Schnitt gebraucht hätten. Auch schien es eher ein Häuschen zu sein, mit bescheidenen roten, schon recht verwitterten Dachziegeln.

Als sie sich bedankten und hinübergehen wollten, sagte »Pani Renata« betont beiläufig: »Wenn Sie mich fragen: Ich würde nicht mehr auf der Insel suchen. Vertrauen Sie darauf, dass es dem Kind gut geht. Ich vertraue auch darauf.«

Abrupt drehte Tomma sich um. »Wie kommen Sie dazu?« Positives Denken, schön und gut, doch ob sie sich als Polizistin damit zufriedengeben sollte, stand auf einem anderen Blatt.

Was für merkwürdig helle graue Augen die Frau hatte. Unergründlich. Sie hielt Tommas forschendem Blick stand. »Intuition«, antwortete sie mit fester Stimme. »Bei Ihnen verzichte ich mal darauf, mich auf meine Glaskugel zu berufen.« Ihr Lächeln wirkte listig und überheblich zugleich.

»Haben Sie irgendwas beobachtet, das im Zusammenhang mit dem Fall steht?«, hakte Kalinski nach.

»Beobachtet? Wie man's nimmt. Ich habe etwas gesehen, das genügt mir.«

»Und das wäre?« Kalinski war einen Schritt auf sie zugegangen und fragte noch einmal, lauter: »Das wäre?«

Renate Grotemeyer ließ sich nicht bedrängen. Wie ein Einsiedlerkrebs im Watt zog sie sich in ihr Gehäuse zurück, die Augen weiter starr auf Kalinski gerichtet. Doch sie gaben nichts preis. Dann schlug sie nicht nur symbolisch der Polizei die Tür vor der Nase zu.

Der Besuch im Häuschen gegenüber war ein Fehlschlag, Irene Fuchs war nicht da. Jedenfalls öffnete niemand auf ihr Klingeln.

Das Haus selbst wirkte nicht unbewohnt. Sie schauten durch das Terrassenfenster in den Wohnraum. Eine Couch und ein paar einfache Sessel im IKEA-Stil waren zu erkennen, auf dem Holzboden lag ein Flickenteppich. Auf einem niedrigen Tisch stand noch ein Kaffeepott mit der Zuckerschale daneben. Ein Wasserglas mit Strandflieder, eine aufgeschlagene Illustrierte. Zeichen, dass hier jemand wohnte. Aber nirgendwo Spielzeug, registrierte Tomma ganz automatisch.

In weitere Räume konnten sie nicht hineinschauen, die Jalousien waren heruntergezogen.

Im Briefkasten steckte Post, die Tomma vorsichtig herausfischte: Werbeprospekte und mehrere Exemplare einer Anzeigenzeitung, davor waren die Leute auf der Insel also auch nicht gefeit. Außerdem zwei Ansichtskarten. Eine zeigte ein Kriegsschiff im Wilhelmshavener Marinemuseum, den Zerstörer »Mölders«. Adressiert war sie an »Frau Irene Fuchs, Rektorin i. R.«. Umseitig stand in einer engen, steilen Schrift, die Disziplin und Selbstbeherrschung ausdrückte: »Von unserem Ausflug in die Vergangenheit herzliche Grüße! Klaus und Elke«. Weshalb hatte diese Elke denn nicht selbst unterschrieben?, wunderte sich Tomma. Das hatte Klaus gleich mit erledigt. Sie konnte sich den Mann lebhaft vorstellen. Ja, es handelte sich eindeutig um einen Mann, seine Schrift erinnerte sie an die des Altbundeskanzlers Helmut Schmidt, die auch aussah wie aus lauter Korsettstangen zusammengesetzt.

Auf der anderen Karte stand nichts als ein Satz, in schnörkellosen roten Buchstaben gedruckt: »›Wer sein Ziel kennt, findet den Weg‹ – Laotse«. Tomma drehte die Karte um. Schlicht adressiert an »Irene Fuchs«, unterzeichnet mit »L.«. Eine kleine, unauffällige Handschrift, in keiner Weise extrem, alles im Normalbereich. So normal, dass die Schrift ebenso von einer Frau wie von einem Mann stammen konnte. Ein Datum fehlte, der Text war denkbar knapp: »Liebe Reni, danke für alles! L.«

Sie steckte Werbung und Karten zurück.

»Ich frage mich, warum nicht auch im Wohnraum die Jalousien runtergelassen sind«, bemerkte Kalinski. »Wenn schon, denn schon.«

»Und ich werde der Dame jetzt mal selbst ein Kärtchen schreiben.« Tomma kritzelte eine Nachricht – »Bitte melden Sie sich bei uns« – auf ihre Visitenkarte und steckte sie in den Postkasten. Mehr konnten sie im Moment nicht tun.

Als sie den Bibernellweg wieder verließen, fühlte Tomma sich beobachtet, doch sie war sich nicht sicher, von wo und von wem. Verfolgte sie der Blick von »Pani Renata« durch eine Luke im blauen Dach, oder hatte jemand ganz anderes sie im Visier? War da überhaupt jemand, oder bildete sie sich das Ganze nur ein? Es war nur so ein Gefühl.

***

Die Verhaftung des smarten Fotografen erwies sich als nicht so einfach wie gedacht. Kuhlmann war wieder einmal abgetaucht. Es war ihm untersagt worden, die Insel zu verlassen, er sollte sich zur polizeilichen Verfügung halten, doch wo steckte er? Die Kontrolle bei der Abfahrt im Hafen hätte er nicht umgehen können. Die letzte Nacht hatte er aber nicht bei Frau Janning in der Pension Seestern verbracht, er war also irgendwo anders untergekrochen. Nicht im Hotel »Germania« bei irgendwelchen »Bekannten«, dort hatten sie schon nachgefragt. Man kannte diesen Gast zwar, doch in der vergangenen Nacht war er nicht dort registriert worden.

Man musste die Medien informieren, man musste das öffentliche Interesse an dem Fall nutzen, man musste …

»Gib eine Meldung an die Nachrichtenagentur raus«, sagte Tomma zu Kalinski. »Das wird die Maus schon aus ihrem Loch treiben.«

Kalinski musste grinsen. Tomma auch. Da hatte sie sich wohl im Bild vergriffen. Von einer Maus hatte dieser Kerl nun wirklich nichts an sich, eher von einem gerissenen Frettchen. Nein, das war nicht fair, damit tat man diesen Tieren, die sich manche Menschen als reizende Hausgefährten hielten, unrecht.

Nicole Sander sollte zur weiteren Vernehmung in Sachen Sven Kuhlmann aufs Festland gebracht werden, doch ehe das passierte, wollte Tomma sie noch einmal sprechen.

Die junge Mutter, die jetzt das Arbeitszimmer der Kripo betrat, war verheult. Und sie gab alles zu. Ja, sie kannte den Kuhlmann schon lange. Ja, sie hatte Geldprobleme, und »der Sven« hatte versprochen, ihr zu helfen. Leichte Arbeit, Mädchen, hatte es geheißen, du mit deiner Figur! Erst hätte nur sie sich ausziehen müssen, und er machte Fotos von ihr, das ginge schon in Ordnung. Sie könne stolz auf ihren Körper sein, hatte er ihr immer wieder eingeredet. Dann aber …

»Dann war er auch an Leo interessiert?«

Die junge Frau nickte.

»War er mit Leo auch allein?«

Sie wurde rot. Die Frage war ihr offensichtlich peinlich. »Nein … ja. Erst wollte ich das überhaupt nicht, aber dann … Er sagte, ich würde den Jungen ablenken, wenn ich da wie 'ne Glucke dabeihocke, das ginge gar nicht, und dann könnte er nicht mehr … spontan sein. Leo, meine ich. Aber das war nur … ich weiß es nicht, zwei- oder dreimal vielleicht.«

»Und wo?«

»Hier bei uns im Zimmer. Einmal auch drüben bei ihm in der Pension.«

»Was haben Sie unterdessen gemacht?«

»Ich war spazieren, an der frischen Luft, 'n Eis essen, Kaffee trinken und so.«

Und so. Wie konnte man nur so naiv sein? Oder tat die Frau bloß so?

Tomma klopfte mit ihrem Bleistift auf den Tisch. Einmal, zweimal, dreimal. Es war wieder mal so weit, sie konnte nicht anders. »Hat er Ihnen die Fotos gezeigt, die er von Leo gemacht hat?«

Nicole Sander riss ihre schwarz ummalten Augen auf. »Ja sicher, ich habe Fotos gesehen, die waren alle ganz süß. Ganz harmlos, und dann war ich auch gar nicht mehr misstrauisch. Außerdem kenne ich den Sven, der ist doch in Ordnung!«

Was man zeigte, war eine Sache. Was sich auf der Speicherkarte der Kamera befand, eine ganz andere. Und das sollte eine Mutter nicht durchschaut haben?

Auf die Frage, wie Kuhlmann sie denn dafür honoriert habe, dass sie ihm Leo als »Modell« überlassen habe, blockte Nicole Sander nicht nur ab, sie rastete beinahe aus. Das ginge niemanden etwas an, auch die Polizei nicht. Der Sven sei schließlich nicht nur ein Geschäftspartner, das sei eine ganz private Angelegenheit unter Freunden, und überhaupt wolle sie jetzt ihren Anwalt sprechen, ohne ihren Anwalt sage sie kein Wort mehr. »Wo ist Leo?«, rief sie verzweifelt. »Suchen Sie doch lieber nach dem, statt auf mir rumzuhacken!« Dicke Tränen kullerten aus ihren Augen und hinterließen schwarze Streifen auf ihren Wangen. »Ich werd hier wie eine Verbrecherin behandelt, dabei hat man mir mein Kind gestohlen! Wer weiß, ob Leo überhaupt noch lebt …« Sie wurde von hysterischen Schluchzern geschüttelt.

Kalinski ging zum Waschbecken, um ihr ein Glas Wasser zu holen. Auch Tomma stand auf und strich ihr beruhigend über den Rücken, bis das Schluchzen abebbte. Jetzt war Nicole Sander nur noch ein wimmerndes Häufchen Elend.

»Ich hab so viel Scheiße gebaut«, jammerte sie. »Und jetzt haben sie auch noch … Kein Wunder, dass sie mir Leo weggenommen haben. Geschieht mir ganz recht.«

Tomma stutzte. War da so etwas wie Einsicht zu spüren?

Sie reichte ihr ein Blatt Papier und das Telefon. »Hier, Frau Sander. Das ist eine Liste der in der Region zugelassenen Anwälte. Suchen Sie sich einen aus, am besten einen direkt in Wilhelmshaven, dann wird er Ihnen drüben gleich zur Seite stehen. Es gibt natürlich auch Frauen auf der Liste. Und du, Mike, besorg doch mal von unten einen ordentlichen Pott Tee. Wir müssen uns jetzt alle erst mal stärken.«

Als die Gläser mit dampfendem Tee zwischen ihnen standen, schien sich die Lage leicht zu entspannen, sodass Tomma sich vorsichtig nach dem erkundigen konnte, was sie noch wissen wollte.

»Haben Sie hier auf der Insel eigentlich irgendwelche Bekannten getroffen, Nachbarn zum Beispiel?«

Nicole Sander blickte sie überrascht an. »Na ja, schon. Da war diese Lehrerin von nebenan, diese Alte, die mir mal das Jugendamt auf den Hals gehetzt hat. Ich denk, ich dreh am Rad, als die mir neulich mitten auf der Straße entgegenkommt. Die macht hier wohl auch Urlaub.«

»Frau Fuchs besitzt ein Ferienhaus auf der Insel«, erklärte Tomma.

»Na, die kann sich das auch leisten, bei ihrer Pension.«

Die Krokodilstränen waren fast schon getrocknet. Um nicht wieder Öl ins Feuer zu gießen, verkniff Tomma sich die Frage, wie Nicole Sander ihrerseits sich denn wohl ihren Inselurlaub habe leisten können. Die Antwort darauf lag auf der Hand, nachdem sie ihnen über die Art ihrer Beziehung zu Sven Kuhlmann reinen Wein eingeschenkt hatte. Stattdessen versenkte Tomma ein dickes Stück Kandis in ihrem Glas, begann, das dunkle Gebräu mit dem Teelöffel andächtig umzurühren, und fragte wie beiläufig: »Kennt Leo diese Irene Fuchs eigentlich? Ich meine – spricht er mit ihr oder sie mit ihm, ist sie ihm vertraut?«

»Nee.« Diese spontane Reaktion war unmissverständlich. »Kommt ja gar nicht in Frage, mit der will ich nichts zu tun haben. Erst schwärzt die mich an, und dann macht sie sich an mein Kind ran? Keine Chance.«

»Frau Sander«, begann Tomma vorsichtig, während sie Kondensmilch in die beiden Teegläser goss, Sahne war in diesem Haus nicht zu bekommen. Es handelte sich ja auch nur um Tee aus Beuteln, »Büdeltee«, wie ihre Schulfreundin Fenna aus Loppersum immer abfällig sagte. »Auch wenn Sie das nicht wollten, kann es vielleicht trotzdem eine Verbindung zwischen dieser Nachbarin und Leo gegeben haben?«

Wieder entschiedenes Kopfschütteln. »Nee. Das wüsste ich doch. Wenn wir ihr auf der Treppe begegnen, tut die immer scheißfreundlich, aber Leo, der war so … der ist so schüchtern, der hat sowieso immer Angst vor fremden Leuten, da kriegt die keine Schnitte.«

Angst vor Fremden? Wie passte das mit der Geschichte von der Frau am Strand zusammen?

»Hat Leo am Strand eigentlich Freunde gefunden, Spielgefährten? Oder gab es da Erwachsene, die ihm vielleicht mal ein Eis spendiert oder ihn zum Spielplatz mitgenommen haben? Als Mutter wollten Sie doch sicher auch mal Ihre Ruhe haben. Kann man ja verstehen.« Tomma versuchte, mit einem Lächeln Einverständnis zu signalisieren, was allerdings missglückte. Ihr war überhaupt nicht zum Lächeln zumute, und Nicole Sander merkte sofort, dass hier schlecht geschauspielert wurde.

»Ich glaub nicht, dass Sie da was von verstehen. Das kann niemand verstehen, der keine Kinder hat.«

Peng! Das hatte gesessen. Sah man ihr denn an der Nasenspitze an, dass sie zu den Kinderlosen gehörte?

»Keine Spielgefährten oder …«, hakte sie nach.

»Na ja, Leo war oft am Klettergerüst. Da war so ein großer Junge, der hat den ganzen Tag wie wild gebuddelt, und da wollte Leo immer mitmachen. Als der Junge dann mal an unserem Strandkorb aufgetaucht ist, hab ich Leo mitlaufen lassen. Konnte ja nix passieren.«

Nix passieren? Wie gedankenlos diese Frau vor sich hin plapperte. Ganz offensichtlich war doch etwas passiert: Ihr Sohn war verschwunden. War ihr das in dem Augenblick, da sie so etwas sagte, nicht bewusst? Verdrängte sie es?

Tomma blätterte in ihren Unterlagen, fand das Foto am Klettergerüst und schob es der jungen Frau hin.

»Das ist er.« Sie tippte auf den großen Jungen im Vordergrund.

»Haben Sie eine Ahnung, wie er heißt?«

»Alex oder Axel oder so ähnlich. Leo konnte das nicht richtig aussprechen, er war … er ist noch nicht so weit mit dem Sprechen.«

Tomma legte ihr auch die anderen Fotos vor und wartete auf ihre Reaktion. Würde sie noch jemanden erkennen? Einen der Erwachsenen vielleicht?

Fehlanzeige. Ihr Gesicht zeigte keine Regung. Falls sie wirklich jemanden wiedererkannte, ließ sie es sich nicht anmerken. Vielleicht war sie ja eine bessere Schauspielerin als die Polizistin vor ihr.

Als sich die Tür hinter Nicole Sander geschlossen hatte, räumte Tomma mit entschlossenem Zugriff die Teegläser vom Schreibtisch. Sie brauchte eine klare, saubere Fläche, um sich aufs Wesentliche zu konzentrieren. In den Gläsern hingen noch die Teebeutel, nasse kleine Säcke. Kein schöner Anblick. Ausgelutscht und ausgepowert, so wie sie sich selbst in diesem Moment fühlte. Sie griff nach den Fäden und warf die »Büdel« mit Schwung in den Papierkorb.

Draußen vorm Fenster brannte die Sonne wie zum Hohn vom Himmel herab. So viel Licht, doch hier drinnen sah es finster aus. Stockfinster. Ein richtig verregneter Urlaubstag, redete sie sich ein, würde ihre Stimmung eher heben. Dann würde sie sich nicht mehr wie ein Fremdkörper fühlen in dieser strahlenden Superwelt.

***

In der Nacht von Mittwoch auf Donnerstag war Leo verschwunden. Angeblich. Wenn man bedachte, dass Kuhlmann und wohl auch Nicole Sander ihr »stündliches« Nachschauen eher lässig genommen hatten, vielleicht schon am Mittwochabend. Falls sie selbst etwas mit Leos Verschwinden zu tun hatten, möglicherweise noch früher. Inzwischen bemühten sich die Ermittler, herauszufinden, wo und wann Leo, außer von seiner Mutter, zuletzt gesehen worden war. Die Gäste und Mitarbeiter im Haus Meeresfrieden waren erneut befragt worden, ebenso die Nachbarn am Strand.

»Am Dienstagmorgen – oder war es Mittwoch? – saß das Kind noch dort drüben beim Frühstück.« Die junge Frau, eine der Praktikantinnen in Küche und Speisesaal, zeigte auf einen Platz an der Wand. »Das weiß ich genau, weil es Theater gab, der Junge wollte sein Brötchen nicht essen, und die Mutter hatte ziemlich Last mit ihm.«

Es war tatsächlich das Frühstück am Mittwoch gewesen, wie die Antworten einiger Gäste zeigten, die dasselbe beobachtet hatten. Was den weiteren Tagesverlauf anging, war man sich aber schon nicht mehr einig.

Einige Verwirrung stiftete zudem ein älterer Herr aus dem Rheinland. »Also, ich habe ihn zuletzt beim Mittagessen gesehen, da gab's Gemüseeintopf, und der Junge hat nur rumgemäkelt, der war nicht zu bewegen, auch nur einen Löffel zu essen. Typisch. Essstörungen unter Kindern sollen ja so zunehmen …« Diese Aussage widersprach allerdings dem, was die Mutter zu Protokoll gegeben hatte: Sie sei mit dem Kind über Mittag unterwegs gewesen. Das Abendessen wollte sie ihm auf dem Zimmer gegeben haben.

Es fand sich denn auch unter den Gästen des Hauses Meeresfrieden niemand, der die Beobachtung des Herrn unterstützen wollte. Regina Krone schließlich stellte mit Blick auf den Speiseplan klar, dass es an jenem Mittwoch natürlich keinen Eintopf gegeben habe, das sei in ihrem Hause nur samstags der Fall. Da wurde wohl in Hinblick auf den traditionellen Sonntagsbraten gespart. Der Zeuge musste sich im Wochentag geirrt haben, irren ist menschlich.

In ihrem Strandkorb waren Mutter und Sohn am Dienstagmorgen zum letzten Mal gesehen worden. Obwohl das Wetter am Mittwoch gut gewesen war und man auf der Insel eigentlich jedes Fleckchen blauen Himmel und jeden Sonnenstrahl begeistert begrüßte.

Zwei besonders interessante Beobachtungen waren Janssen zugetragen worden, und als er Tomma und Kalinski diese schilderte, war ihm anzumerken, dass sie ihn besonders bewegten. In der Dienststelle in der Charlottenstraße hatte sich ein Zeuge gemeldet, der das Trio – Nicole, Kuhlmann und das Kind – am Mittwochvormittag bemerkt haben wollte, als sie sich an einem Wellenbrecher am Oststrand aufhielten. Ein attraktives Motiv für den Fotografen? Leo war über die Buhne gelaufen, die von der Brandung umspült wurde, während seine Mutter unten im Sand gewartet und der Fotograf den Kleinen mit der Kamera belauert hatte. Der Zeuge, ein Sozialarbeiter in den mittleren Jahren, der unüberhörbar aus Berlin kam, hatte sich gewundert, dass sie den Kleinen einfach so laufen ließen, diese Wellenbrecher oder Buhnen seien doch ziemlich schlüpfrig, er habe dem Ganzen sogar eine Weile zugesehen, um eventuell eingreifen zu können, aber als dann nichts passiert sei – zum Glück –, sei er weitergegangen.

»Dit hatt ick mir vorjenommen jehabt: teechlich einmal walken, aba ohne diese affigen Stöcker!«

»Wann genau war das?«, hatte Janssen nachgefragt.

»Am Mittwoch war dit, jegen Mittach. War jrade noch Hochflut jewesen, und danach setzte ooch schonn die Ebbe ein.«

Danach. Danach war das Kind nirgends mehr aufgetaucht. Die Aussagen der Mutter und dieses zwielichtigen Fotografen konnte, ja musste man außer Acht lassen.

Die zweite Zeugenaussage, bei der Janssen aufgehorcht hatte, war die eines jungen Urlauberpaares, das am Mittwochnachmittag auf Fahrrädern unterwegs zum Westdorf gewesen war. In der Nähe des Friedhofs, also noch ziemlich am Anfang der Strecke, war ihnen ein anderes Paar begegnet. Es lief Richtung Westen und war in ein lautstarkes Gespräch verwickelt. So laut, dass sie, als sie das Paar überholten, ohne es zu wollen, etwas davon mitbekommen hatten.

»Das kannst du nicht machen!«, habe die Frau geschrien, woraufhin der Mann sie grob am Arm fasste und sie schüttelte, da war sie still.

Janssens Aufregung war mit Händen zu greifen. Ja, der Zeuge sei sich ganz sicher, dass es sich um die Mutter des Kindes gehandelt habe. Den Mann allerdings habe er anhand der Fotos, die ihm vorgelegt wurden, nicht ohne Weiteres identifizieren können, berichtete er. Er habe eine Wollmütze getragen und so ausgesehen, wie die modernen Männer um die vierzig eben alle aussahen: Turnschuhe, Jeans, irgendeine Jacke gegen Wind und Wetter.

Das eigentlich Interessante an dieser Beobachtung war: Mit wem Nicole Sander da auch unterwegs gewesen war, das Paar war ohne Kind angetroffen worden. Wo hatten sie während dieser Zeit Leo gelassen? Wo war das Kind abgeblieben?

Einer Eingebung folgend kramte Tomma wieder die Fotos hervor, die von den Urlaubern gemacht worden waren. Leo am Klettergerüst, mit der roten Schaufel in der Hand, im Vordergrund dieser große starke Junge namens Axel oder Alex. Sie drehte das Foto um. Auf der Rückseite war das Aufnahmedatum festgehalten: 13. Juli, also Mittwoch, sechzehn Uhr fünfunddreißig.

Zu dieser Zeit etwa war die Mutter in den Dünen unterwegs gewesen. Hatte sie das Kind einfach am Strand allein gelassen, um sich mit ihrem Lover oder wem auch immer zu treffen? Und weshalb hatte es Streit zwischen den beiden gegeben?

»Na schön«, sagte Tomma, als Janssen seinen Bericht beendet hatte. »Also steht fest, dass es außer der Mutter niemanden gibt, der das Kind nach Mittwochnachmittag noch gesehen hat. Der Spielplatz auf diesem Schnappschuss ist der letzte Aufenthaltsort Leos, der sich belegen lässt. Und was sagt uns das? Beweisen kann man damit nichts. Aber es wirkt verdächtig.«

Das Bild von der Decke, unter der zwei Menschen stecken, drängte sich ihr wieder auf. Nicole Sander und Sven Kuhlmann. Die Mutter und der Fotograf … Das Kind könnte durch ihre Schuld ums Leben gekommen sein. Wenn die beiden oder auch nur einer von ihnen die Leiche danach versteckt und die Geschichte von der Entführung erfunden hatte, wäre das eine Irreführung nicht nur der Behörden, sondern aller Menschen, die am Schicksal des Kindes Anteil nahmen, hier auf der Insel, in ganz Deutschland und darüber hinaus.

***

Am frühen Nachmittag erschien ein Mann im Wangerooger Hafen. Er setzte sich auf eine Bank, die einen weiten Blick über das gesamte Gelände mit seinen zahlreichen privaten Yachten bot. Als der Mann sah, dass einer der Freizeitkapitäne gerade sein Boot klarmachte, lief er den Steg hinunter, an der langen Reihe der anderen Boote vorbei, und fragte: »Geht's raus?«

Der andere brummte nur, es hätte ein »Ja« sein können. Auf dem Kopf trug er eine dunkelblaue Baseballkappe mit der strahlend weißen Aufschrift »Admiral an Bord«.

»Nehmen Sie mich mit? Rüber ans Festland?«

Aus blauen Augen unter dicken grauen Brauen musterte

der Freizeitkapitän ihn misstrauisch. »Und weshalb nehmen Sie nicht die Fähre, wenn ich fragen darf?«

Der Mann zuckte mit den Achseln. »Nennen Sie's Sentimentalität. Ich hatte selbst mal ein Boot und würd's gern noch mal erleben – rüber übers Watt segeln, meine ich. Mit der Fähre, das ist doch nur 'ne Massenabfertigung. Außerdem will ich ein paar Fotos machen vom Segelboot aus. Ich arbeite an einem Inselkalender.« Er tippte gegen die Kameratasche, die er an einem Riemen über der Schulter trug, und reichte dem »Admiral« seine Karte. »Ich bezahle natürlich für die Überfahrt.«

Die Karte wurde eingehend gemustert. »Na schön. Übern Preis werden wir uns schon einig. Krieg ich dann auch 'n Belegexemplar für meine Frau?«

Der Mann mit der Kamera grinste. »Lassen Sie mich raten, die heißt Ingeborg, oder?«

»Klar. Genau wie mein Schiff. Man muss die Frauen ja ein bisschen hofieren, damit man in Ruhe sein Hobby pflegen kann.«

Der Mann zückte seine Kamera und nahm den schwungvollen Namenszug am Bug auf. »Bootsnamen – immer ein lohnendes Motiv«, sagte er lächelnd.

»Ich heiße Karl-Josef«, sagte der Admiral und streckte seine Hand aus.

»Und ich Sven.« Gewandt schwang sich Kuhlmann über die Reling und zog sich sofort die Schuhe aus.

Anerkennend nickte der Kapitän. Man merkte doch gleich, ob einer wusste, wie man sich an Bord zu benehmen hatte. Er warf seinem Passagier eine Baseballmütze mit der Aufschrift »Maat« zu und sagte: »Du gehst nach vorn und holst die Leine rein.« Dass man Du sagte, war auch selbstverständlich.

Sie fuhren unter Motor hinaus. Außerhalb des Hafens herrschte eine leichte Dünung. Windstärke drei bis vier, mehr war das auf keinen Fall. Gemeinsam setzten sie die Segel, jeder Handgriff saß. Der neue Maat machte sich wirklich gut. Karl-Josef stellte den Motor ab.

Stille umfing sie. Nur das leise Rauschen des Wassers an den Bordwänden war zu hören. Wenn das Großsegel ein wenig ins

Flattern geriet, machte auch dies ein sanftes Geräusch, doch der Kapitän, die Schot in der Hand, griff sofort korrigierend ein.

Dann gab er das Kommando »Klar zur Wende!«. Das Focksegel rutschte von Backbord nach Steuerbord und wurde erneut vom Wind gebläht, gleichzeitig schlug auch der Großbaum um, und beide Männer hielten die Leinen wieder straff. Bis zum nächsten Kommando »Klar zur Wende!«. So kreuzten sie aufs Festland zu.

Komisch war nur, dass sein Gast dann doch viel weniger Fotos machte, als Karl-Josef erwartet hatte. Dieser Sven schien ganz vom Augenblick gefangen genommen: ein Sommernachmittag zwischen Insel und Festland, mitten im Wattenmeer, so viel Ruhe und Licht ... Bis ein Handy klingelte. Der Admiral holte es aus der wasserdichten Hülle, die ihm um den Hals hing.

»Hallo?« Seine Miene, die zunächst freundliche Erwartung ausgedrückt hatte, verdüsterte sich. »Fotograf«, sagte er. Und nach einer Weile: »Geht klar.« Er steckte das Handy weg und wies mit dem Kopf zurück nach Wangerooge. »Das war der Hafenmeister. Die Polizei kontrolliert alle Boote, die rausgehen. Die wollten wissen, wer mit an Bord ist.«

»Und?«

»Du hast doch gehört, was ich gesagt habe.« Er griff die Schot fester und schaute an der Fock empor bis zum Verklickerer auf der Spitze. Auch die Oberfläche des Wassers, die Richtung der Wellen zeigte es an: Der Wind hatte sich gedreht.

Schade, der obligatorische Festmacher würde nun wohl ins Wasser fallen. Karl-Josef hatte genau dafür einen alten schottischen Whisky an Bord. Traditionen waren hochzuhalten, die Seele brauchte Rituale. Aber spätestens in Harlesiel würde man seinen neuen Maat mit Handschellen in Empfang nehmen. Auf den Whisky würden sie also verzichten müssen.

Kuhlmann tat, als ginge ihn das alles nichts an. Jetzt hob er die Kamera ans Auge und hielt die Linse aufs Wasser gerichtet. Nur aufs Wasser. Was er daran wohl so spannend findet?, fragte sich der Admiral, der ihn aus den Augenwinkeln beobachtete.

Er schaute sich um. Kein Boot der Wasserschutzpolizei weit

und breit. Von Wangerooge legte gerade eine Fähre ab, und aus der Gegenrichtung, aus Harlesiel, tuckerte ein Motorboot aufs Watt hinaus. Äußerlich deutete nichts darauf hin, dass es sich um die Polizei handeln könnte.

»Weshalb sind die eigentlich hinter dir her?« Die ruhige Stimme verriet keinerlei moralische Entrüstung.

Kuhlmann schien die Frage überhört zu haben, er antwortete nicht.

»Hat das etwas mit dem Kind zu tun, das verschwunden ist?«, fragte der Admiral, jetzt lauter als vorher.

»Wie man's nimmt. Du wirst es sowieso aus den Medien erfahren. Seine Mutter – mit der hatte ich was. In der Nacht, als –«

»Verdammt«, schrie der Admiral. »Aufpassen!«

Der Wind war stärker geworden, eine Bö griff in die Segel, packte das Heck und riss es herum. Klatschend schlugen die Segel um. Patenthalse! Eine solche unfreiwillige Wende konnte das Boot zum Kentern bringen. Das durfte nicht noch einmal passieren, dass er nicht hundertprozentig konzentriert war. Alles unter Kontrolle, das war das A und O, vor allem in seinem Alter. Der Mann musste von Bord, und zwar möglichst schnell.

»Wo ist das Kind?«, rief er ihm noch zu. Diese Frage musste sein. Schließlich war er selbst Großvater, unten in der Kajüte hing das Foto seiner zwei Enkel, und in der Backskiste hielt er für sie zwei kleine neonrote Schwimmwesten parat. Für alle Fälle.

Kuhlmann schüttelte den Kopf. »Keine Ahnung. Ehrlich.«

Dann hörten und sahen beide das blau-weiße Motorboot, das sich von Steuerbord näherte und längsseits kam. Durch ein Megafon verstärkt und leicht verzerrt, drang der Befehl herüber: »Folgen Sie uns!«

***

»Der Student war wirklich sauber«, sagte Harmsen bei der nächsten routinemäßigen Telefonkonferenz zwischen Wangerooge und Wilhelmshaven. »Dieser Julian Schütte vom Parkplatz

Habichtswald. Mit dem Entführungsfall hatte der nichts zu tun, haben wir alles überprüft. War nur ein unglückliches Zusammentreffen, dass der gerade auftauchte, als …« Er räusperte sich. Diese verunglückte Aktion schien ihm immer noch peinlich zu sein.

»Ja, aber –«, setzte Tomma an.

»Ja, aber, genau! Die Sache mit dem verschwundenen Lösegeld, die hat sich inzwischen aufgeklärt. Ein dolles Stück, sag ich dir.«

Was er dann berichtete, ließ Tomma ratlos den Kopf schütteln. Sie hatte den Lautsprecher eingeschaltet, sodass Kalinski mithören konnte, und auch er war sprachlos. Auf einem Autobahnrastplatz kurz vor der polnischen Grenze, in der Nähe von Görlitz, war gestern ein Mann aufgefallen, der seine Soljanka plus Currywurst mit einem Zweihundert-Euro-Schein bezahlen wollte. Der Kassiererin kam das komisch vor, und tatsächlich stellte sich heraus, dass dieser Schein zu den registrierten Banknoten gehörte, die an der A 1 in der Tüte unterm Ilexbusch gesteckt hatten. Es handelte sich bei dem Mann um einen der Fernfahrer, die in der besagten Nacht in ihren Trucks auf dem Parkplatz Habichtswald genächtigt hatten.

»Es waren drei«, erläuterte Harmsen, der sich ziemlich kleinlaut anhörte. »Einer kam aus Polen, einer aus Litauen und einer aus Cottbus. Der aus Cottbus, der war's.«

»Verstehe«, meinte Kalinski. »Dann gibt's wegen der Political Correctness schon mal keinen Ärger.«

Der Kollege konnte ja sogar ironisch sein! Diese Seite kannte Tomma noch gar nicht an ihm.

»Dann war der Erpresser überhaupt nicht vor Ort?«, fragte sie. »Oder hat der Mann aus Cottbus irgendwas mit Leo zu tun? Mit der Entführung?« Unscharf kehrte eine Erinnerung in ihr Bewusstsein zurück. »Sagt mal, ist Leo nicht angeblich noch am Tag seines Verschwindens in Cottbus gesehen worden? Das war doch der erste Ort, der genannt wurde – und wir dachten alle, da kann er im Leben nicht in so kurzer Zeit hingekommen sein.«

»Zufall«, sagte Harmsen lakonisch. »Der Mann hat mit der

Entführung nichts zu tun, das ist überprüft worden. Der hat ein Alibi für die Tatzeit. Auf Wangerooge war er definitiv nicht, er hatte nämlich eine Ladung Porree vom Niederrhein nach Berlin zu befördern.«

»Aber er könnte ein Komplize sein.« Tomma klammerte sich an diese Möglichkeit, doch Harmsen enttäuschte sie erneut.

»Dafür gibt's bisher keinerlei Anhaltspunkte. Wir sind natürlich noch dran, aber es sieht ganz so aus, als ob die Geschichte, die der Mann erzählt, stimmt.«

»Was denn für eine Geschichte?«, fragten Tomma und Kalinski einstimmig.

Wenn das, was Harmsen nun erzählte, der Wahrheit entsprach, war sie kein Ruhmesblatt für die Polizei. Der Fernfahrer wollte auf dem Rastplatz irgendetwas mitbekommen haben. Im WC-Häuschen hörte er angeblich jemanden von »Zugriff« und »Lösegeld« reden, die Beamten hatten wohl unvorsichtig miteinander kommuniziert. Etwas lag in der Luft, das spürte der Mann. Der TV-»Brennpunkt« zu der Entführung, den er kurz danach konsumierte, verstärkte seine Unruhe, jedenfalls konnte er nicht einschlafen und verließ mitten in der Nacht noch einmal seinen Lkw, um sich die Beine zu vertreten. Draußen sah er zwei Männer im Unterholz liegen und zählte eins und eins zusammen. Von da an war er hellwach und wollte die ganze Aktion verfolgen, an Schlaf war sowieso nicht mehr zu denken. Als irgendwann der Student mit Hund auftauchte, rannte er den Beamten, die aus dem Campingbus und dem Toyota herausstürmten, einfach hinterher. Die hatten kein Auge für ihn, und es war ja auch dunkel. Alle waren nur auf die »verdächtige Person«, diesen Studenten, fokussiert – und nicht auf die Tüte mit dem Geld. Da griff er zu. Ganz einfach! Mit der Tüte unter der Jacke verschwand er in der Dunkelheit. Natürlich lief er in die entgegengesetzte Richtung, weg von Autobahn und Parkplatz, mitten in den Habichtswald hinein. Dort versteckte er sich in einer Scheune. Der Mann witterte die Chance seines Lebens. Endlich Geld haben! Sich all das leisten können, wovon er auf seinem Bock bisher tagaus, tagein immer nur geträumt hatte. Erst Stunden später sei er zurückgekommen, erklärte Harmsen zerknirscht, von der Polizei unbemerkt, und mit seinem Lkw abgefahren. Von dem Geld hatte er noch nichts ausgegeben, als man ihn festnahm. Bis auf den einen Zweihunderter, der ihm kein Glück, nicht einmal eine Currywurst gebracht hatte.

Tomma seufzte. Das war mal ein ganz besonderer Trittbrettfahrer. »So ein Abstauber«, sagten Kalinski und sie wie aus einem Mund. Beide mussten lachen, obwohl die Lage ernst genug war.

»Das Lösegeld ist also erst mal sichergestellt. Aber wie geht's weiter? Habt ihr auf der Insel irgendetwas von dem Entführer gehört? Einen neuen Versuch, an das Geld zu kommen, hat es bisher nicht gegeben, oder?«

»Nein.«

Eigentlich war Harmsen ein Meister darin, seine Ratlosigkeit – falls die ihn wirklich einmal überkommen sollte – zu überspielen, doch jetzt schaffte er selbst das nicht mehr. »Will uns da vielleicht jemand einen üblen Streich spielen? Oder haben wir den Karren an die Wand gefahren und den Erpresser mit unserer Aktion verscheucht? Kann doch gar nicht sein, dass der sich nicht noch mal meldet.«

»Womöglich steckt wirklich ein Trittbrettfahrer dahinter, der die Sache aber so amateurhaft aufgezogen hat, dass er ans Geld gar nicht rangekommen ist«, gab Kalinski zu bedenken. »Und jetzt hat er es aufgegeben.«

»Es gibt noch eine andere Möglichkeit«, sagte Tomma langsam. »Die Person, in deren Gewalt sich Leo befindet oder bei der er sich jetzt aufhält, um es neutral auszudrücken – diese Person hat den Erpresserbrief zwar platziert«, sie sah wieder die Treppe vorm Pfarrhaus vor sich, »doch das ist eine Finte. Die Person ist überhaupt nicht am Geld interessiert. Sie will uns nur glauben machen, dass sie so jemand ist.«

»Aber warum? Was hätte sie davon?«

»Einen Zeitgewinn. Und Ablenkung. Weil wir dann im falschen Milieu suchen, in der falschen Richtung unterwegs sind. Dann kann sich diese Person besser vor uns verbergen.«

»Wenn wir es also nicht mit einem geldgeilen Erpresser zu

tun haben – mit wem dann? Welches Motiv außer Geldgier kann dahinterstecken, wenn ein Dreijähriger entführt wird?«

»Da wäre zum einen die schlimmste Möglichkeit, die eines Sexualdelikts. Und es drängt sich für meine Begriffe noch ein anderes Motiv auf: ein unerfüllter Kinderwunsch. In dem Fall hätten wir es höchstwahrscheinlich mit einer Täterin zu tun.«

Noch während Tomma das sagte, fragte sie sich, ob man wirklich davon ausgehen konnte. Sie runzelte die Stirn. Hatte es schon einmal eine Entführung gegeben, weil ein Mann sich sehnlichst ein Kind wünschte? Sie konnte sich nicht erinnern. Andererseits gab es schon allein in ihrem Bekanntenkreis einige Beispiele dafür, dass auch Männer gewaltig darunter litten, wenn sich der ersehnte Nachwuchs nicht planmäßig einstellen wollte. Die neuen jungen oder auch nicht mehr so jungen Väter waren ein Kapitel für sich. Da veränderte sich gerade so vieles.

»Die rauben allerdings meistens Neugeborene, also möglichst ganz kleine Kinder«, sagte Harmsen in ihre Überlegungen hinein. »So klein wie möglich. Frisch geschlüpft, sagt meine Frau immer. Solche Babys befriedigen ihre Wünsche offenbar am besten.«

»Das Kindchenschema und so weiter … Je hilfloser, desto attraktiver«, bestätigte Kalinski. »Beim Anblick von Säuglingen laufen die weiblichen Hormone auf Hochtouren. Angeblich.«

Tomma fühlte bei diesem Gespräch ein wachsendes Unbehagen. Sie begab sich ungern auf ein Terrain, auf dem sie sich nicht genügend auskannte, und dieser ganze Geburts- und Kinderkram war nun mal nicht ihre Sache. Aber einen Satz wollte sie sich doch nicht verkneifen, schließlich hatte sie Augen und Ohren – und eine redselige Schwester. »Was die Hormone angeht, packt es manchmal sogar die Männer«, sagte sie. »Bei einigen schießt dann eine Art Milch ein, und sie können an einer postnatalen Depression erkranken.«

Der Spruch verfehlte seine Wirkung nicht; Kalinski machte große Augen, und Harmsen schluckte hörbar.

Die neuen Väter, ein weites Feld. Doch hier ging es um Leo, und der Junge war kein Säugling mehr, sondern ein Dreijähriger, der sicher schon eine Persönlichkeit war, obwohl er sich sprachlich noch nicht so ausdrücken konnte, wie das in seinem Alter zu erwarten wäre. Weshalb also gerade Leo, weshalb dieses Kind?

Abschließend informierte Harmsen seine Kollegen wie immer darüber, wo der vermisste Junge – angeblich – überall gesehen worden war. »Die Leute sind wirklich hoch sensibilisiert, die halten die Augen offen. Da sind unsere Medien doch mal zu etwas nutze.«

In Berlin zum Beispiel hatten gleich zwei Personen angegeben, Leo gesehen zu haben. Eine Frau war in der Ringbahn zwischen Ostkreuz und Tempelhof auf ihn aufmerksam geworden. Er sei in Begleitung eines älteren Mannes gewesen.

»Wahrscheinlich einer mit unerfülltem Enkelwunsch«, bemerkte Tomma. Es sollte nicht direkt ein Witz sein, nur ein etwas albernes Gedankenspiel, sie ließ gern mal ihren Assoziationen freien Lauf, doch Harmsen ging überraschend ernsthaft darauf ein.

»Vielleicht gibt's ja so was. Ausschließen sollten wir gar nichts.«

Nichts war unmöglich, alles war im Fluss, alles veränderte sich …

Auch auf dem Flohmarkt in Charlottenburg, in der Nähe des S-Bahnhofs Tiergarten, war Leo gesichtet worden. Sogar am selben Tag, nämlich gestern, am Sonnabend.

»Er soll an einem Imbissstand Pommes gegessen haben«, erklärte Harmsen.

»Das Kind war doch bestimmt nicht allein. Wer war denn bei ihm?«

»Das wusste der Zeuge nicht so genau. Es soll aber todsicher der gesuchte Junge gewesen sein.« Harmsen räusperte sich. »Leider melden die Leute sich zu spät, oder es geht einfach nicht schneller. Bis die Kollegen vor Ort angerückt sind, ist das Kind schon längst wieder irgendwo abgetaucht. Aber die meisten Meldungen kommen natürlich nach wie vor aus Mallorca.«

»Was ist daran natürlich?«

»Da sind so viele deutsche Urlauber unterwegs, die alle die

BILD lesen und sich das Gammeln am Pool damit aufpeppen, dass sie mit den Augen auf Verbrecherjagd gehen.«

Apropos Verbrecherjagd. Ein privater Fernsehsender plante, einen groß aufgemachten Bericht über den brisanten Fall Leo zu bringen, und zwar ganz aktuell, schon in der nächsten Sendung am kommenden Mittwoch. Die Fernsehleute mussten bereits auf dem Weg zur Insel sein; man konnte sich auf einiges gefasst machen. Vor Tommas Augen tauchte ein Schwarm undefinierbarer Insekten auf, die sich wolkenähnlich über ihrem Kopf ballten und gleich – sie zog unwillkürlich den Kopf ein – auf sie herabstürzen würden. Waren es Heuschrecken? Geflügelte Käfer? Oder Miniermotten wie die, die vorm Fenster ihrer Wilhelmshavener Wohnung die Kastanien heimsuchten und deren Blätter lange vor der Zeit zum Verdorren brachten?

»Tschüss erst mal. Bis morgen, wenn nichts weiter passiert«, hörte sie Harmsen sagen. Seine Stimme schien sich bei diesen Worten immer weiter aus der Leitung zurückzuziehen, dann brach die Verbindung endgültig ab. Eine andere Stimme blendete sich überdeutlich ein. Sie kam von der Tür her.

»Hallo, Tommusch.«

SECHS

Sie hatte es gewusst! Frank Möllendorf würde nicht lockerlassen. Jetzt war die Gelegenheit für ihn da, mit Tomma wieder Kontakt aufzunehmen. Leibhaftig, nicht nur übers Telefon.

Ihr erster Gedanke war: Ich sehe furchtbar aus! Das Haar verwüstet vom Seewind, dem sie sich in einer kurzen Pause draußen auf der Promenade ausgesetzt hatte, um ein paarmal tief durchzuatmen. Make-up? Fehlanzeige. Sie hatte nicht einmal Zeit gefunden und es auch gar nicht für nötig gehalten, die Pickelchen, die immer um ihre Nase herum aufblühten, wenn sie auswärts essen musste, mit Puder abzudecken. Von den Ringen unter ihren Augen ganz zu schweigen.

Doch Frank strahlte sie an. »Toll siehst du aus, Tommusch!« Groß, aufrecht, unübersehbar füllte er den Raum; bei einem Schauspieler würde man es Bühnenpräsenz nennen.

»Lügner«, konterte sie.

Kalinski stand auf, während er etwas von »Toilette« und »Pause machen« murmelte, und ließ sie allein. Die Tür fiel hinter ihm ins Schloss.

Frank kam auf Tomma zu und umarmte sie. Wangenküsschen rechts, links, rechts. Sein vertrauter Geruch hüllte sie ein. Nach Aftershave und Salz – hatte er draußen auf der Fähre im Seewind gestanden? – und nach etwas anderem, Undefinierbarem, das sie sofort zurückversetzte in alte Zeiten. Ihr Herz klopfte, und beinahe wütend wollte sie sich dagegen wehren, sich steif machen in seiner Umarmung, spürte jedoch sofort, dass das Gegenteil eintrat. Wachs in seinen Händen, dachte sie. Aber das kam gar nicht in Frage. Das nicht!

»Ich bin rein beruflich hier«, bemerkte Frank und sah sie aus großen Unschuldsaugen an. »Damit du gleich klarsiehst. Rein beruflich.«

»Wegen Leo«, sagte Tomma und ärgerte sich sofort, weil es so lahm klang. Ihre Stimme war halb erstickt vor Aufregung, das Herz schlug ihr bis zum Hals. Und sie hatte geglaubt,

Frank Möllendorf sei längst Vergangenheit, Schnee von gestern, passé!

»Das Blatt«, er sprach immer nur vom »Blatt«, wenn er seinen Arbeitgeber meinte, »will, dass ich eine Reportage über die Insel mache. Ein Stimmungsbild sozusagen, natürlich aufgepeppt durch diesen Kriminalfall. Die Leute wollen doch Spannung! Und das ist hier ja auch noch Reality pur.«

Tomma lief eine Gänsehaut über den Rücken, diesmal aber nicht, weil Frank so umwerfend erotisch wirkte, sondern weil ihr seine letzten Worte unsäglich erschienen. Reality pur? Da konnte sie sich nur noch schütteln.

Frank jedoch redete unbeirrt weiter, während er sie an den Schultern festhielt. »Dieser Krimi mit dem verschwundenen Jungen, der ändert alles total hier. Die Insulaner fürchten, dass wegen der miesen Publicity die Urlauber wegbleiben. Das ist doch kein sicherer Ort mehr für Familienferien, wenn Kinder spurlos verschwinden! Und ihr von der Polizei habt nichts zu melden außer ein paar vagen Hypothesen. Kein Wunder, dass die Leute unruhig werden. Wenn der Tourismus einbricht, ist die Gemeinde bald pleite.«

Sie machte sich los, ging an ihren Platz hinter dem Schreibtisch zurück und sagte: »Stimmt.«

»Natürlich würde ich auch gern mehr über eure Hypothesen erfahren … schon der Vollständigkeit halber.« Er nahm auf dem Stuhl ihr gegenüber Platz und versuchte, ihr direkt in die Augen zu schauen, doch sie senkte den Blick und begann, in ihren Papieren zu blättern.

So nicht, dachte sie. So nicht. Ganz klar, er wollte sie abschöpfen. Hieß das nicht so bei den Geheimdiensten? Er wollte sie auspressen wie eine Zitrone. Ein bitterer Gedanke. Das hatten sie doch schon einmal, damals, als es um den Bremer Korruptionsfall ging …

Alles wiederholt sich, dachte sie.

»Es gibt Gerüchte um ein pädophiles Netzwerk, manche sprechen sogar von Kinderpornografie. Ein Fotograf soll schon verhaftet worden sein.« Frank hielt weiter seine Unschuldsaugen auf sie gerichtet. »Einer aus dem Umfeld der Mutter des verschwundenen Kindes. Hängt die vielleicht selbst mit drin? Das liegt doch nahe.«

»Über laufende Ermittlungen kann ich keine Auskunft geben, das weißt du doch.« Sie warf einen Blick auf die Tür. Wo blieb eigentlich Kalinski? »Geht's dir nun um die wirtschaftlichen Schwierigkeiten der Tourismusbranche oder um etwas ganz anderes? Was will denn dein Blatt von dir wissen – und du von mir?«

Dieser Frank Möllendorf war niemals offen. Man konnte ihm kein Wort glauben. Und er redete sich immer heraus oder versuchte es zumindest. »Sowohl als auch«, entgegnete er mit strahlend entblößten kräftigen Zähnen, doch seine Augen lachten nicht mit. »Das eine tun und das andere nicht lassen! Wir Journalisten sind für jede Info offen, genau wie ihr von der Polizei. Das muss ich dir doch nicht erklären.«

Er stand auf und beugte sich weit zu ihr herüber. So dicht kam er an sie heran, dass sie den Geruch seines Atems wiedererkannte. Nicht unangenehm und sehr vertraut. Viel Minze und etwas undefinierbar Medizinisches, vermutlich benutzte er immer noch das gleiche Mundwasser.

Und Kalinski? Der ließ sich nicht blicken.

»Kommst du mit zum Essen?«

Sie nickte.

Frank wollte sie in das kleine, aber sehr feine Fischrestaurant »Le poisson bleu« in der Nähe des Steingartens einladen, doch sie sträubte sich. Danach war ihr nun gar nicht zumute: ein exquisites Menü bei romantischem Kerzenlicht und mit edlen Weinen – nein, danke. Nicht hier und nicht jetzt und schon gar nicht mit Frank Möllendorf. Sie schlug ihm stattdessen die »Kombüse« am alten Leuchtturm vor, ein Speiserestaurant, das auch von den Einheimischen oft besucht wurde, wie sie von den Kollegen wusste, und in dem es nur deftige Hausmannskost gab, ohne all das, was Tommas andere Oma, die aus Berlin, »Zisslafeng« nannte. Gebratene Scholle mit Salzkartoffeln und Salat, dazu eine Apfelsaftschorle, das war's für sie, und Frank schloss sich ihr an.

Die Gaststube war gut besucht, man saß ziemlich eng beieinander. Sie hatten einen kleinen Ecktisch gefunden, der noch frei war. Auf einem Hocker an der Theke, wo Messing glänzte und die Beleuchtung schummrig war, entdeckte Tomma einen bekannten Hinterkopf mit angegrautem Haarkranz: Edo Janssen genehmigte sich sein Feierabendbier. Von ihm wollte sie jetzt eigentlich nicht gesehen werden. Feierabend war Feierabend, und ihm ging es vermutlich genauso.

»Nun komm doch mal runter, Tommusch.« Frank berührte ihre Hand, die gerade nach dem Notizbuch in ihrer Tasche greifen wollte, und hielt sie fest. »Jetzt denk doch mal nicht an die Arbeit. Abschalten, Tommusch.«

Sie verzog das Gesicht zu einem verunglückten Lächeln. Drüben hinter der Theke schwadronierte jemand in voller Lautstärke, vermutlich der Wirt. Von wegen abschalten! Aus alter Gewohnheit – Berufskrankheit sozusagen – sperrte Tomma ihre Ohren auf und hörte genau hin. Sie konnte gar nicht anders, auch wenn Frank Möllendorf ihr gegenübersaß.

Frank gab der breithüftigen blondierten Kellnerin, die ihr schwer beladenes Tablett durch das Gedränge der Gäste jonglierte, einen Wink. Er musste sich wortlos mit ihr verständigt haben, oder hatte Tomma schon Ausfallerscheinungen, wie sie sich bestürzt fragte, denn plötzlich standen zwei langstielige Schnapsgläser mit einer wasserhellen Flüssigkeit darin vor ihnen auf dem Tisch. Die Gläser waren beschlagen, als kämen sie direkt aus dem Eisfach der Kühltruhe.

»Auf dein Wohl, Tommusch!« Wenn er wollte, konnte Frank überaus gewinnend sein. Er drückte ihr eins der Bommerlunder-Gläser in die Hand, ihr Sträuben half nichts. Sie wusste genau, dass sie jetzt auf noch leeren Magen keinen Alkohol trinken sollte, übernächtigt und überarbeitet, wie sie war. In diesem Zustand würde Alkohol sie abheben lassen, und die Kontrolle zu verlieren, war das Letzte, was sie sich in Franks Gegenwart erlauben konnte.

Doch während sie ihm gegenübersaß, lebte der alte Zauber, der von ihm ausging, wieder auf, sodass sie gehorsam das Glas an die Lippen setzte und trank. Das scharfe Zeug schien ihr die Speiseröhre zu verbrennen, um sich dann wohlig im Magen auszubreiten, so als würde sie unwiderstehlich von innen gestreichelt – und als sie ihr Gegenüber ansah, dieses unverschämt markante Männergesicht, war es wieder da: dieses Gefühl, dass einem die Knie weich werden, das Denken sich verabschiedet und unterhalb des Nabels sich etwas bemerkbar macht, das allgemein »Schmetterlinge im Bauch« genannt wird.

Tomma hatte diese Floskel immer verachtet, konnte jetzt aber nicht leugnen, dass bei ihr das große Flattern im Leib eingesetzt hatte. Es mussten ja nicht gerade Schmetterlinge sein, die sich dort tummelten, Zwergfledermäuse wären schon origineller – da stellte die Kellnerin ihr auch schon den Teller mit einer goldbraun panierten Riesenscholle vor die Nase. Sie griff zum Besteck, um der Mittelgräte mit Entschiedenheit zu Leibe zu rücken, als der Wirt hinter der Theke tönte: »So geht das nicht weiter. Unsere Pensionsgäste haben schon den Urlaub abgesagt. Wann greift die Polizei endlich ein? Der Junge muss doch irgendwo sein.«

»Lösegeld«, rief jemand. »Erpresser …« Andere schwadronierten mit. Edo Janssen natürlich nicht, der blieb stumm und ließ sich nicht aus der Reserve locken, steuerte nur ab und zu ein unbestimmtes Brummen bei. Tomma konzentrierte sich auf das Gespräch, das drüben am Tresen geführt wurde, und schlagartig klappten die merkwürdigen Wesen, die in ihrem Bauch herumflatterten, ihre Flügel zusammen, hängten sich wie die Kleinen Hufeisennasen an der Dresdener Waldschlösschenbrücke ans Geländer und schlossen die Äuglein. Ruhe.

Sie lauschte angestrengt. So war das also. Von wegen Feierabend. Janssen horchte die Insulaner aus. Einmal im Dienst, immer im Dienst. Das Bierglas, das vor ihm stand, war nur Tarnung.

»Das ist doch bloß 'n Trittbrettfahrer«, tönte der Wirt. »Und der hat kalte Füße gekriegt. Oder so 'n armes Schwein, das auf sich aufmerksam machen will. Kathi, was meinst du denn dazu?«

»Dem fehlt was, wenn du mich fragst. Das ist ein Schrei nach Liebe«, bemerkte die Kellnerin, während sie an der Theke drei bis an den Rand gefüllte Gläser Pils auf ihr Tablett stellte und gleich wieder kehrtmachte, um sich durch das Gästemeer zu kämpfen.

»Thekenpsychologie«, bemerkte Tomma leise. »Die muss man beherrschen. Gehört wohl zur Jobbeschreibung in der Gastronomie.« Diesmal verunglückte ihr Lächeln nicht, Frank dagegen blickte eher mürrisch drein. Er ahnte wohl schon, dass sein Charme gegenüber Tommas Berufsethos den Kürzeren gezogen hatte. Einmal im Dienst, immer im Dienst.

Die Scholle war vorzüglich gebraten, und keine Spur von tranigem Fischgeschmack, stellte Tomma fest, während das Stimmengewirr um sie herum immer lebhafter wurde.

»Die Leute, die hier Wohnungen haben und Häuser, die sollen sie sich mal vornehmen. Da kann sich doch ganz leicht jemand einnisten, der in keiner Kartei auftaucht. Was soll denn dann der ganze Aufwand mit Meldebögen und so? Ist doch alles Killefitt.«

»Ich hab selbst 'ne Wohnung hier – glaubste, mich hätte schon jemals irgendwer gefragt, wer bei mir aus und ein geht?«

»Bei uns in der DDR, da hatten wir in jedem Haus oder Wohnblock so 'nen Vertrauensmann, 'ne Art Hauswart«, steuerte die Kellnerin bei, die schon wieder an der Theke eingetroffen war. Sie war ebenso flott auf den Beinen, wie sie reden konnte. »Da musste ein Hausbuch geführt werden, in das jeder Besuch, der übernachtete, eingetragen wurde, und das wurde kontrolliert. Von oben.«

»Na, Kathi, da biste wohl noch stolz drauf? So was gab's bei uns im Westen nicht, zum Glück. *My home is my castle*, sag ich nur. In meinen eigenen vier Wänden will ich doch tun und lassen können, was ich will.«

»Na, in diesem Fall wär so 'ne Kontrolle aber besser gewesen«, erwiderte Kathi spitz. »Da könnte sich das Schwein jetzt nämlich nirgends verkriechen.« Fast im selben Atemzug rief sie in Richtung Theke: »Dreimal Kabeljau mit Senfsoße und drei Jever!«

Von der Theke her war eine bedächtige Männerstimme zu vernehmen, die Tomma bisher noch nicht wahrgenommen hatte. »Erpresser und Lösegeld? Das hatten wir doch alles schon mal.«

So? Das war ihr neu. Sie nahm sich vor, Janssen am nächsten Tag darauf anzusprechen, als von einer spitzen Frauenstimme aus der Tiefe des Gastraums auch schon die Korrektur kam.

»Du meinst wohl die Reemtsma-Entführung? Die war in Hamburg. Bei uns hat es nur das Findelkind im Strandkorb gegeben, aber das wollte die Mutter ja loswerden, Lösegeld war da nicht im Spiel.«

Beifälliges Gemurmel.

Janssen, der es genau wissen musste, sich dazu aber nicht äußerte, reichte Kathi aus Leipzsch oder Dräsden sein leeres Bierglas und machte ihr wortlos klar, dass er das Gleiche noch einmal wünschte.

Was hatte die Kellnerin gesagt? Ein Schrei nach Liebe. Wer auf der Insel hatte ein derart gravierendes Liebesdefizit, dass er einen solchen Erpresserbrief deponierte? Das klang ziemlich verrückt. Voll crazy, wie Heike sagen würde.

Als hätte er ihre Gedanken gelesen, sagte nun auch Frank: »Ein Schrei nach Liebe«, und schob seinen Teller mit einem Rest Bratkartoffeln von sich. »Das kann ich dem Täter nachfühlen. So was gibt's.«

Gegen ihren Willen musste Tomma lachen. Aber die Flatterwesen, mit oder ohne Nasen in Hufeisenform, regten sich nicht mehr. Die hingen nur satt an ihrer Stange, und das war's.

Einen weiteren eiskalten Schnaps ließ sie stehen, schließlich hatte sie ihn nicht bestellt. Außerdem war sie abgelenkt. Sie dachte an das morgige Arbeitspensum, fühlte den Druck, der auf ihr lastete, notierte in Gedanken schon die Anrufe, die sie absolvieren musste, das meiste davon Routine, und doch, man wusste ja nie …

Frank kippte jetzt auch Tommas Bommerlunder, doch glücklich sah er dabei nicht aus. Sie bestellte sich einen Kaffee. Sie brauchte einen klaren Kopf, nicht nur aus beruflichen Gründen.

»Soll's vielleicht 'n Pharisäer sein?«, erkundigte sich die patente Kellnerin. »Also 'n Kaffee mit Schuss?«

»Mit Schuss?« Tomma musste grinsen. Einer Polizistin fiel bei diesem Wort eben immer nur das eine ein.

»Mit Rum. Die Story kennen Sie doch: Wenn der Pastor früher bei den Bauern einen Besuch machte, durften die ja eigentlich keinen Alkohol trinken. Schnaps saufen? Das gehörte sich nicht. Aber einen Kaffee mit Rum und Sahnehaube obendrauf, das ging, das merkte der Pastor ja nicht.« Die Kellnerin blickte Tomma erwartungsvoll an, und als diese noch zögerte, schob sie nach: »Oder sind Sie etwa noch im Dienst?«

Auch hier kannte man schon ihr Gesicht. Angenehm war ihr das nicht, aber es war wohl nicht zu ändern. Anstatt darauf einzugehen, sagte Tomma knapp: »Einen ganz normalen Kaffee, bitte.«

Als sie das Lokal verließen und an der Theke vorbeigingen, rührte sich Edo Janssen nicht, er gab keinerlei Zeichen von sich, dass ihm bewusst war, wer da gerade an ihm vorbeiging. Trotzdem war Tomma sich sicher, dass Janssen ihre Anwesenheit bemerkt hatte. Begründen konnte sie das nicht. Intuition eben. Morgen würde man sich unter Ausschluss der Öffentlichkeit wieder austauschen.

Sie liefen langsam zurück in Richtung Haus Meeresfrieden, Frank begleitete sie. Er hatte den Arm um sie gelegt, doch obwohl es sich ein paar Schritte lang verdammt gut anfühlte, nutzte sie die nächstbeste Gelegenheit, sich ihm wieder zu entziehen. Auch wenn es sie Überwindung kostete. Schlafende Hufeisennasen soll man nicht wecken.

Frank war im Hotel »Germania« abgestiegen. Mit Seeblick immerhin. »Das Blatt zahlt«, bemerkte er, als sie vor der imposanten Fassade standen. Das Hotel lag auf dem Weg, und als sie sich dem hohen Gebäude näherten, das entfernt an die deutsche Bäderarchitektur vor dem Ersten Weltkrieg erinnerte – sehr weiß, aber kaum verschnörkelt –, fragte er wie beiläufig: »Trinkst du noch einen Kaffee mit mir? Vielleicht diesmal einen Pharisäer?«

Sie schüttelte den Kopf. »Überhaupt keinen Kaffee, danke. Ich muss schlafen. Morgen ist ein harter Tag.«

»Schade.« Frank seufzte. Der Kuss, zu dem er gleich darauf ansetzte, verrutschte, weil Tomma gerade den Kopf wegdrehte, und landete statt mitten auf ihrem Mund auf ihrer Wange.

»Fräulein Wilken, Sie kennen Ihre wahren Bedürfnisse nicht«, sagte er grinsend, womit er ein Zitat aus Tommas Jugend wieder aufwärmte. Das hatte ihr einmal ein ziemlich alter Altachtundsechziger gesagt, als sie ihn nächtens vor ihrer Haustür stehen ließ, weil sie nicht so wollte wie er, und sie war ganz sicher nicht die Erste gewesen, die das von ihm – oder anderen Männern seiner Generation – zu hören bekommen hatte. Er war ziemlich betrunken, und das allein hätte genügt, um sich nicht auf ihn einzulassen. Aber sie war ohnehin nicht an ihm interessiert gewesen. Von dieser Episode hatte sie Frank erzählt, und gemeinsam hatten sie sich über jenen schon historisch zu nennenden Machospruch lustig gemacht. Jetzt war ihr allerdings nicht zum Lachen zumute. Sie sagte »Gute Nacht«, und als sich die Eingangstür öffnete und der vertraute Dunst, heute eine eigenartige Mischung aus Bratkartoffeln und Weihrauch, sie umfing, fühlte sie sich merkwürdig erleichtert. Leer, aber erleichtert. Ein Kapitel war abgeschlossen. Endgültig. Das andere Kapitel hingegen noch lange nicht.

***

»Und? Gibt's was Neues? Ist der Junge irgendwo aufgetaucht?«

Kalinski schüttelte nur den Kopf.

»Mein Gott, der kann doch nicht einfach so vom Erdboden verschluckt worden sein!« Als Tomma das sagte, kroch ihr etwas Kaltes den Nacken hinunter, und die Härchen auf den Armen stellten sich auf. Ein sehr ungutes Gefühl. Sie sah die Sandberge auf Wangerooge vor sich und rief sich das Foto mit dem buddelnden Jungen und Leo im Hintergrund in Erinnerung. Vom Erdboden verschluckt. »Mike, wir müssen diesen Jungen, diesen Alex, ausfindig machen, unbedingt. Gleich wenn wir hiermit durch sind.«

Kalinski machte sich eine Notiz, widmete sich dann aber erst einmal wieder der Routine. Er war schon früh in der Station gewesen und hatte für Tomma alle neuen Nachrichten aus der Zentrale in Wilhelmshaven und dem Internet zusammengestellt. Eine Art morgendliche Presseschau.

Für die Medien war dieser Entführungsfall weiterhin das große Thema. Die schienen geradezu dankbar zu sein, dass mitten im Sommerloch so etwas passierte.

»Spannung pur!«, diesen blödsinnigen Kommentar hatte Kalinski tatsächlich in einem Boulevardblatt entdeckt. Die hielten das Verschwinden eines Kindes für besser als den »Tatort« im Fernsehen, denn hier war ja alles authentisch, nicht etwa ausgedacht. Und das Authentische war, was die Masse wünschte. Reality! Wenn der Tatort dann noch Wangerooge hieß, dieses bürgerliche Urlaubsparadies für heile Familien, war das Interesse umso größer.

Verärgert schlug Tomma die Mappe mit den Ausdrucken zu, schob sie von sich weg und sah Kalinski an. »So, und was sagt Harmsen?«

Der Kollege starrte vor sich hin und reagierte nicht.

»Was ist jetzt, Mike?« Tomma stupste ihn an. »Träumst du? Was gibt's Neues?«

Während er seine Infomappe aufschlug, sagte er halb entschuldigend: »Ich hab gerade gedacht, das Ganze könnte vielleicht ein Fake sein. Inszeniert, meine ich, und zwar von einem Konkurrenten, der Wangerooge schaden will, damit er selbst davon profitiert. Solch ein Verbrechen schreckt die Urlauber doch ab. Die Leute wollen sich ihre heile Welt erhalten, wenigstens in den Ferien, und fahren dann eben nicht mehr nach Wangerooge, sondern …«

»Nach Baltrum?«, fiel ihm Tomma ins Wort. »Das ist noch kleiner als Wangerooge und von solchen Skandalen frei. Das Dornröschen der Nordsee. Ruhiger Schlaf garantiert.« Sie rieb sich die schmerzende Schulter. »Mensch, Mike, jetzt mal im Ernst: Was gibt's Neues? Leg los!«

Er ließ sich nicht länger bitten. »Kuhlmann und die Sander werden drüben weiter verhört, aber bisher kann ihnen keine Beteiligung am Verschwinden des Jungen nachgewiesen werden. Weder ihr noch ihm. Ihre Aussagen, wie oft sie ihn kontrolliert haben in der Nacht, die stimmen allerdings vorn und hinten nicht. In Wirklichkeit waren die beiden anderweitig beschäftigt. Ansonsten hat sich nichts getan. Abgesehen davon, dass weiterhin jede Menge Meldungen reinkommen, dass der Junge gesehen worden ist.«

»Gesehen worden sein soll«, verbesserte Tomma. »Denn das glauben die Leute doch nur. Ob es tatsächlich der Junge war, ist noch offen. Wir müssen uns in unserem Beruf präzise ausdrücken, Kalinski, präzise!«

Er grinste. Wenn Tomma es mit der Grammatik so genau nahm, imitierte sie den Boss, Dr. Storm, der wohl meinte, er sei es seinem literarischen Namensvetter schuldig, sich des Deutschen absolut korrekt zu bedienen. Womit er alle Kollegen nervte. »Gut. Also gesehen worden sein soll.«

»Wo?«

»Das Übliche, du weißt schon. Allerhand Exotisches, diesmal sogar dreißig Kilometer nördlich von Haparanda. Am Polarkreis genauer gesagt.«

Beide schauten sich an und verzogen keine Miene. Sie wussten, was der andere dachte, hielten es jedoch für unpassend, jetzt einen Kommentar über den Weihnachtsmann zu machen, der mit seinen Rentieren am Polarkreis zu Hause war und die Kinder anzog wie der Rattenfänger zu Hameln. Bis Kalinski gegen seinen Willen grinsen musste und auch Tomma nicht ernst bleiben konnte. Irgendwie musste die Spannung, die beide im Griff hatte, heraus. Also lachten sie, jedoch etwas zu laut und zu lange, als dass es eine Befreiung gewesen wäre.

Dann blätterte Kalinski wieder in seinen Papieren. »Hier, was anderes, das klingt schon realistischer: Ein Fernfahrer hat sich von einer Tankstelle am ehemaligen deutsch-deutschen Grenzübergang gemeldet. Aus Marienborn. Im Bistro der Tankstelle will der Mann eine Frau mit einem Kind beobachtet haben. Es war wohl ein Mädchen, und es trug trotz der Wärme eine Mütze. Die wollte es abnehmen, aber die Frau hat das der Kleinen partout nicht erlaubt. Das war wohl ein ziemliches Theater. Da ist dem Mann eingefallen, dass der gesuchte Junge, also Leo, ein Muttermal an der Schläfe haben soll. Unter einer Mütze ließe sich das gut verstecken. Jedenfalls kam ihm das verdächtig vor, und er hat die SOKO informiert.«

Tomma machte sich eine Notiz. Die Kollegen waren schon

unterwegs, um sich die Bilder der Überwachungskamera der Tankstelle anzuschauen. Obwohl es sich um ein Mädchen gehandelt haben sollte. Aber aufs Geschlecht durften sie sich nicht festlegen. Die Ausflugsfahrt »Pirat meets Prinzessin« fiel ihr wieder ein.

»Aus einem Jungen ein Mädchen zu machen«, sagte nun auch Kalinski, »das kann man doch heutzutage ganz einfach managen. Bart und Busen gibt's eh noch nicht, also kein Problem.«

»Und es wäre für den Entführer eine gute Möglichkeit der Tarnung. Wenn alle Welt nach einem Jungen sucht …«

»… braucht er Leo nur ganz in Rosa zu stecken, und schon geht er für ein Mädchen durch. In dem Alter sowieso. Und wenn das Kind dann noch eine Mütze aufhat …«

Tomma überprüfte ihre Notizen. »Welche Farbe hatte die eigentlich?«

Kalinski zuckte mit den Schultern. »Das ist nicht bekannt. Aber ich wette, die war rosa. Wenn nicht sogar pink. Ein Kind mit Muttermal an der Schläfe wollen übrigens noch zwei weitere Leute gesehen haben, die aber nun wiederum ganz woanders.«

Der eine Zeuge war Rettungsschwimmer auf Spiekeroog. Tomma horchte auf. Das war immerhin direkt nebenan, und »Pirat meets Prinzessin« und das Kindergewimmel an Bord der »Seejungfrau«, das ihre Schwester Heike ihr so plastisch beschrieben hatte, standen ihr wieder vor Augen. Auf der Nachbarinsel hatte es einen kurzen Aufenthalt gegeben, bei dem eine Person mit Kind sich durchaus unauffällig hätte absetzen können. Der Rettungsschwimmer, berichtete Kalinski, habe direkt am Wasser gestanden und Kinder beobachtet, die in den ausrollenden Wellen planschten. Ein Mädchen, etwa drei Jahre alt, sei von einer Welle umgeworfen worden und habe laut geschrien, und als er es wieder auf die Füße stellte, sei ihm unter den nassen Haarsträhnen an der Schläfe das Muttermal aufgefallen, so groß wie ein Cent-Stück.

»Die Mutter kam dann auch gleich angelaufen und war gar nicht begeistert davon, dass sich der junge Mann so engagierte. Sie hat ihm sehr deutlich klargemacht, dass sie auf ihre Tochter allein aufpassen kann. Und dann ist sie sehr schnell mit dem Kind verschwunden.«

»Die Kollegen auf Spiekeroog wissen Bescheid, auch da läuft die Suche«, sagte Tomma. »Die halten die Augen offen.«

Kinder, die ein Muttermal hatten, gab es viele. Auch an der Schläfe. Das war nichts Einmaliges. Und doch …

Tomma selbst hatte eins, allerdings woanders. Da sie keine FKK-Anhängerin war, bekamen dieses unveränderliche Kennzeichen nur sehr wenige Menschen zu Gesicht. Es war erbsengroß und befand sich auf der Grenze zwischen Oberschenkel und Gesäß, wanderte aber, je älter sie wurde, immer weiter nach oben. Nach ihrer Geburt hatte ihre Mutter gesagt: »Bloß gut, dass sie das hat, dann wird man sie wenigstens nicht vertauschen.« Sie war während ihrer Schwangerschaften und nach den Geburten im Krankenhaus von der Idee besessen gewesen, dass man ihre Kinder versehentlich vertauschen könnte. In der Pubertät hatte Tomma tatsächlich phantasiert, dass ihre Eltern gar nicht ihre richtigen Eltern seien, weil sie doch so ganz anders war als ihre Schwester. Vielleicht war Heike aber auch diejenige, die vertauscht worden war? Schließlich hatte die kein Muttermal am Po.

Doch das war natürlich alles Unsinn. Pubertätsphantasien, was sonst. Laut Sigmund Freud nichts Besonderes, da musste man durch. Und jetzt musste es hier weitergehen! Tomma riss sich zusammen und fragte betont engagiert: »Der andere Zeuge, wer war das?«

Es handelte sich um einen besonders wachsamen Passagier auf der Fähre von Langeoog nach Bensersiel, dem ebenfalls ein Kind mit diesem besonderen Kennzeichen aufgefallen war, was er aber leider erst in Bensersiel der Polizei mitgeteilt hatte, als auch alle anderen Passagiere längst von Bord gegangen waren.

»Mädchen oder Junge?«

»Wieder ein Mädchen. Es stand mit der Mutter an der Reling, das Kind trug einen Anorak und hatte die Kapuze hochgeschlagen, dann kam ein Windstoß und wehte ihm die Kapuze vom Kopf. Pfenniggroß, sagte der Mann, war das Muttermal. Und an der linken Schläfe.«

Sehr jung konnte dieser Zeuge nicht mehr sein, wenn für ihn noch eine Pfennigmünze statt eines Cent-Stücks die Vergleichsgröße war. Erstaunlich aber, dass seine Sehkraft anscheinend noch ausreichte, um ein solches Detail zu erkennen. Tomma ärgerte sich. Warum hatte er nicht gleich zum Telefon gegriffen und die Polizei alarmiert? Von Bord aus! Dann hätte die Polizei die verdächtige Person samt Kind am Hafen in Empfang und unter die Lupe nehmen können. Ein solcher Anruf war doch per Handy heute sehr einfach, jeder hatte so ein Ding in der Tasche und konnte es auch bedienen. Meistens jedenfalls. Oder wollte sich nur mal wieder jemand wichtigtun und hatte überhaupt nichts gesehen?

Wangerooge, Spiekeroog, Langeoog ... Machte der Entführer jetzt Insel-Hopping oder was? Immer unterwegs, von einer Insel zur anderen, überall dort, wo es von kleinen Kindern wimmelte. Da fiel er am wenigsten auf. Er? Sie stutzte. Weshalb gebrauchte sie eigentlich wie selbstverständlich die männliche Form, obwohl die Zeugen sich in dieser Hinsicht oft ganz anders äußerten?

»Wenn von Begleitpersonen die Rede ist«, sagte Kalinski in ihre Gedanken hinein, »wird fast immer eine Frau genannt. Ob Mutter oder Großmutter, vielleicht auch Patentante bleibt dahingestellt – jedenfalls eine Frau.«

***

Im »Fährhaus« am Hafen von Bensersiel herrschte Hochbetrieb. Die Fähren draußen kamen und gingen alle zwei Stunden, legten an und legten ab, im ständigen Wechsel, während sich drinnen im Restaurant die Urlauber drängten. Die einen warteten auf die Ankunft der Fähre, um auf die Insel Langeoog überzusetzen, die anderen mussten die Zeit bis zur Abfahrt ihres Anschlusszugs nach Hause überbrücken. Es war ein unaufhörliches Kommen und Gehen.

Der kleine Junge saß an einem Vierertisch direkt am Fenster. Obwohl es warm war, trug er noch immer seinen blauen Anorak und eine blaue Baumwollmütze mit einem knallgelben

Smiley-Button darauf. Doch der Junge verzog keine Miene, er wirkte ernst und still. Ihm gegenüber saß ein Mann, den man wohl für den Vater des Jungen gehalten hätte, wäre er nicht so distanziert gewesen, so auffällig kühl. Außerdem war die Familienähnlichkeit gleich null. Das Kind war sehr hellhäutig und hatte große blaue Augen, der Mann dagegen einen südländischen Teint und dunkle Augen. Der kam doch eindeutig aus einer ganz anderen Weltgegend als dieser Junge. Irgendetwas war seltsam an dem Paar, das kein Wort miteinander redete. Das fand jedenfalls der Gast am Tisch nebenan, eine Frau in den Dreißigern, unterwegs nach Langeoog, die darauf wartete, dass die überlastete Kellnerin ihr den bestellten Ostfriesentee brachte, und in der Wartezeit die Blicke schweifen ließ.

Jetzt stand die Kellnerin am Nachbartisch, um die Bestellung entgegenzunehmen.

»Ein Kaffee, eine Fanta.«

Kein »bitte«, der Mann war wirklich ein grober Klotz. Genauso unpersönlich ging er mit dem Jungen um. Als hätte er ihn irgendwo abgeholt, um ihn nun irgendwo anders abzuliefern. Wohlbehalten natürlich, das war Teil des Jobs. Also musste der Junge etwas zu trinken bekommen, Kinder dehydrieren so leicht.

Andrea Brockmann beobachtete gern Menschen. Wenn man allein reiste, hatte man viel Zeit und Ruhe dazu. Und sie hatte ein Gespür dafür, wenn etwas nicht stimmte. Dieser Mann hier hatte kein freundliches Wort für den Jungen, er behandelte ihn, als wäre er Luft. Und der Junge? Unglücklich sah er eigentlich nicht aus, aber er war so still! Oder war er nur müde? Reisemüde?

Wie alt mochte er sein? Etwa drei Jahre, schätzte sie. Sie hätte ihn gern einmal sprechen gehört. Als Erzieherin in einer Kita kannte sie sich mit Kindern aus. In diesem Alter plapperten die meisten schon sehr viel.

Sie stand auf, um noch einmal auf die Toilette zu gehen. An der Tür stach ihr ein Plakat ins Auge: »WO IST LEO?«

Natürlich! Die Mütze und das stille Kind, dazu dieser wortkarge Mann …

Sie hastete zurück in die Gaststube, an ihren Tisch, doch das Paar war verschwunden. Die Kaffeetasse war leer, das Glas des Jungen mit dem Strohhalm darin noch halb voll. Die hatten es anscheinend sehr eilig gehabt wegzukommen. Warum? Als sie einen Blick aus dem Fenster warf, sah sie einen Polizeiwagen, der unten vor dem »Fährhaus« geparkt hatte. Im selben Augenblick betraten zwei Polizisten das Restaurant.

Andrea Brockmann griff nach dem Glas mit dem Strohhalm, lief auf die Uniformierten zu, die an der Bar haltmachten, und streckte ihnen das Glas entgegen.

»Ich hab den Jungen gesehen, Leo«, rief sie atemlos. »Er war mit einem Mann da, gerade eben. Wenn Sie sich beeilen, kriegen Sie ihn noch! So ein südländischer Typ. Das Kind passt gar nicht zu dem.«

Der ältere der beiden Beamten nickte seinem jungen Kollegen zu, der sich daraufhin im Laufschritt entfernte. »Was ist das für ein Glas?«

»Daraus hat das Kind getrunken. Ich dachte …« Ihre Stimme überschlug sich.

Der Beamte nahm ihr das Glas ab und sagte ruhig: »Würden Sie mir bitte Ihre Personalien geben?«

***

Irene Fuchs, die pensionierte Rektorin mit dem Ferienhäuschen auf Wangerooge, hatte sich gemeldet. Sie war gestern nicht auf der Insel gewesen, deshalb hatten Tomma und Kalinski sie im Bibernellweg 1b nicht angetroffen. Nach ihrer Rückkehr hatte sie Tommas Karte im Briefkasten gefunden, mit der Aufforderung, sich bei ihr zu melden. Was sie nun auch tat. Ihrer Stimme am Telefon war anzumerken, dass diese Frau wusste, was sie wollte und was die anderen ihrer Meinung nach zu tun hatten.

Tomma kündigte kurzerhand ihren Besuch an: »Wir kommen zu Ihnen.« Irgendetwas sagte ihr, dass es gut wäre, sich einen Eindruck von dieser Frau auf deren eigenem Terrain zu verschaffen. Insgeheim hoffte sie sogar, dort auf irgendeine Spur zu stoßen. Eine Spur, die endlich den Durchbruch bedeuten würde in diesem mysteriösen Fall.

Tomma hatte es satt, weiter im Dunkeln zu tappen. Der Frust wuchs, die Sorge um Leo auch. Zugleich verstärkten sich ihre Schulterbeschwerden immer mehr, so als könnte ihr Körper die Last, die ihr auf der Seele lag, nicht länger tragen. Sie brauchte dringend jemanden, der sie massierte. So wie ihr Vater das immer mit ihrer Mutter machte. Aber sie konnte unmöglich einen Kollegen – etwa Kalinski? – bitten, ihr Hals- und Schulterpartie zu kneten, rein kameradschaftlich natürlich. Das wäre nun wirklich zu intim. Außerdem war der jüngere Kollege solche Beschwerden bei weiblichen Wesen sicher überhaupt nicht gewohnt. Der hatte doch keine Ahnung, wie er damit umgehen sollte. Und sich jetzt einem professionellen Masseur auszuliefern, dazu fehlte ihr die Zeit. Hoffentlich würde das Fahrradfahren sie etwas entspannen.

Auf ihrem Weg kamen sie wieder am Pfarrhaus vorbei. Es lag ebenso unwirtlich und verlassen da wie neulich schon. Die Pfarrfrau fehlte eben an allen Ecken und Enden. Ihr Mann mochte ein guter Seelsorger sein und auch phantastisch predigen, doch ein häuslicher Typ war er sicher nicht. Der Rasen im Vorgarten hätte dringend gemäht werden müssen, Unkraut wucherte, und die Begonien in den Töpfen am Eingang waren verblüht. Armer Kerl, dachte Tomma. Dann hörte sie auf einmal wieder die Worte der Kellnerin in der »Kombüse«, die so weise vom »Schrei nach Liebe« gesprochen hatte. Wer Liebe entbehrte, kam auf allerlei verrückte Ideen …

Tomma stellte sich vor, wie der Pfarrer morgens früh den Erpresserbrief auf den Eingangsstufen zum Pfarrhaus gefunden hatte. Oder gefunden haben wollte. Konnte es sein, dass er ihn selbst dort platziert hatte? Nicht ausgeschlossen. Auch Pfarrer sind nur Menschen, haben Schwächen wie alle anderen und leiden wie sie. Sollten sie noch einmal bei ihm klingeln? Später, wenn sie von dieser Frau Fuchs zurückkamen.

Als sie am Haus vorbeifuhren, öffnete sich jedoch die Eingangstür, und Roland Werner trat heraus. Er sah erschreckend aus. Bleich und hohlwangig, unrasiert. Zunächst schien er sie gar nicht wahrzunehmen, aber dann sah er sie doch. »Hallo!«, rief er ihnen hinterher. »Kann ich Sie einen Augenblick sprechen?«

Sie stiegen ab und lehnten ihre Räder an die Hecke. Pfarrer Werner führte sie auch diesmal nicht ins Haus, er bat sie nur, einen Augenblick zu warten. Dann kam er zurück und reichte ihnen einen Umschlag ohne Aufschrift.

»Der lag hier auf der Treppe, genau wie beim letzten Mal. Wahrscheinlich schon länger, seit frühmorgens. Ich habe ihn aber eben erst gefunden.«

Tomma zog Vinylhandschuhe an und holte den Brief aus dem Umschlag. Es war ein einfacher Zettel, wie die erste Lösegeldforderung mit ausgeschnittenen Buchstaben beklebt.

Kind geht Gut.
Berlin! 50 000 Euro in ALDI-Tüte tun.
Mülleimer direckt hinter Siegsäule. Heute 21 Uhr.
Kein Polizei sons Kind Tod!

»Was soll das heißen, Berlin? Warum plötzlich Berlin?« Tomma schüttelte den Kopf.

»Vielleicht kann ich Ihnen das beantworten.« Der Pfarrer zeigte sich überraschend eifrig, er wollte wohl unbedingt beweisen, dass er sich auch mit weltlichen Events auskannte. »Heute Abend bei der EM spielt doch Deutschland gegen Polen. Am Brandenburger Tor gibt's Public Viewing, auf der Fanmeile ist der Teufel los. Das haben sie gerade im Fernsehen gezeigt. Die Fans spielen jetzt schon total verrückt.«

»Der Kerl spekuliert darauf, dass er bei dem Riesenauflauf, den es beim Public Viewing gibt, entwischen kann. Ganz schön clever.« Tomma griff zum Handy, um Harmsen zu benachrichtigen.

Als sie weiterfuhren, spürte sie die Blicke des Pfarrers im Rücken. Erst als sie außer Sichtweite waren, sagte Kalinski: »Irgendwie komisch, dass der Pfarrer der Postbote ist, sozusagen. Der Kidnapper scheint direkt einen Narren an dem gefressen zu haben.«

»Wenn es ihn denn gibt.«

»Glaubst du, das Ganze ist ein Fake?«

»Ich weiß nicht, was ich glauben soll. Und was ich glaube, spielt im Moment für das weitere Vorgehen auch keine Rolle. Die Kollegen vor Ort sind informiert und werden das Nötige tun.«

Irene Fuchs lehnte schon an der Pforte ihres kleinen Grundstücks und hielt nach dem angekündigten Besuch der Polizei Ausschau. Sie war eine Frau um die sechzig, mit einem strengen Zug um den Mund. Ihr hatten die Schüler wohl kaum auf der Nase herumgetanzt, das hätte sie nicht geduldet. Ansonsten Kurzhaarschnitt, ungeschminkt und unauffällig gekleidet, im üblichen Freizeitlook: T-Shirt, Jogginghose, Turnschuhe, alles in gedeckten Farben. Von Beige über Hellblau zu Grau, die ganze Palette der Seniorenfarben. Dabei war sie doch noch gar nicht so alt. Vermutlich frühpensioniert, aus welchen Gründen auch immer. Die Farbgebung kam Tomma bekannt vor. Wie bei der Frau auf den Fotos! Nur ihr Gesicht erkannte sie nicht wieder, aber dafür waren die Bilder auch zu unscharf gewesen.

Anders als im Pfarrhaus wurden sie hier hereingebeten. Im Wohnzimmer waren Teetassen gedeckt, die Kanne stand auf dem Stövchen bereit. Als sie Platz genommen hatten, fragte Irene Fuchs höflich: »Sie wollten mich sprechen? Was kann ich für Sie tun?«

Tomma sah sich verstohlen um. Der Strandflieder in der Vase war schon ziemlich verblasst, geradezu verstaubt. In einer Ablage und im Papierkorb knüllten sich alte Zeitungen und Illustrierte. Frau Fuchs schien es mit der Ordnung nicht supergenau zu nehmen. Ein paar Utensilien, die noch auf dem Couchtisch lagen, darunter eine Schere und eine Tube Klebstoff, nahm sie wie beiläufig weg und begann, den Tee einzuschenken.

»Es geht, wie Sie sich vielleicht denken können, um den Jungen, der vor vier Tagen hier auf der Insel verschwunden ist.«

Irene Fuchs nickte nur.

»Als Nachbarin kennen Sie Leo, wie wir erfahren haben.

Sie wohnen in Oldenburg in demselben Haus wie Mutter und Kind, ist das richtig?«

Irene Fuchs nickte wieder. »Ja, ich kenne Leo. Das Kind ist zu bedauern.« Als sie Tommas fragende Miene sah, fügte sie hinzu: »Ganz abgesehen davon, was hier mit ihm passiert ist: Der Junge ist wirklich arm dran. Miserable häusliche Verhältnisse.«

»Sie haben sich vor einer Weile einmal an das Jugendamt gewandt, weil der Junge so viel geschrien haben soll. Die Mutter hatte den Eindruck, Sie hätten sich gestört gefühlt ...« Tomma ließ diesen letzten Satz mit einem unsichtbaren Fragezeichen in der Schwebe, als wäre sie auf Widerspruch gefasst.

Der kam auch sofort. »Natürlich nicht. Was für ein Unsinn! Ich wollte die Leute vom Amt dazu bringen, mal genauer hinzugucken. Geändert hat sich trotzdem nichts. Das ist ein Skandal.« In der Stimme der sonst so gelassen wirkenden Frau schwang Empörung mit, verhaltener Zorn. So etwas wie Leidenschaft.

»Haben Sie den Jungen hier auf der Insel mal gesehen? Ist ja schon ein merkwürdiger Zufall, dass Sie und Nicole Sander mit Kind gleichzeitig hier auf der Insel Urlaub machen, finden Sie nicht?«

Wieder reagierte die Frau heftig. »Was soll daran merkwürdig sein? Ich besitze dieses Häuschen hier, ich habe es geerbt, um genau zu sein, und da ist es wohl normal, dass ich mich regelmäßig hier aufhalte, um nach dem Rechten zu sehen. Was meinen Sie, wie schnell so ein Anwesen verkommt. Aber weshalb Frau Sander hier aufgekreuzt ist, das müssen Sie sie schon selbst fragen. Wobei ich auch das nicht besonders merkwürdig finde, ganz so weit weg ist Wangerooge ja nun nicht, wenn man in Oldenburg wohnt.«

War es möglich, dass die Frau noch nichts von der Verhaftung Sven Kuhlmanns und von den Vorwürfen gegen ihn gehört hatte?

Als hätte sie Tommas Gedanken gelesen, sagte Irene Fuchs: »Wenn man den Medien glauben kann, spielt dieser ... dieser Mann, ihr Liebhaber, eine überaus ekelhafte Rolle bei der ganzen Sache. Dass dieses Kind benutzt wird, habe ich immer befürchtet. Nur hatte ich keine Beweise.«

Tomma rührte nachdenklich in ihrer Teetasse, obwohl sich der Kandisbrocken längst aufgelöst hatte. Dann blickte sie ihr Gegenüber direkt an. »Frau Fuchs, Sie haben noch nicht auf meine Frage geantwortet: Haben Sie Leo auf der Insel gesehen?«

»Ja. Ein paarmal am Strand und auch ein-, zweimal auf der Promenade und im Ort. Das ist nichts Besonderes, auf dieser kleinen Insel läuft man sich ja ständig über den Weg. Einmal war übrigens auch dieser … dieser Fotograf dabei.« In ihrem letzten Satz schwang Verachtung mit. Leidenschaftliche Verachtung.

Jetzt wurde es Tomma unbehaglich, und sie spürte prompt ihre rechte Schulter. Es war immer dasselbe, sie verkrampfte sich, der Schmerz zog ihr den Rücken hinunter. Doch sie musste die Frage stellen. »Frau Fuchs, könnten Sie uns bitte sagen, wo Sie sich vor vier Tagen aufgehalten haben? Genauer gesagt am Mittwochabend und in der Nacht zum Donnerstag.«

Überraschenderweise empörte sich die Frau nicht angesichts dieser »unerhörten Verdächtigung«, der sie offensichtlich ausgesetzt war. Sie blieb ruhig, ihre Miene stoisch. Tomma hatte das Gefühl, sie sei auf die Frage vorbereitet gewesen. »In Berlin«, entgegnete sie ohne Umschweife. »Die Botanische Nacht in Dahlem lasse ich mir nicht entgehen. Dann gab's auch noch die ›Zauberflöte‹ in der Waldbühne. Etwas Kultur erleben, das kommt ja hier auf der Insel entschieden zu kurz.« Die nächste Frage der Polizisten vorwegnehmend, ergänzte sie: »Ich habe in der Wohnung einer Freundin übernachtet.«

»Was diese sicher bezeugen kann.«

»Na ja«, Irene Fuchs zögerte, »sie war nicht zu Hause. Sie ist auf Urlaub, mit dem Auto unterwegs. Richtung Dänemark.«

»Und wie heißt Ihre Freundin?«

»Marie-Louise Körner. Ich schreibe Ihnen die Adresse auf.«

Sie griff nach einem Kuli und kritzelte etwas auf einen Zettel, den sie Tomma zuschob: Agricolastraße 8, 10555 Berlin. »Das ist in Moabit.«

Sie würden das überprüfen. Aber Kalinski gab sich damit noch nicht zufrieden. »Wie sieht es mit Fahrkarten aus? Eintrittskarten in Berlin?«

Irene Fuchs schüttelte bedauernd den Kopf, was beinahe mitleidig wirkte. »Ach, wissen Sie«, Tomma erwartete fast, dass sie »junger Mann« zu Kalinski sagte, »so was werfe ich immer gleich weg. Wozu aufheben? Das ist doch nur lästiger Ballast. Die Eindrücke, die man im Kopf behält, auf die kommt's doch an.«

»Verstehe«, murmelte Kalinski und wechselte das Thema. »Eine andere Frage, Frau Fuchs: Vermieten Sie Ihr Haus auch?«

Während ihre Gastgeberin ihm eine blau-weiße Dose mit süßen Brezeln, die sinnigerweise »Geheime Leidenschaften« hießen, über den Tisch reichte, sagte sie: »Bitte, greifen Sie doch zu. Eine ostfriesische Spezialität. Ob ich vermiete? Nein, so gut wie nie. Mit Mietern hat man nur Ärger.«

»So gut wie nie – also manchmal doch?«

Für den Bruchteil einer Sekunde zögerte Irene Fuchs. Oder bildete Tomma sich das nur ein? Dann kam die Antwort, klipp und klar: »Nein. Ich vermiete nicht.«

»Aber vielleicht haben Sie manchmal Gäste?«

Sie nickte, widerstrebend, wie es schien. »Schließlich hat man Freunde, und Wangerooge ist ein beliebter Urlaubsort.«

»Wann war zuletzt jemand bei Ihnen?«

Wieder ein kurzes Zögern, ehe sie sagte: »Na ja, im Mai war meine Freundin da, die Marie-Louise aus Berlin, und vor etwa drei Wochen ein Ehepaar, sie ist eine ehemalige Kollegin, auch schon pensioniert, und der Mann war bei der Marine.«

»Aber kürzlich war niemand da – oder anders gesagt, als Sie jetzt in Berlin waren, stand das Haus da leer?«

Irene Fuchs hob die Kanne vom Stövchen und blies energisch das Teelicht aus. »Ja«, sagte sie, mehr nicht. Womit das Gespräch beendet war.

Bevor sie sich verabschiedeten, bat Kalinski darum, freundlicherweise noch rasch auf die Toilette gehen zu dürfen, und ließ sich von der Hausherrin einweisen: den Flur hinunter und dann die letzte Tür links. Das verschaffte Tomma ausreichend Zeit, ihren Tee auszutrinken. Dann machten sie sich auf den Rückweg.

»Und? Was hältst du von der Dame?«, fragte Kalinski, als sie zurückradelten. Sie fuhren ungeniert nebeneinander, mitten auf der Straße. Hier war das möglich, kein Auto kam ihnen in die Quere.

»Ich weiß nicht so recht. Ich hab das Gefühl, dass sie etwas verschweigt. Die weiß mehr, als sie rauslässt.«

Kalinski griff in seine rechte Jackentasche und holte etwas hervor: eine kleine gelbe Karte mit der Aufschrift »Monica Moreno – Ihr Coach! www.neuanfang.de//www.dein-projekt.de«. Daneben das Logo eines Vogels, der aus Flammen aufsteigt.

»Die lag im Flur neben dem Telefon. Hab ich eingesteckt, als ich dran vorbeikam.«

»Ob die Frau Sorgen hat? Gesprächsbedarf? Na gut, wer hat das nicht, Lebensberatung kann doch jeder gebrauchen. Aber die Fuchs wirkt eigentlich sehr patent«, überlegte Tomma laut.

Kalinski war aber noch nicht fertig, er hatte noch einen Trumpf parat.

Er zog etwas Weiches, Zerknautschtes aus der linken Jackentasche und hielt es ihr hin. »Und was sagst du dazu?« Es war ein rosa Kindersöckchen.

»Wo hast du denn das her?« Tomma sprang vom Rad, so spontan, dass sich ihr Lenker beinahe mit seinem verhakt hätte. Nur knapp entgingen sie beide einem Sturz auf die backsteingepflasterte Straße, dessen Folgen sie sich gar nicht ausmalen wollte. Die jahrzehntealte Narbe auf ihrem Knie, die sie den Wangerooger Bunkerresten verdankte, reichte ihr als nachhaltiges Souvenir.

Kalinski war schon neben ihr und ergriff sie fürsorglich am Arm. »Das lag im Wäschepuff im Bad. Ich meine, im Korb mit der schmutzigen Wäsche.«

»Wie – du hast darin rumgewühlt?«

»Klar. Hatten wir doch so verabredet. Ich meine, dass wir uns mal umschauen. Wenn möglich.«

Eine einzelne Kindersocke. Sie drehte sie hin und her und betastete sie. Sie war wohl vor der Wäsche übersehen worden. Schmutzig sah sie nicht aus, eher fabrikneu, und so fühlte sie sich auch an. Vielleicht sollte sie ja gewaschen werden, bevor sie zum ersten Mal einem Kind angezogen würde. So machten das gesundheitsbewusste Eltern, denn nicht alle Textilien bestanden aus Biobaumwolle und waren garantiert schadstoffrückstandsfrei … Eine einzelne Socke? Für Tomma nichts Besonderes. Sie konnte ein Lied von einer ganzen Einzelsockentruppe singen. Wer ihre Schubladen überprüfte, könnte meinen, sie würde in einem Haushalt von Einbeinigen leben, so viele Socken knäulten sich darin, deren Partner alle abhandengekommen waren auf dem Weg von der Waschmaschine in den Schrank.

»Wie kommt so was bei Frau Fuchs in die Wäsche? Die hat doch selbst weder Kind noch Kegel, und es war auch kein Kind zu Besuch bei ihr, wie sie uns selbst erklärt hat.«

»Fragt sich nur, ob das stimmt.« Bedächtig stieg Kalinski wieder aufs Rad.

Ein rosa Söckchen. Heikes kleine Prinzessin, ihre Nichte Cleo, fiel Tomma ein, die sich ganz in Rosa präsentiert hatte. Und die Kinder, die auf Spiekeroog und auf der Fähre von Langeoog nach Bensersiel gesichtet worden waren, die mit dem Muttermal an der Schläfe. Das waren alles Mädchen gewesen. Gesucht wurde aber ein Junge – Leo.

»Ist dir sonst noch was aufgefallen?«, erkundigte sich Tomma. »Vielleicht im Abfalleimer im Bad, war da was Interessantes drin?«

»Leider Fehlanzeige. Der war geleert und mit einem Müllbeutel frisch ausgekleidet«, antwortete Kalinski bedauernd.

Also keine weiteren Spuren. Irene Fuchs, Rektorin i. R., mochte es mit der Ordnung nicht übergenau nehmen und auch keine Staubphobie haben, doch was die Hygiene anging, hatte sie ihr Haus im Griff.

Sie wollten gerade wieder auf ihre Räder steigen, als Tomma sich anders entschied. »Am besten fragen wir Frau Fuchs, woher das Söckchen stammt. Und zwar sofort. Bin gespannt, welche Erklärung sie uns zu bieten hat.«

Ohne Durchsuchungsbeschluss habe er zwar kein Recht gehabt, in ihrem Wäschepuff zu wühlen, gab Kalinski zu bedenken. Aber das sollte sie nicht am Nachfragen hindern.

Wenn Irene Fuchs erstaunt war, dass die beiden Beamten

schon wieder vor ihrer Tür standen, so zeigte sie das nicht. Ihre Miene blieb unverändert freundlich-neutral, als Tomma ihr Sprüchlein aufsagte (»Entschuldigen Sie, Frau Fuchs, aber wir hätten da noch eine Frage …«) und das rosa Fundstück hochhielt. »Kennen Sie das hier?«

Das Söckchen schien die Frau nicht zu verblüffen. Seelenruhig fragte sie: »Darf ich mal?«

Tomma reichte ihr das Söckchen, das hin und her gewendet und schließlich kopfschüttelnd zurückgegeben wurde. »Nie gesehen. Woher haben Sie das?«

»Es stammt aus Ihrem Bad. Aus dem Behälter für die Schmutzwäsche genauer gesagt«, schaltete sich Kalinski ein.

»Wie kommen Sie dazu, in meinen privaten Sachen zu schnüffeln? Dazu haben Sie kein Recht, und das wissen Sie auch!« Jetzt war sie empört und machte keinen Hehl daraus. »Das wird Folgen haben.«

Kalinski machte ein zerknirschtes Gesicht. »Frau Fuchs«, setzte er an. »Sie haben vollkommen recht, und es tut mir leid. Aber wir sind nun mal unter Druck. Es geht um das Leben eines Kindes. Ich entschuldige mich hiermit in aller Form, dass ich Ihr Vertrauen missbraucht habe.«

Das macht er gut, dachte Tomma.

»Natürlich heiligt der Zweck nicht die Mittel, natürlich haben Sie allen Grund, sich über uns zu beschweren. Sie müssen uns auch keine Auskunft geben. Aber Sie könnten uns helfen! Vielleicht beantworten Sie uns doch die Frage: Wie könnte das Söckchen in Ihr Haus gelangt sein?«

Irene Fuchs schien mit sich zu kämpfen. »Ich weiß wirklich nicht, wie ich Ihnen helfen könnte«, sagte sie endlich. »Ich stehe vor einem Rätsel, genau wie Sie.«

»Über Besucher haben wir Sie schon befragt«, sagte Tomma. »Gibt es eventuell noch andere Personen, die Zutritt zu Ihrem Haus haben?«

Diesmal kam die Antwort prompt: »Nein.« Sie stockte. »Außer meiner … Putzhilfe, die unterstützt mich hier ab und zu.«

»Hat sie einen eigenen Schlüssel?«

Irene Fuchs schüttelte den Kopf. »Nein, hat sie nicht. Jedenfalls nicht grundsätzlich, darin bin ich eigen. Sie heißt übrigens Janning – Helga Janning. Das wollen Sie doch bestimmt auch wissen.« Sie wirkte jetzt fast ein wenig erleichtert. »Ihre Schwiegertochter führt die Pension Seestern. Eine tüchtige Frau, genau wie die Mutter.«

»Macht Ihre Frau Janning auch die Wäsche für Sie?«, erkundigte sich Tomma.

»Gelegentlich, ja. Neulich war meine Waschmaschine defekt, da hat sie meine Sachen sogar mal mitgenommen und in der Pension gewaschen.«

Tomma sah die Wäscheleine hinter dem Haus Seestern vor sich und wie sie von der flotten Lotte bestückt wurde. Einzelsocken gab es in deren perfektem Haushalt wohl kaum. Aber Kinderkleidung noch und nöcher.

»Vielen Dank, Frau Fuchs«, sagte Kalinski. »Wir werden der Sache nachgehen.«

Auf dem Rückweg radelten sie eine Weile schweigend und nachdenklich nebeneinanderher. Sie hatten die Inselschule schon passiert, als Tomma sagte: »Die war ja richtig froh, dass ihr das mit der Putzhilfe eingefallen ist.«

»Fragt sich nur, warum«, antwortete Kalinski.

***

Das Kind lachte. Es planschte in den Wellen und strahlte übers ganze Gesicht.

Die Frau ging am Spülsaum auf und ab und ließ das Kind nicht aus den Augen. Nach einer Weile rief sie: »Komm raus, du erkältest dich! Du hast schon ganz blaue Lippen!«

Es gehorchte widerstrebend. Die Frau hielt ihm das Badetuch entgegen, hüllte es darin ein und rubbelte es kräftig ab. Dann zog sie ihm ein kurzes Jeanshöschen und ein weiß-rot gestreiftes T-Shirt über und cremte ihm sorgfältig Arme, Beine und Gesicht ein. Als sie nebeneinander im Strandkorb saßen, holte die Frau aus ihrer Badetasche eine Tüte Saft und eine Tupperdose mit Streuselkuchen hervor. »Den magst du doch so gern.« Das Kind trug jetzt einen Südwester, der es auch im Nacken vor den Sonnenstrahlen schützen sollte.

Später buddelte es selbstvergessen vor den Füßen der Frau im Sand, die sich im Strandkorb ausgestreckt hatte, die Augen geschlossen.

Ein Schatten fiel auf das Kind.

»Guten Tag«, sagte eine Männerstimme. Sie klang sachlich und entschieden. »Entschuldigen Sie die Störung.«

Es waren gleich zwei, ein Mann und eine Frau, beide in Uniform. Sie waren schon in die Strandburg eingedrungen, zeigten jetzt ihre Ausweise.

»Wir suchen den Jungen, der drüben auf Wangerooge verschwunden ist. Reine Routine. Wir kontrollieren hier den ganzen Strand. Können Sie sich ausweisen?«

»Natürlich.« Die Frau griff in ihre Badetasche, die neben dem Korb im Sand stand, kramte darin herum. Vergeblich. »Ach, tut mir leid, ich hab gar nicht dran gedacht.« Sie richtete sich mit einem etwas verlegenen Lächeln auf. »Mein Ausweis ist ja in meinem Portemonnaie, und das hab ich drüben in der Wohnung gelassen. Ich nehme immer nur so viel Kleingeld mit an den Strand, wie ich brauche. Es wird so viel gestohlen, man soll doch vorsichtig sein.« Wieder schenkte sie dem Polizisten ein Lächeln.

Er sah sie aufmerksam an. »Wie ist denn Ihr Name?«

»Susanne Gutendorf. Ich komme aus Hamburg.« Unter dem kritischen Blick der Beamten fügte sie hinzu: »Hier wohne ich im ›Strandeck‹, drüben im Dorf.«

»Und das Kind?«, fragte der Polizist. »Wie heißt das Kind?«

»Das ist Sophie.«

»Ihre Tochter?« Er räusperte sich. »Oder Ihre … äh … Ihre Enkelin?«

Die Frau schüttelte den Kopf, ihr Lächeln signalisierte jetzt Verständnis. »Nein, nein, Sophie ist mein Patenkind.«

»Und wer sind die Eltern?«

»Es gibt nur die Mutter. Sie ist meine Freundin.«

»Aber einen Ausweis für das Kind haben Sie nicht? Auch nicht in Ihrer Wohnung?«

»Nein, leider nicht, daran haben wir nicht gedacht. Ihre Mutter ist alleinerziehend und wollte mal etwas allein unternehmen. Nicht zum ersten Mal. Da nehme ich ihr die Sophie gern mal ab.«

»Schön«, sagte die Polizistin, die bisher stumm neben ihrem Kollegen gestanden und Sophie im Sand beobachtet hatte. Jetzt zog sie ihr Notizbuch heraus und einen Bleistift. »Sagen Sie uns doch bitte den vollen Namen des Kindes und seine Adresse.«

»Ja, natürlich, gern.«

In diesem Augenblick schaute das Kind auf. »Muss Pipi!«

»Komm, wir gehen rauf zur Toilette«, sagte die Frau und griff nach der Kleinen. »Entschuldigen Sie bitte, sie hat es immer so eilig.« Sie griff nach ihrer Badetasche und zog Sophie hinter sich her, den Dünenaufgang hinauf, wo sich einige hundert Meter entfernt das Toilettengebäude hinter Gebüsch versteckte.

»Na, wenn das meine wäre, würd ich aber nicht so 'n Theater machen«, bemerkte die Polizistin. »So ein Zwerg darf doch ins Meer pinkeln, das stört wirklich keinen Menschen. Wie kann man so verklemmt sein. Oder so etepetete.«

»Da haste recht«, sagte ihr Kollege und blickte der Frau hinterher, die gerade mit dem Kind im Schlepptau den Düneneinschnitt erreicht hatte, hinter dem die Toilettengebäude lagen. Jetzt war sie aus ihrem Blickfeld verschwunden.

Sie warteten, dass sie zurückkam. Aber sie kam nicht. Als sie nach zehn Minuten immer noch nicht erschienen war, setzten sie ihren Kontrollgang durch die Strandburgen fort. Überall, wo sie ein kleines Kind antrafen, gingen sie hinein. Der Kontrollgang dauerte lange, schließlich wimmelte es an diesem warmen Sonnentag am Strand von Kindern. Die Polizisten behielten dabei auch den Strandkorb der Frau mit ihrem Patenkind im Auge, doch an diesem langen, sonnigen Nachmittag blieb er leer.

***

Sie trafen Helga Janning, eine untersetzte grauhaarige Frau mit makellos weißer Kittelschürze, in der Waschküche der Pension Seestern an, wo sie gerade dabei war, Bettwäsche in die

Maschinentrommel zu stopfen. Das Söckchen, das ihr gezeigt wurde, habe sie noch nie gesehen, sagte sie. Weder im Haus von Frau Fuchs noch hier in der Pension. Im Übrigen sei ihre Schwiegertochter im Dorf unterwegs. »Wenn Sie die sprechen wollen, müssen Sie noch mal wiederkommen.«

Ihre Mittagspause hatten Tomma und Kalinski auf den Nachmittag verschieben müssen. Als sie endlich draußen vorm Imbiss in der Peterstraße saßen, einen Teller Milchreis mit Zucker und Zimt vor sich, vibrierte Tommas Handy in ihrer Jackentasche.

»Hallo, Frau Wilken«, sagte Janssen. »Wir haben ihn.«

Für den Bruchteil einer Sekunde blieb Tomma das Herz stehen. »Sie haben Leo gefunden?«

»Nein, natürlich nicht!«

Warum denn »natürlich« nicht? Es wurde doch verdammt noch mal Zeit, dass sie den Jungen fanden! Aber das verkniff sie sich und fragte bloß: »Wen denn dann?«

»Alexander, so heißt der Junge, mit dem Leo gespielt hat. Der ist immer noch am Buddeln, genau wie auf dem Foto. Er ist ganz wild darauf. Wir haben ihn auf dem Spielplatz am Strand entdeckt, wo auch das Foto gemacht wurde, vorm Klettergerüst. Also gleich unterhalb vom Schwimmbad.«

Tomma schob ihren noch halb vollen Teller beiseite und sprang auf. »Ich komme.«

Die dunklen Backsteine der Straße hatten die Sonnenwärme des Tages gespeichert. Tomma meinte, sie durch die Sohlen ihrer leichten Sandalen hindurch zu spüren. Noch stand die Sonne recht hoch am Himmel und tauchte den Sand der Dünen und des Strandes in ein warmes Ocker. Die Strandkörbe leuchteten. Ein frischer Wind bewegte die Fahnen an der Promenade und die vielen bunten Wimpel, die zum Schmuck der Strandburgen aufgezogen waren. Windspiele in allen Farben flatterten und drehten sich auf den sorgsam geschippten Wällen. Hier war die Welt nicht nur in Ordnung, sie war auch nett zurechtgemacht wie ein Vorgarten in einem gutbürgerlichen deutschen Vorstadtviertel. Niemand tanzte aus der Reihe. Die Idylle war perfekt.

Scheinbar.

Ein Mädchen im Badeanzug, das vor ihr über den Bohlenweg zwischen Düne und Strand lief, kreischte empört auf – und brach in Tränen aus. Eine große Silbermöwe mit gewaltigem gelben Schnabel hatte sich auf die Eistüte in ihrer Hand gestürzt. Erdbeer und Schokolade. Rosa und braun zerschmolz die Köstlichkeit im Sand, wo nichts als Matsche zurückblieb. Tomma hatte keine Zeit, das Mädchen zu trösten, sie hastete weiter, bis endlich der Spielplatz und Janssens hagere Gestalt mit der dunklen Mütze auf dem Kopf vor ihr auftauchten. Neben ihm entdeckte sie den drahtigen, etwa zehnjährigen Jungen vom Foto, gebräunt und leicht x-beinig, die Schaufel in der Hand. Das Loch, das er ausgehoben hatte, war schon fast einen Meter tief, doch er stand nicht darin, sondern am Rand und blickte Tomma entgegen. Ganz ruhig, so schien es. Jedenfalls war der Junge angesichts der Polizei überhaupt nicht schüchtern oder gar ängstlich, das sah man auf den ersten Blick. Jetzt lehnte er die Schaufel an das Klettergerüst und stemmte die Hände in die Hüften.

»Hallo. Du bist Alexander?«, erkundigte sich Tomma.

»Ja. Alexander Schulz«, ergänzte der Junge souverän. »Aber Alex finde ich besser.«

»Und wo sind deine Eltern?«

Der Junge zeigte zu einem Strandkorb hinüber, der allerdings verwaist aussah. »Das ist unsere Burg, aber mein Papa ist joggen, das macht er immer, bis zum Ostende, jeden Tag.«

»Und deine Mutter?«

Der Junge zuckte mit den Schultern und sagte leise: »Die ist nicht mit. Nur mein Papa.«

Tomma konnte sich jetzt nicht damit aufhalten, die Familienverhältnisse des Jungen zu ergründen. Sie zog Leos Foto aus der Tasche. »Kannst du dich an diesen Jungen erinnern? Er heißt Leo.«

Alex straffte sich. Er schien zu begreifen, dass er ein wichtiger Zeuge war.

»Na klar. Der war ein paarmal hier und hat gespielt. Eigentlich wollte er mitbuddeln, aber das wollte ich nicht. Nicht wirklich. Ich mach mein Ding allein. Außerdem war der ja noch ’n Baby.« Es hörte sich trotzig an, so als wollte er nicht, dass ihm jemand das Recht streitig machte, für sich allein zu kämpfen.

Auf dem Foto war ein tiefes Loch rechts neben dem Gerüst zu sehen. Dieses Loch gab es nicht mehr. Offenbar war es wieder gefüllt und der Sandboden an dieser Stelle festgetrampelt worden. Alex arbeitete sich an einer anderen Baustelle ab, die etwa anderthalb Meter entfernt war.

Tomma tippte auf das Foto. »Hast du das alte Loch wieder zugeschüttet?«

Alex schüttelte den Kopf. »Nee. Das war ich nicht. Als ich am nächsten Morgen gekommen bin, war es zu. Ganz schön gemein. Ich wollte doch eigentlich noch weitergraben bis nach …« Er stockte und holte dann tief Luft. »Bis nach Neuseeland. Mein Papa hat gesagt, wenn ich immer weitergrabe, komm ich in Neuseeland raus.«

Doch jemand hatte ihm einen Strich durch diese Rechnung gemacht, und er musste wieder von vorn anfangen.

»Was willst du denn in Neuseeland?«, fragte Janssen.

»Da ist meine Mama.«

Damit schien alles gesagt. Alex griff nach der Schaufel und machte Anstalten, sich wieder ans Werk zu machen, als Tomma ihn noch einmal sanft am Arm fasste. »Wann hast du Leo zuletzt gesehen?«

»Weiß ich nicht.« Unwillig machte sich der Junge los.

»Überleg doch mal, das ist sehr wichtig. Du kannst uns wirklich helfen, wenn du überlegst.«

Er zog die Stirn in Falten. »Am Mittwoch vielleicht? Da bin ich eher weggegangen, weil mein Papa mit mir ins Kino gehen wollte. Und der Kleine, der war noch da.«

»Ganz allein?«, hakte Janssen nach.

»Ich glaub schon.«

»Welchen Film habt ihr denn gesehen?«, fragte Tomma.

»Weiß nicht mehr.« Es war, als ließe der Junge ein Visier herunter. Anscheinend wollte er nicht mehr reden. Merkwürdig. Ein Kinobesuch auf der Insel müsste eigentlich ein echtes Highlight gewesen sein. So etwas vergaß man doch nicht!

Tomma konnte sich selbst nicht erklären, weshalb sie sich gedrängt fühlte, dem Jungen ein Eis zu spendieren. Vielleicht hatte sie das unglückliche Mädchen noch im Kopf, dem die aggressive Möwe die Eistüte aus der Hand geschlagen hatte. Doch als sie nach ihrem Portemonnaie griff und Alex ein Zwei-Euro-Stück in die Hand drückte – »Hier, kauf dir ein Eis, du hast uns sehr geholfen.« –, ließ der Junge das Geldstück fallen, als wäre es glühend heiß. »Ich darf von fremden Leuten nichts annehmen!«

Recht hatte er. Alexander Schulz würde nicht mit irgendeinem Fremden mitgehen, so viel war klar. Er war vernünftig erzogen, das musste man den Eltern lassen. Selbst wenn die Mutter sich, aus welchen Gründen auch immer, auf der anderen Seite der Erde aufhielt.

Tomma tauschte mit Janssen einen Blick. Beiden war klar, was nun zu tun war.

***

Die Aktion erregte sofort große Aufmerksamkeit, obwohl sie erst begann, als die Sonne sich schon rot färbte und dem Horizont immer näher kam. Lange Schatten lagen über dem Spielplatz, als zwei Polizisten, von Edo Janssen unterstützt, den Sandboden rund um das Klettergerüst aufgruben. Vorher war das Terrain im Umkreis von mehreren Metern mit einem rot-weißen Plastikband abgesperrt worden. Die Möwen schrien verstörend laut und schossen wie aufgescheucht um die Männer herum, als ob sie ahnten, was hier gesucht wurde. Ein weißes Zelt war errichtet worden, was dem Ganzen den Anschein einer Gartenparty verlieh, dabei war es nur da, um die Grabenden vor neugierigen Blicken abzuschirmen. Natürlich war auch die Pressemeute vor Ort. Doch für die Reporter galt dasselbe wie für die Passanten, sie mussten Abstand halten und erfuhren nichts.

Als der blutrote Sonnenball hinter dem Horizont verschwunden war, als Dunkelheit aus Himmel und Wasser kroch und sich über den Strand legte, wurde die Grabung im Licht greller Scheinwerfer fortgesetzt.

Tomma und Kalinski standen die ganze Zeit über dabei. Als sie in der Abendkühle zu frösteln begann, legte er ihr seine Jacke um die Schultern. Immer wenn einer der Polizisten beim Graben innehielt und sich bückte, um genauer hinzuschauen, hielten sie den Atem an. Der Mann hob etwas auf – das Gehäuse einer Wellhornschnecke, ein neongrünes Sandförmchen, ein rotes Plastikschäufelchen – und warf es beiseite. Ein Kollege sammelte es auf und trug es zum Zelt, wo es auf eine dunkle Plane gelegt wurde. Allerhand Zeugs kam dort zusammen, doch noch immer nichts von dem, was sie suchten. Nichts von allem, was sie der Lösung des Rätsels, das sie alle gefangen hielt, näherbrachte.

Sosehr Tomma das Ende der Suche herbeisehnte, so sehr fürchtete sie auch, dass hier, genau hier im Sand, ihre Suche zu Ende sein könnte. War Leo am Mittwoch tatsächlich allein hiergeblieben oder – wann und wie auch immer – zurückgekommen, um vielleicht endlich mal in Ruhe selbst zu graben wie ein Großer? Seine Mutter hatte mehr als einmal ihre Aufsichtspflicht verletzt, wie es im Juristendeutsch hieß, sie hatte miserabel auf ihn achtgegeben, ihn auf sträfliche Weise sich selbst überlassen. Durchaus möglich, dass er Gelegenheit gehabt hatte, hier auf eigene Faust zu buddeln. Und in einem so tiefen Loch, wie Alex eines gegraben hatte, konnte ein kleines Kind von Leos Größe leicht verschwinden. Die Wände der Grube stürzten ein, und das Kind wurde unter dem Sand begraben. Es wäre nicht das erste Mal, dass so etwas passierte. Ein tragischer Unfall? Womöglich. Ein solches Szenario wäre aber kaum mit der Aussage der Mutter zu vereinen, die doch beteuert hatte, das Kind noch zu Bett gebracht zu haben, ehe es verschwunden war. Das passte alles nicht zusammen.

»Du siehst ganz schön fertig aus«, sagte Kalinski. »Trink mal was.« Er drückte ihr eine Dose Cola in die Hand.

Sie setzten sich nebeneinander auf die Bank, auf der sonst Eltern saßen, um ihren Kindern beim Spielen zuzuschauen, oder zumeist ältere Urlauber, die einsam waren und sich am Anblick der spielenden Kinder erfreuten. Obwohl das zumindest bei Männern heute ja schon als verdächtig galt. Eigentlich ein Jammer, dachte Tomma. Jeder Mann hier auf der Bank, der ein fremdes Kind anschaute, geriet schon in den Verdacht, pädophil oder etwas noch Schlimmeres zu sein. Frauen hatten da ein wenig bessere Karten.

In diesem Augenblick rief eine Männerstimme: »Wir brechen ab!« Das Scheinwerferlicht erlosch.

Die Suche war ergebnislos geblieben, Gott sei Dank.

Jetzt erst nahm Tomma wahr, dass der Mond aufgegangen war. Wie eine Riesenorange, überwältigend groß, hob er sich über den Dünenkamm.

Schluss für heute. Morgen war auch noch ein Tag.

***

Der Mülleimer war aus grün angestrichenem Metall, und er quoll über. Papiertüten, angebissene Brötchen, leere Pappbecher türmten sich darin. Ganz unten lag eine blau-weiße Plastiktüte. Am Mülleimer vorbei und um ihn herum trieben Massen von Menschen. Zwischen Siegessäule und Brandenburger Tor, zwischen Goldelse und Quadriga, zogen riesige Leinwände alle Blicke auf sich, wie hypnotisiert starrte alles auf das virtuelle Spielfeld. Das Fußballspiel gegen Polen trieb seinem Höhepunkt entgegen. Noch stand es null zu null.

Ein Fahnenmeer in Schwarz-Rot-Gold und Rot-Weiß wogte auf der Fanmeile. Die Fangesänge dröhnten, erhoben sich röhrend über die Köpfe und höher hinauf, vorbei an den Wipfeln der Bäume des größten Parks in der Millionenstadt bis in das wolkenlose Blau des Sommerhimmels. »Noch ist Polen nicht verloren«, wurde geschmettert, auf Polnisch allerdings, und »Dieser Weg wird kein leichter sein …«

Nur eine Person schien sich um all das überhaupt nicht zu scheren. Sie war undefinierbaren Alters und sah in ihren abgerissenen Klamotten erschreckend mager aus. Sie trug einen dunklen Plastiksack bei sich, ging von einem der Mülleimer, die am Rand der Fanmeile auf der Straße des 17. Juni aufgestellt waren, zum nächsten und wühlte darin herum. Jetzt hatte sie den Mülleimer kurz vor dem Gebäude am Großen Stern, direkt an der Siegessäule, erreicht, vor dem sonst immer Rikschafahrer auf Kundschaft warteten, und beugte sich über den grünen Behälter, als die Menschenmasse für einen Augenblick den Atem anhielt, die Reporterstimme sich überschlug und der erlösende Schrei aus zigtausend Kehlen ertönte: »Toor! Tooor!«

Die Frau zog die ALDI-Tüte aus dem Abfall hervor.

Dann erfolgte der Zugriff.

Kaum zwei Stunden später wurde die Nachricht von der gescheiterten Lösegeldübergabe an die Wilhelmshavener SOKO übermittelt. Die Frau, die unter dem Torjubel die ALDI-Tüte aus der Mülltonne gefischt hatte, war kaum dreißig Jahre alt. Eine Flaschensammlerin, ein »armes Schwein«, wie die Polizisten sich ausdrückten, ohne festen Wohnsitz, eine Obdachlose, die gar nicht weit von der Stelle, drüben unter der Hansabrücke, ihr Lager hatte und mit dem Flaschenpfand ihren Alkohol oder andere Drogen finanzierte. Mit der Kindesentführung an der Nordsee hatte sie nichts zu tun. Angeblich wusste sie nicht einmal, dass eine Insel namens Wangerooge überhaupt existierte.

»Verdammich noch mal«, schimpfte Harmsen am Telefon, »wer verkauft uns da für blöd? Unsere Leute sollten nach dem Jungen suchen und sich nicht mit solchen Betrügern abgeben müssen!«

»Aber«, wandte Tomma ein, »es ist doch nicht auszuschließen, dass der Erpresser wirklich den Trubel des Fußballspiels ausnutzen wollte und sich im genau richtigen Moment, nämlich beim Torgebrüll …«

»Oder beim Elfmeterschießen«, warf Kalinski ein.

»… das Geld holen wollte. Und diese Frau auf Flaschensuche ist ihm einfach zuvorgekommen.«

»Kann sein. Oder auch nicht.«

»Das Spiel haben wir jedenfalls verloren«, sagte Kalinski seufzend. »Erst der Führungstreffer und dann das. Polen! Die darf man eben nicht unterschätzen. Gegen Nordirland muss der Jogi mit seinen Jungs noch mal gewaltig ranklotzen. Wir müssen doch den Titel holen!«

Wir? Tomma musste lachen. »Du hast Sorgen!« Aber sie

wurde schnell wieder ernst. »Wir müssen den Jungen finden. Und ehrlich gesagt, ich glaube selbst nicht so recht an das, was ich vorhin gesagt habe. Allmählich hab auch ich das Gefühl, dass diese Lösegeldgeschichte von vorn bis hinten nicht stimmt. Das macht alles gar keinen Sinn.«

»Dann wart's mal ab. Vielleicht steht ja schon bald wieder unser Pfarrer mit dem nächsten Brief auf der Matte. Neues Spiel, neues Glück.«

»Aller guten Dinge sind drei«, stimmte Tomma ihm zu. Obwohl dabei von guten Dingen wirklich keine Rede sein konnte.

SIEBEN

Ein neuer Tag, und noch immer keine Spur von Leo. Beim Frühstück teilte Regina Krone ihnen mit, dass es bisher keine Nachrichten aus Münster gebe. Das Ehepaar sei noch immer nicht zu erreichen. Tomma seufzte. Für ihre Ermittlungen machte es ohnehin keinen Unterschied, ob die Schlüssel tatsächlich in falsche Hände geraten waren oder sich in der Jackentasche eines westfälischen Pensionärs auf Reisen befanden.

Als Tomma und Kalinski später an der Kirche St. Lukas vorbeikamen, sahen sie das gelbe Plakat, das gut sichtbar ans Portal geklebt worden war: »Krankheitshalber hält am Sonntag, dem 25. Juli, Pastor Joachim Mühlenbruck aus Bad Zwischenahn den Familiengottesdienst (mit Abendmahl).«

Was war mit Pfarrer Roland Werner passiert? »Krankheitshalber« – hinter diesem Hüllwort konnte sich alles Mögliche verbergen, dem mussten sie auf den Grund gehen.

Als sie das Pfarrhaus erreichten und gerade ihre Fahrräder an die Ligusterhecke lehnen wollten, war es wie ein Déjà-vu: Genau diese Szene hatten sie schon einmal erlebt. Die Eingangstür öffnete sich, und der Hausherr trat heraus. Er hielt einen Briefumschlag in der Hand.

»Nein, nicht schon wieder!«, stöhnte Tomma leise auf.

»Herein«, murmelte Kalinski. »Du musst es dreimal sagen …«

Roland Werner sah immer noch übernächtigt aus, war jedoch etwas robuster gekleidet als sonst. Er trug einen dunklen Anorak – der Seewind hatte über Nacht aufgefrischt – und eine schwarze Kappe mit dem gelben Emblem der New York Yankees. Um den Hals ein lila Tuch, ein Relikt des letzten Kirchentags. Er hatte sich einen Rucksack umgeschnallt, an dessen Seite wie bei einem Schulmädchen ein winziger Seehund baumelte – ein Zugeständnis an seine Konfirmanden, denen gegenüber er um ein jugendliches Image bemüht sein musste? Im Seitenfach steckte eine Wasserflasche. Alles klar! Hier war jemand, der sich auf den Weg machen wollte. Zum Aufbruch entschlossen.

Werner reichte Tomma den Umschlag und wollte kommentarlos an den beiden Beamten vorbeigehen.

»Herr Werner«, setzte Tomma an und machte einen halbherzigen Versuch, sich ihm in den Weg zu stellen, doch der Pfarrer zitierte kühl: »Eure Wege sind nicht meine Wege, spricht der Herr«, schob sie beiseite und hätte sie beinahe zum Straucheln gebracht, wenn Kalinski nicht eingeschritten wäre.

Der packte den Pastor am Arm. »Halt! Sie können nicht einfach so weglaufen.«

»Wollen Sie mich etwa verhaften?« Werners Stimme war jetzt von unerwarteter Schärfe. Der Mann wirkte auf einmal weit aggressiver, als sein sanfter Habitus es bisher hätte vermuten lassen. Ein Wolf im Schafspelz? Lila Tücher und Bibelsprüche, das konnte alles Camouflage sein. Dieser Mann besaß anscheinend auch eine stahlharte Seite, die er wohl nur zeigte, wenn er sich in die Enge getrieben fühlte.

»Nein, nein«, versuchte Tomma abzuwiegeln. »Aber wir müssen uns dringend mit Ihnen unterhalten, Herr Werner. Sie wollen uns doch bei unseren Ermittlungen unterstützen, nicht wahr? Sie sind ein wichtiger Zeuge.«

Ohne Werners Antwort abzuwarten, ergriff Kalinski die Initiative und führte den Mann, der sich nicht länger widersetzte, zu der Bank an der Hauswand. Dieses himmelblaue Requisit einer Idylle, wie aus einem landseligen Magazin entsprungen, war auch nicht mehr das, was es einmal gewesen war. Der Nordseewitterung ausgesetzt, war die Farbe schon fast ganz abgeblättert.

Sie nahmen ihn in die Mitte. »Der Erpresser hat sich also wieder bei Ihnen gemeldet?« Tomma zog sich die obligatorischen Handschuhe über und riss vorsichtig den Umschlag auf. Werner hielt den Kopf in den Händen vergraben.

Tatsächlich. Es waren die gleichen ausgeschnittenen Buchstaben, das gleiche Spiel. Doch der Text war ein ganz anderer. Auch Grammatik und Orthografie waren diesmal makellos.

Gott stärkt mich mit Kraft
und weist mir einen Weg ohne Tadel.

Samuel, Kap. 22.
Ich gehe.

»Sie waren das, Herr Werner? Sie haben diese Briefe verfasst? Warum, um Himmels willen?«

Der Mann sagte nicht, sie solle doch den Himmel aus dem Spiel lassen. Er zuckte nur mit den Schultern und ließ den Blick umherwandern, ziellos, so schien es. Erst schaute er zu Boden, wo ihre Füße nebeneinander im Sand standen: drei Paar Sneakers, mehr oder weniger abgetragen, von weiß über dunkelblau bis schwarz. Ob Polizist oder Seelsorger, Männlein oder Weiblein, vor Gott und der Schuhmode waren alle gleich. Dann starrte er in den Himmel, wo der Wind jetzt die Wolken vor sich hertrieb, während die Sonne sich noch verborgen hielt. Schließlich nahm er die Straße in den Blick, wo ein paar Urlauber, mit Gepäck beladen, in Richtung Strand zuckelten und ein einsamer Elektrokarren Getränkekisten zum nächsten Imbiss transportierte. Doch eigentlich schien er gar nichts wahrzunehmen.

»Warum?«, wiederholte Tomma.

»Damit sich endlich etwas bewegt!«, brach es aus dem Mann heraus. »Ich wollte, dass endlich ernst genommen wird, was ich zu sagen habe. Wenn's um Geld geht, sind plötzlich alle hellwach. Da werden ganze Polizeibrigaden in Marsch gesetzt, da berichten die Medien. Nur wer solche Botschaften loslässt, zählt. Irgend so ein Scheißkerl von Erpresser, der ist wichtig! Aber einem normalen Menschen wie mir hört doch niemand mehr zu.« Er wischte sich mit der Hand über die Augen. »Ich habe auch eine Botschaft, eine frohe sogar: das Evangelium. Doch wen interessiert das noch?«

Er hatte sich in Rage geredet. Es war, als wollte er mit seiner Predigt alle seine Zuhörer auch noch im letzten Kirchenwinkel erreichen. Wenigstens akustisch, das war wirklich das Mindeste. Zugleich hörte er sich an wie ein gut programmierter Automat.

Tomma sah ihn im Geiste auf der Kanzel stehen, diesen Mann des Wortes. Was hatte er anzubieten? Die Kirchen wurden immer leerer. Wie fühlte man sich, wenn man dort oben mit Inbrunst und Scharfsinn eiferte, donnerte, argumentierte, und unten saß nur noch eine Handvoll Leute? Frust hoch drei! Und was war mit der Jugend? Wenn die Konfirmanden erst ihre Geschenke einkassiert hatten, ließ sich kaum noch einer in der Kirche sehen. Oder war Tomma nur zynisch?

Einen »Schrei nach Liebe« hatte Kellnerin Kathi diagnostiziert. Pfarrer Werner sah das anders.

»Diagnose: Burn-out«, stellte er übertrieben artikulierend fest. »Ich lasse mich jetzt in eine Klinik auf dem Festland einweisen. Auf eigenen Wunsch hin natürlich. Badearzt Dr. Schmitt wird Ihnen mitteilen, wo Sie mich in Zukunft erreichen.« Er erhob sich von der Bank und ging.

»Aber … Sie können doch nicht …« Tomma wollte aufspringen, doch Kalinski fasste sie am Arm.

»Lass ihn. Der kann sowieso nicht einfach von der Insel runter. Janssen wird sich um ihn kümmern. Der wird ihm sagen, was Sache ist. Und einen Arzt braucht er auch.« Er holte sein Handy aus der Jackentasche und begann zu tippen.

Die Gestalt im dunklen Anorak bog am Ende der Straße um die Ecke und war verschwunden.

Dann kamen sie. Ohne Martinshorn, nur ungewohntes Motorengeräusch war zu hören. Bis es abbrach.

***

»Was hat der uns an der Nase rumgeführt!« Tomma kochte. Immer noch. Mittlerweile saßen sie nebeneinander in der Dienststelle, beide vorm Computer. Kalinski studierte den Pressespiegel, Tomma suchte mechanisch nach Mails, nach Infos, ohne etwas davon aufzunehmen. Eigentlich starrte sie den Bildschirm nur an. »Unsere kostbare Zeit! Und Leo – die ganzen Ermittlungen hat der Mann torpediert. Wer weiß, wo wir schon wären, wenn der nicht …«

Ohne sie zu unterbrechen, legte Kalinski ihr beruhigend die Hand auf die Schulter.

»Und dann diese Selbstdiagnose! Burn-out, damit finden sich die Leute gern ab, weil es nicht so diskriminierend klingt. Bei ihm steckt aber doch eindeutig mehr dahinter.«

Kalinski nickte, um dann zu einer überraschend langen Rede anzusetzen. »Ich bin kein Psychiater, aber ich würde schon sagen: Das ist eine Persönlichkeitsstörung, bei der man nicht weiß, was der Mann sonst noch alles anrichten kann. Um das entführte Kind scheint er sich überhaupt keine Sorgen gemacht zu haben, dazu war er wohl gar nicht mehr fähig. Dabei ist er nicht nur Pfarrer, sondern selbst Familienvater. Aber in dieser Hinsicht hat er ja auch Schiffbruch erlitten. Er hat nur noch sich selbst gesehen und seine Kränkung oder was auch immer, und das Gerede von der Frohen Botschaft und dass ihm niemand zuhört, das hat schon etwas …«

»Wahnhaftes«, ergänzte Tomma. »Stimmt.« Als ihr auf einmal die verdorrten Begonien und der leere Hof des Pfarrhauses wieder vor Augen standen, fügte sie leise hinzu: »Irgendwie kann er einem ja auch leidtun. Trotz allem.«

Roland Werner würde in psychiatrische Obhut kommen. Notfalls gegen seinen Willen. Nein, so traurig es war: Mit der Diagnose Burn-out war es nicht getan. Der Mann musste auch vor sich selbst geschützt werden. Selbstverständlich würde der Staatsanwalt außerdem Anzeige erstatten. Roland Werner hatte sich strafbar gemacht, keine Frage, und der von ihm ausgelöste zweifache Polizeieinsatz hatte enorm hohe Kosten verursacht. Wie weit er dafür verantwortlich war, ob es also mildernde Umstände für ihn geben würde, musste das Gericht entscheiden.

»Apropos wahnhaft«, sagte Tomma, nun doch ruhiger geworden. »Irgendwie geht mir nach der Sache mit dem Pfarrer wieder diese komische Tante im Kopf herum, die mit ihrem Orakelspruch von wegen: Vertrauen Sie darauf, dem Kind geht's gut, ich würde nicht mehr auf der Insel suchen … Wie kommt die dazu, so was zu sagen? Wir sollen doch wohl nicht an ihre Kristallkugel glauben, oder? Will die uns für dumm verkaufen?«

»Vielleicht weiß sie mehr, als sie sagen will?«, mutmaßte Kalinski vorsichtig. »Dann müssten wir der Dame doch noch mal auf den Zahn fühlen.«

War es Telepathie? »Pani Renata« schien wirklich mit irgendwelchen höheren Mächten in Kontakt zu stehen, denn noch während sie über sie sprachen, klingelte Tommas Telefon, und Edo Janssen informierte sie darüber, dass Renate Grotemeyer sie sprechen wollte.

»Wir fahren direkt hin«, beschied ihn Tomma. »Danke.«

Und wieder standen sie vor dem Haus mit dem knallblauen Dach. An der Pforte im Zaun empfing Renate Grotemeyer sie diesmal in einem sehr weit geschnittenen, großzügig geblümten Gewand. Das Haar hatte sie unter einem lilafarbenen Turban verborgen, nur ein paar schwarz gefärbte Strähnen schauten darunter hervor. »Bleiben wir doch an der frischen Luft«, schlug sie den Besuchern vor und führte sie in den großzügig angelegten Garten mit Goldfischteich und zwei Strandkörben an dessen Rand.

Eigentlich schade, dachte Tomma, die gern das Innere des Hauses gesehen hätte, um sich ein besseres Bild von seinen Bewohnern zu machen. Vor allem von dieser Frau. Nach dem Motto: Zeige mir, wie du wohnst, und ich sage dir, wer du bist. Stattdessen nahmen sie und Kalinski nun in dem Strandkorb Platz, den Renate Grotemeyer in den Schatten einer Kiefer gerückt hatte. Die Hausherrin setzte sich in einen bequemen Gartensessel. Tomma ließ den Blick schweifen. Die Götterstatuen aus Gips um sie herum hatten nichts Bedrohliches an sich, sondern schienen auf bizarre Weise Wache zu halten. Es war still. Nur ein paar Möwen schrien.

Man schwieg, bis eine Hausangestellte mit strahlend weißem Schürzchen und tiefem Ausschnitt, nicht mehr jung, aber noch recht kokett, Eistee servierte und, als sie »bitte schön« sagte, ihren polnischen Akzent hören ließ.

Renate Grotemeyer lehnte sich entspannt zurück, ihr Glas in der Hand. »So, was ich Ihnen sagen wollte …«

Sie schien ganz und gar bei sich selbst zu sein, beneidenswert. Vor allem aber schien sie viel Zeit zu haben, denn sie machte keine Anstalten, ihren Satz zu beenden. Was nun eintrat und sich ausbreitete, sollte wohl eine meditative Pause sein.

Wie auch immer, Tomma musste jetzt doch die Initiative ergreifen. »Frau Grotemeyer«, begann sie. Und stockte. Unerklärlicherweise scheute sie davor zurück, weiterzusprechen. Als würde sie befürchten, dass ihre nächsten Worte ein Erdbeben auslösten und alle in den Untergang rissen. So etwas hatte sie manchmal, eine Sprachhemmung mit paranoidem Einschlag. Hoffentlich würde sich diese Angststörung – oder was immer es war – nicht zu einem Berufshindernis auswachsen. Sie riss sich zusammen und holte tief Luft. »Frau Grotemeyer, Sie haben neulich angedeutet, dem vermissten Kind Leo gehe es gut und es sei vermutlich nicht mehr auf der Insel. Wie kommen oder wie kamen Sie zu dieser Einschätzung?«

Renate Grotemeyer lächelte auf eine irritierende Weise wissend. »Die Sterne lügen nicht«, antwortete sie und nahm einen Schluck Eistee. Das klang nun eindeutig überheblich.

»Ach, kommen Sie mir doch nicht damit.« Tomma gab sich gar keine Mühe, ihren Ärger zu verbergen. Sie wollte diese Dame aus der Reserve locken, aus dieser verdammten arroganten Reserve.

Doch Renate Grotemeyer lächelte nur fein. »Das weiß ich einfach. Intuition, verstehen Sie?«

»Hellseherei, Scharlatanerie«, urteilte Kalinski knapp. Genau wie Tomma konnte er diesen ganzen esoterischen Humbug auf den Tod nicht ausstehen. Das war doch nichts als Geschäftemacherei, wobei die Vertrauensseligkeit oder auch Dummheit der Leute gnadenlos ausgenutzt wurde.

»Nun gut.« Die Hausherrin straffte sich in ihrem Korbsessel. »Dann will ich Ihnen ein paar Fakten servieren. Sie müssen mir aber Diskretion zusichern. Ich bin meinen Klienten gegenüber zu Schweigen verpflichtet und möchte ihr Vertrauen auf gar keinen Fall missbrauchen.«

»Bitte kommen Sie zur Sache.«

»Aber gern. Ich … äh … ich arbeite viel im Internet. Das heißt, meine Klienten kommunizieren mit mir übers Netz.« Sie zauberte eine Visitenkarte aus ihrem Gewand hervor und reichte sie Tomma in den Strandkorb herüber. »Monica Moreno – Ihr Coach! www.neuanfang.de//www.meinprojekt.de« stand darauf. Als Logo der Phönix, der aus der Asche stieg.

Neuanfang. Ein schönes suggestives Wort, ohne Frage. Als

seien damit alle Spuren der Vergangenheit gelöscht. So wie die Fluten der Nordsee, wenn sie nach stundenlanger Ebbe zurückkehrten, die Spuren der Menschen im Sand löschten. »Denn jedem Anfang wohnt ein Zauber inne …« Neuanfang. Das hatte etwas Jungfräuliches, klang nach Reinheit, nach Vergebung aller Sünden. Wie neugeboren sein! Renate Grotemeyer alias Monica Moreno machte es möglich.

»Ich lege ihnen die Karten und spreche mit den Leuten, aber immer nur elektronisch. Beziehungsweise telefonisch.«

»Skypen Sie auch mit Ihren Kun… äh, Klienten?« Kalinski wollte es genau wissen. Gelangten die Ratsuchenden in den Genuss des Anblicks dieser Dame, oder spielte sich alles gesichtslos ab, sodass sie nach Herzenslust projizieren, sich also unter »Monica Moreno« sonst wen vorstellen konnten?

»Nein. Ich skype niemals«, beschied ihn Renate Grotemeyer.

Wahrscheinlich tat sie gut daran, die Phantasie ihrer Kunden nicht einzuschränken. Vielleicht meinten die, sie würden mit einem exotischen Schamanen kommunizieren. Ein weltlicher Turban sowie ein Hauskleid mit Blumenmuster, und sei es noch so mondän, hätten da nur gestört.

»Verstehe. Aber was hat das nun mit unserem Fall zu tun? Mit Leo?«, drängte Kalinski, während Tomma sich bedeckt hielt.

Endlich entschloss sich die Frau zu reden. »Ich habe schon öfter Personen beraten, die einen unerfüllten Kinderwunsch haben. Das ist in meinem Metier«, sie räusperte sich kurz, »nichts Ungewöhnliches. Diese Menschen sehnen sich oft extrem nach einem Kind. Als Polizisten wissen Sie vielleicht, was das bedeuten kann. ›Ohne Kind hat mein Leben keinen Sinn‹, das bekomme ich dann zu hören. Sogar von Suizid ist nicht unbedingt selten die Rede. Seit etwa einem halben Jahr stehe ich nun mit jemandem in Verbindung, bei dem ich nicht weiß, ob es sich um einen Mann oder eine Frau handelt. Im Netz kann ja jeder die Identität wählen, die ihm oder ihr zusagt. Bei dieser Person jedenfalls äußert sich der Kinderwunsch auch auf ganz extreme Weise.«

»Wie denn?«, erkundigte sich Kalinski prompt, und Tomma

stieß ihn mit dem Ellenbogen an. Sie konnten froh sein, dass sich diese Zeugin endlich öffnete. Bloß nicht den Redefluss hemmen! Für Nachfragen war später noch Zeit genug.

Aber Renate Grotemeyer fühlte sich nicht gehemmt, sie schien ihren Vortrag von einem unsichtbaren Teleprompter abzulesen. Eine hochmoderne Pythia eben.

»›Dann springe ich von der Oberbaumbrücke oder werfe mich vor die S-Bahn‹, das habe ich mehr als einmal von dieser Person gehört. Gelesen genauer gesagt. Gesehen oder gesprochen habe ich diese Person nie. Vermutlich kommt sie aus Berlin, aber das haben Sie inzwischen natürlich selbst realisiert.«

Kalinski und Tomma lächelten nur fein.

»Ich habe dieser Person überwiegend zugehört, sozusagen. Ich war so etwas wie der Hüter ihrer intimsten Geheimnisse. Sie hat mir ihr Herz ausgeschüttet. Per Mail. Das ist mein Job: zuhören, geduldig zuhören. Beziehungsweise lesen, aufnehmen, was man mir zukommen lässt. Wenn ich ihr geantwortet habe, dann nur, um Verständnis zu zeigen. Ihr zu versichern, dass ihre Gefühle bei mir gut aufgehoben sind.«

»Und das war genug? Mehr konnten Sie nicht für diese Person tun?«

»Ihr hat es genügt.« Renate Grotemeyer alias Monica Moreno rückte ihren Turban zurecht. »Gut gezahlt hat sie auch. Alles schick, da kann man nicht meckern.«

Tomma verkniff sich ein Grinsen. Da hatte die gute Frau Grotemeyer sich wohl sprachlich im Register vergriffen.

Als hätte sie das selbst bemerkt, zog Renate Grotemeyer gleich wieder ein anderes, das auch ihr angemessener erschien: »Diskretion ist Teil meines Geschäftsgebarens. Für meine Klienten bin ich nur ein Name. Ein Ohr, das zuhört. Ein Auge, das auf Bekenntnisse schaut. Eine Zunge, die schweigt, wenn es verlangt wird.«

»Und weiter? Was ist nun das Besondere an dieser … Klientin? Oder diesem Klienten? Wo kommt Leo ins Spiel?«, drängte Kalinski.

Renate Grotemeyer ermahnte ihn zur Geduld, allerdings nonverbal. Sie warf ihm einen Blick zu, als wollte sie ihn in

Gips verwandeln und damit in die Götterstatuen um sie herum einreihen.

»Irgendwann wurden die Mails hoffnungsvoller, optimistischer«, erklärte sie. »Die Person sei dabei, einen Plan zu entwickeln, schrieb sie mir. Ganz in meinem Sinne. Ein Projekt! Darin will ich ja die Menschen unterstützen, darin sehe ich meine Mission. Ihr Projekt hatte mit ihrem Wunsch nach Kindern zu tun, die Person wollte endlich etwas unternehmen, was genau, schrieb sie mir nicht, doch dieses Projekt, schon die Planungsarbeit daran, tat ihr offenbar gut und stabilisierte ihr schwankendes Selbstwertgefühl.«

»Und Sie haben überhaupt keine Ahnung, was diese Person vorhatte?« Tomma konnte es kaum glauben.

Renate Grotemeyer schüttelte den Kopf, dass der Turban bebte. »Ich sehe meine Aufgabe nur darin, die inneren Kräfte meiner Klienten zu stärken. Ich dringe nicht in sie, und ich bevormunde sie nicht. Die Person lieferte mir keine Details. Ich habe nur ein Gefühl. Eine Ahnung. Intuition, wenn Sie so wollen. Schauen Sie mal, das hier war die bisher letzte Mail.«

Sie zog ein DIN-A4-Blatt hervor und entfaltete es. Ohne Bilder, nur Text in schwarzen Druckbuchstaben auf weißem Grund: »Bald ist es erreicht! Mit Ihrer Hilfe wird alles gelingen. Bald werde ich für immer glücklich sein.«

Das kann vieles bedeuten, dachte Tomma. Eine Adoptionszusage oder eine späte künstliche Befruchtung. Oder die Person hatte eine Leihmutter gefunden, wo auch immer. Oder, wenn es sich um einen Mann handelte, dann hatte die Zeugung endlich geklappt, oder …

»Absender?«, fragte Kalinski.

Frau Grotemeyer deutete mit ihrem scharlachrot lackierten Zeigefingernagel auf die E-Mail-Adresse: Lou1055@gmx.de. Die Zahl hätte eine Postleitzahl sein können, wenn sie fünfstellig gewesen wäre. Oder sollte es ein Datum sein? Geburtsmonat, Geburtsjahr? Solche Vermutungen führten sie jetzt kaum weiter. Obwohl … irgendwie kam Tomma diese Zahl bekannt vor. Wo hatte sie die erst kürzlich gelesen? Sie kam nicht darauf.

»Sie haben uns immer noch nicht gesagt, was das nun mit Leo zu tun hat«, insistierte Kalinski.

Renate Grotemeyer holte buchstäblich weit aus, die Ärmel ihres Hauskleides flatterten. »Ich forderte diese Person auf, ihrem Projekt einen Namen zu geben. Ein Name ist wichtig, wissen Sie, damit etwas Realität gewinnen kann, und nur in diesem Rahmen kann ich mit meinen Klienten arbeiten. Was das betrifft, erwarte ich von ihnen, dass sie meinen Vorgaben folgen, sonst kommen wir nicht zu einem gedeihlichen Miteinander, doch diese Person widersetzte sich mir, ihr Projekt blieb namenlos, sie wollte offenbar nichts preisgeben von sich und ihrem Vorhaben. Das hatte ich letztendlich zu respektieren.« Sie blickte versonnen ins Weite.

»Und weiter? Was haben Sie uns denn nun so Wichtiges zu sagen, dass Sie uns angerufen haben, Frau Grotemeyer?« Das klang überraschend streng. Kalinski konnte, wenn er nur wollte, andere Saiten aufziehen. Ein Softie war er nicht, auch wenn er sich gelegentlich den Anschein gab. Aus taktischen Gründen?

Renate Grotemeyer richtete sich in ihrem Sessel zu voller Größe auf, ganz die Pythia, die sich endlich dazu durchgerungen hatte, mit ihrer die Welt erschütternden Weissagung herauszurücken. »Ich erinnere mich, dass diese … Person in unseren Unterhaltungen einmal auf etwas angespielt hat – auf das Insel-Motto, mit dem die Gäste hier bei der Ankunft im Hafen begrüßt werden: ›Gott schuf die Zeit, von Eile hat er nichts gesagt.‹«

Sie präsentierte ihnen einen weiteren Zettel mit dem Auszug aus einer Mail desselben Absenders: »Diese schönen Sprüche überall, von wegen: Von Eile hat der liebe Gott nichts gesagt. Ich muss mich beeilen, sonst verpasse ich mein Lebensglück. Die Zeit nutzen! So eine Chance bekomme ich nie wieder.«

Tomma holte tief Luft, sagte aber nichts.

»Verstehe«, murmelte Kalinski. »Und Sie bleiben dabei, dass Sie diese Dame oder diesen Herrn noch nie persönlich gesehen und gesprochen haben?«

Renate Grotemeyer hob eine Augenbraue. »Natürlich. Wenn ich das so gesagt habe, dann ist das auch so. Schließlich bin ich der Wahrheit verpflichtet, mir selbst und meinen Schutzbefohlenen gegenüber, nicht nur im Umgang mit der Polizei.«

Jetzt kam Tomma doch nicht umhin, in schärferem Ton nachzuhaken. »Sie haben also mit einer Person kommuniziert, die einen vehementen Kinderwunsch äußerte und allem Anschein nach im Begriff war, sich diesen zu erfüllen. Als dann ausgerechnet hier an Ihrem Wohnort, auf dessen Motto die Person ebenfalls angespielt hat, ein Kind verschwindet, sind Sie nicht misstrauisch geworden? Das muss Ihnen doch gleich aufgefallen sein! Wieso haben Sie das nicht sofort der Polizei gemeldet? Für uns zählt doch jede noch so vage Spur!«

Renate Grotemeyer lächelte unbewegt. »Mein Gedächtnis ist eben nicht mehr das beste. Der Spruch mit der Eile und dem lieben Gott war mir überhaupt nicht mehr präsent. Erst gestern Nachmittag, als ich in der Insel-Buchhandlung war, weil ich eine Glückwunschkarte für meinen Bruder gesucht habe, zu seinem sechzigsten Geburtstag – da steckte dort im Ständer mit den ganzen Ansichtskarten auch eine Karte mit dem Motto. Selbst da habe ich nicht weiter darauf geachtet, aber mein Gehirn hat es gespeichert und über Nacht die Verbindung hergestellt.« Sie tippte sich an ihren Turban. »Wir nutzen ja gar nicht unser gesamtes wunderbares Potenzial! Da hat es klick gemacht im Schlaf.«

Kalinski betrachtete sie staunend, während Tomma sich bemühte, ein Pokerface zu wahren. Sie wollte sehen, was die Dame sonst noch alles zu bieten hatte.

Leider zog diese sich schon wieder ins Allgemeine zurück. »Aber wie auch immer, das sind ja alles nur Vermutungen, und Vermutungen sind keine Beweise, wie Sie sicher am besten wissen. Im Übrigen gibt es mehr Dinge zwischen Himmel und Erde, als unsere Schulweisheit sich träumen lässt.«

Redete die Dame eigentlich immer nur in geflügelten Worten? Jedenfalls wenn es ihr unbequem wurde, so schien es. Zitate als Ausflucht.

»Frau Grotemeyer, kennen Sie vielleicht Frau Irene Fuchs, drüben vom Bibernellweg?« Tomma griff in ihr Notizbuch und zog die gelbe Visitenkarte heraus, die Kalinski im Haus der pensionierten Rektorin gefunden hatte.

Renate Grotemeyer verzog keine Miene. »Natürlich«, antwortete sie. »Wir sind ja beinahe Nachbarn.«

»Und haben Sie Frau Fuchs auch schon einmal beraten?«

»Was heißt beraten? Wir haben miteinander gesprochen. Von Frau zu Frau.«

»Also nicht gegen Bezahlung, übers Netz?«

»Nicht dass ich wüsste.«

»Haben Sie ihr denn nicht Ihre Visitenkarte gegeben, damit sie bei Monica Moreno Rat suchen kann?« Tomma präsentierte das gelbe Kärtchen.

»Nein, keineswegs. Sie kennt mich als Renate Grotemeyer und bekommt ihre Ratschläge von Angesicht zu Angesicht.«

»Haben Sie Frau Fuchs vielleicht gebeten, in ihrem Bekanntenkreis ein wenig zu werben? Mit Visitenkarten und so?«

Jetzt nickte Renate Grotemeyer. »Kann schon sein. Ist doch so üblich unter Nachbarn. Eine Hand wäscht die andere. Ich habe meine Karten auch an etlichen anderen Orten auf der Insel abgelegt, selbstverständlich mit Genehmigung der Kurverwaltung. Aber meine wahre Identität sollte dabei natürlich verborgen bleiben. Für Interessenten bin ich Monica Moreno, www.dein-projekt.de.«

»Beziehungsweise www.neuanfang.de«, ergänzte Kalinski, der alles gern vollständig hatte. »Verstehe.«

Beim Verlassen des Anwesens hatte Tomma wieder das Gefühl, dass sie beobachtet wurden. Sie spürte Blicke im Rücken, die ihr unangenehm waren und die sie sich nicht erklären konnte. Als sie sich umdrehte, sah sie den dicken schwarzen Kater, der sich auf der Terrasse sonnte. Mit halb geschlossenen Augen beobachtete er alles, was um ihn herum vorging. Eigentlich hätte er dieser Renate Grotemeyer alias Monica Moreno auf der Schulter hocken müssen. Das hätte gepasst.

***

»Eine Wahrsagerin, Frau Wilken? Die hat uns gerade noch gefehlt.« Harmsen war mehr als skeptisch, als Tomma ihm am Telefon von Frau Grotemeyer und ihrer mysteriösen »Person« erzählte. Aber er ließ sich dann doch davon überzeugen, dass es überhaupt nicht schaden könne, ja sogar vernünftig wäre, diese »Person« ausfindig zu machen. Einziger Anhaltspunkt war deren E-Mail-Adresse. Beim Mailprovider musste also ein Antrag auf Herausgabe der personenbezogenen Daten gestellt werden, Harmsen würde sich darum kümmern.

Danach arbeiteten sich Tomma und Kalinski durch alle Infos, die Harmsen ihnen heute zugemailt hatte. Die übliche Routine. So erfuhren sie, dass die Aufnahmen der Überwachungskamera in der Raststätte Marienborn ausgewertet worden waren. Man hatte sie Leos Mutter gezeigt, doch diese hatte glaubhaft gemacht, dass das Kind auf diesen Bildern keinesfalls ihr Sohn sein konnte. »Das ist nicht Leo, ganz bestimmt nicht. Leo ist nicht so pummelig, und außerdem ist dieses Kind da ein Mädchen.« Also Fehlanzeige. Mit dem sichergestellten Fanta-Glas plus Strohhalm im »Fährhaus« von Bensersiel war es leider das Gleiche. Das Ergebnis der Genanalyse war eindeutig: Bei dem Kind, das die Fanta getrunken hatte und das äußerlich so gar nicht zu seinem männlichen Begleiter passte, handelte es sich zwar um einen Jungen, doch definitiv nicht um Leo. Die beiden Gen-Profile waren grundverschieden.

Draußen brachte die Sonne das Meer zwar nicht zum Glänzen, doch es trug kleine Schaumkronen, und wie gern hätte Tomma sich jetzt den Seewind um die Nase wehen lassen, wie gern wäre sie durch die Flut gewatet, die wieder kraftvoll an den Strand rollte. Stattdessen starrte sie auf den Bildschirm. Aber dann las sie etwas, das sie aufgeregt hochfahren ließ.

»Das hier, Mike, das sieht schon besser aus, schau mal!« Sie wandte sich Kalinski zu, der die Unterlagen durchging, die ihnen per Post zugestellt worden waren. »Den Kollegen ist eine Frau auf Spiekeroog aufgefallen, eine Frau mit Kind. Ein Mädchen zwar, aber das Alter würde hinkommen. Diese Frau scheint sich einer genaueren Kontrolle entzogen zu haben.«

Sie überflog die weiteren Zeilen. Die Frau, die sich am Strand nicht ausweisen konnte, hatte anscheinend einen falschen Namen angegeben, denn unter diesem – Susanne Gutendorf – war sie bei der Kurverwaltung weder in dem von ihr angegebenen noch in einem anderen Quartier gemeldet. Den Strandkorb hatte sie nur für einen Tag gemietet, was ohne größere Formalitäten möglich gewesen war. Tomma blickte auf, ihre Augen glänzten. Da war etwas faul! Endlich eine wirklich handfeste Spur?

Ob es sich um Leo handelte, wusste man nicht, aber mit der Frau schien etwas nicht zu stimmen. Daher ließen die Kollegen nach den Angaben der Beamten, die »Susanne Gutendorf« am Spiekerooger Strand angesprochen hatten, ein Phantombild erstellen, das man in Kürze den Medien übergeben würde. Gesucht wurde eine Frau Mitte/Ende vierzig, circa einen Meter fünfundsiebzig groß, schlank, in Begleitung eines circa dreijährigen Kindes, das auf den Namen Sophie hörte.

Endlich kam Bewegung in den Fall. Wer war diese Frau? Wie konnte man mehr über sie in Erfahrung bringen?

Tomma blätterte noch einmal ihr Notizbuch durch, um nach etwas zu suchen, von dem ihr nicht klar war, was genau es war. Nur dass es mit einer Zahl zu tun hatte, war ihr dunkel bewusst. Und dann fand sie es: Irene Fuchs hatte ihr die Adresse ihrer Freundin gegeben, die derzeit in Dänemark im Urlaub sein sollte. Eine Freundin, die ihr nicht nur ihre Wohnung überlassen, sondern selbst auch schon das eine oder andere Mal in Irene Fuchs' Haus auf Wangerooge gewohnt und daher einen Bezug zur Insel hatte. Die Postleitzahl war 10555 in Berlin-Moabit, im alten Bezirk Tiergarten.

Tomma griff nach dem Ausdruck der E-Mail, die von der ominösen »Person« mit dem extremen Kinderwunsch an Renate Grotemeyer geschickt worden war. Die ersten vier Zahlen der Postleitzahl stimmten mit denen in der Mailadresse überein. Und war nicht »Lou« die Kurzform für Louise? Marie-Louise? Konnte es sein, dass es sich bei der Person, die mit Monica Moreno korrespondiert hatte, um die Freundin der Fuchs handelte? Marie-Louise Körner aus Berlin, Agricolastraße 8 – Lou1055@gmx.de.

Es war nur eine Idee, eine vage Hoffnung. Doch die Zeit drängte, und man durfte keine Möglichkeit auslassen. Bloß nichts übersehen! Sie griff zum Telefon.

***

Marie-Louise Körner bewohnte ein kleines Appartement im dritten Stock, war aber anscheinend nicht zu Hause. Jedenfalls öffnete niemand den Beamten auf ihr Klingeln hin die Tür. Der Gebäudekomplex, in dem die Wohnung lag, war in den siebziger Jahren errichtet worden. Hier wohnte man in relativ sauberer Umgebung, Graffiti an den Wänden gab es so gut wie gar nicht. Alles wirkte pflegeleicht, doch auch irgendwie steril. Anonym. Unten im Erdgeschoss befanden sich eine Reinigung und ein kleiner Supermarkt. Vom Balkon aus würde man in einiger Entfernung die Siegessäule ausmachen können.

»Frau Körner? Die ist verreist«, teilte eine Frau Lehmann, dem Klingelschild nach zu urteilen eine direkte Nachbarin der Gesuchten, den Beamten über die Sprechanlage mit. Als sie sich zu erkennen gaben, wenn auch nur mündlich, wurden sie per Knopfdruck in den Hausflur eingelassen. Ein kurzer Blick zum Briefkasten zeigte ihnen, dass die Mieterin, die sie im Visier hatten, schon längere Zeit abwesend war, denn er quoll über von Werbematerial.

Die Nachbarin im Rentenalter schien das zu sein, was man gemeinhin »patent« nennt. Als der eine Beamte sich erkundigte, ob Frau Körner Kinder habe, gab sie ohne Umstände zu machen Auskunft. »Nee, hat se nich. Die lebt janz alleene. Frühpengsioniert isse wohl, dit hat se jedenfalls immer jesacht. War wohl mal Lehrerin jewesen, die Körnern.« Offenbar hatte sie keinerlei Bedenken, sie könnte die Privatsphäre ihrer Nachbarin verletzen. »Nu kommense ma rin, ick werd Ihnen noch wat zeijen.«

In ihrem Flur stand ein großes Paket.

»Dit hab ick für de Körnern anjenommen. Nich zum ersten Mal übrijens.«

Das Paket stammte von einer dieser Versandhandlungen, die auf Baby- und Kindersachen spezialisiert waren und alles im Angebot hatten: Kinderkleidung, Möbel, Bücher, Spielzeug. An einer Ecke war das Paket beschädigt. Polizeihauptmeister Bert Wagner schaute vorsichtig hinein. Bettwäsche war zu sehen, mit einem Muster aus kleinen gelb-schwarzen Fußbällen. Anscheinend wollte diese Frau Körner entweder ein Kind beschenken, oder sie bereitete sich selbst auf die Ankunft eines Kindes vor. Eines Jungen, um genau zu sein.

Das mussten sie so weitergeben. Aber wo war die Frau abgeblieben?

Ilse Lehmann konnte ihnen da nicht weiterhelfen. Nein, die Nachbarin habe nichts gesagt, noch nicht mal eine Postkarte geschickt. Einen Schlüssel zu ihrer Wohnung habe sie auch nicht, die Blumen stellte Frau Körner immer auf den Balkon, da bekämen sie etwas Regen ab. Zum Blumengießen brauchte sie niemanden.

Bert Wagner schob die Mütze in den Nacken und sagte zu seiner Kollegin, die vor ihm durchs kahle Treppenhaus nach unten lief: »Die Wohnung sollte man sich schon mal angucken. Wer weiß, was die Frau noch alles bestellt hat, womöglich finden wir da drin ein komplett eingerichtetes Kinderzimmer. Aber ob wir 'nen Durchsuchungsbefehl kriegen, Nadine?«

Seine Kollegin zuckte mit den Schultern. »Ob die Verdachtsmomente ausreichen? Keine Ahnung. Warten wir's ab.«

***

Zeit für die Tagesschau. Die junge blonde Sprecherin mit den hundertprozentig ebenmäßigen Zügen zeigte ihr gefrorenes Lächeln, das sie immer parat hatte, sobald die Kamera auf sie gerichtet war. Dass es diesmal unpassend war, merkte sie erst, als die Hälfte des Aufrufs – »Gesucht wird eine Frau Mitte/Ende vierzig …« – über ihre perfekt geschminkten pinkfarbenen Lippen gekommen war.

Als das elektronisch erstellte Phantombild eingeblendet wurde, hatte sie ihr Lächeln ausgeknipst und eine ernste Miene aufgesetzt. Eine todernste Miene, wie sie ihr in diesem Fall angemessen schien.

***

Tomma traute ihren Augen nicht. Sie wollte es nicht glauben, aber es war wirklich wahr! Als sie gegen Abend aus dem Fenster ihres Zimmers schaute, weit übers Meer, das in der Abendsonne glänzte, und Mike ihr sein Fernglas reichte, sah sie die roten Felsen von Helgoland am Horizont, flirrend wie eine Fata Morgana. Sie wirkten viel zu groß, viel größer, als sie aus dieser Entfernung sein dürften. Eigentlich. Vernünftigerweise. Die Felsen schienen über dem Meer zu schweben. Eine Luftspiegelung. Eine Theaterkulisse. Eine Projektion für die Touristen?

Nein, dies war die Wirklichkeit. Es hatte etwas Unwirkliches und war doch vollkommen real. Es war das Glück. Überwältigt hielt Tomma den Atem an.

Endlich gab sie das Fernglas an Mike weiter, der neben ihr stand.

Er fasste sie um die Schultern und schwieg.

Jetzt berührte die Sonne den Horizont, und die Erscheinung wurde immer blasser, bis sie ganz verschwunden war. Es wurde dunkel. Zeit, ins Bett zu gehen.

In dieser Nacht schlief Tomma traumlos bis zum frühen Morgen – oder sie hatte, als sie aufwachte, alle Träume einfach hinter sich gelassen und vergessen.

Sie hatte keine Ahnung, warum sie sich auf einmal so sicher war. Sie wusste nur, alles würde gut. Sie würden das Kind finden.

***

Im Kiosk unterhalb des Langeooger »Seekrugs« stand Sandra Behrens hinter dem Tresen. Wie an jedem Morgen in diesem Sommer verkaufte sie Zeitungen, Eis und Getränke an die

Urlauber, die an ihr vorbei zum Strand zogen. Für Sandra war es nur ein Job, um die Zeit zwischen Schule und Universität zu überbrücken, jedoch keineswegs ein schlechter. Wenn die Sonne schien und sie nach Feierabend oder morgens früh in die See springen konnte, entschädigte sie das für das stundenlange Stehen und für Kunden, die Stress machten, weil sie ihnen bei großem Andrang nicht schnell genug den »coffee to go« anreichte. Zum Glück gab es auch die jungen Rettungsschwimmer von der DLRG, die auf den Türmen am Strand im Einsatz waren. Coole Leute waren dabei. Abends traf man sich auf der Promenade und zog um die Häuser.

Wenn die Saison vorbei war, würde Sandra in Hannover mit dem Studium der Zahnmedizin beginnen. Zahnärztin war ihr Traumberuf. Obwohl sie noch meilenweit davon entfernt war, selbst am Behandlungsstuhl zu stehen und den Bohrer zu führen, hatte sie schon jetzt eine »déformation professionelle«, so etwas wie eine berufsbedingte Macke, entwickelt: Jedem Menschen, der ihr begegnete, blickte sie automatisch auf den Mund. Wenn dieser sich öffnete, war sie in ihrem Element.

Wie an jedem Wochentag lag ein Stapel der Zeitung, die besonders häufig verlangt wurde, auf dem Tresen aus. Die fette Schlagzeile – »Wer kennt diese Frau?« – sprang Sandra geradezu an. Und dann dieses Gesicht! Die Frau auf dem Phantombild lächelte, sodass man ihre Vorderzähne sah. Die beiden Schneidezähne standen ein wenig vor, und dazwischen war eine kleine Lücke.

Sandras Herzschlag stockte. Sie hatte diese Frau gesehen, und das war kaum eine halbe Stunde her. Auf ihr gutes Gedächtnis für Gesichter, besonders für Zähne, war Verlass. Die waren etwas sehr Individuelles, sie ließen sich auch nicht ohne Weiteres verändern, jedenfalls nicht von heute auf morgen. Anders als auf der Zeichnung, auf der die weit auseinanderstehenden Augen der Frau und ein hoher Haaransatz auffielen, hatte sie vorhin hier am Kiosk eine dunkle Sonnenbrille und einen Sonnenhut getragen, doch ihr Mund war zu sehen gewesen. Weil die Frau freundlich gelächelt hatte, als sie das Eis für das kleine

Mädchen an ihrer Seite bestellte – »Zwei Kugeln, Erdbeer und Schoko, bitte im Becher, sonst wird die Kleine damit noch nicht fertig.« –, hatte Sandra auch einen Blick auf das Gebiss ihrer Kundin werfen, die Lücke zwischen den leicht vorstehenden Schneidezähnen registrieren und automatisch die Diagnose stellen können, dass in diesem Fall eine Zahnregulierung angesagt wäre. Das übliche Zahnspangenalter hatte diese Frau allerdings definitiv hinter sich; von der Nase zum Kinn hinunter zogen sich schon zwei prägnante Falten.

Das kleine Mädchen dagegen hatte den Mund nicht aufgemacht. Die meisten Kinder forderten lautstark ihr Eis ein und wussten genau, welche Sorten sie wollten, aber dieses hier hatte nur stumm abgewartet, bis ihm der Pappbecher in die Hand gedrückt wurde. Drüben auf der Bank hatten die beiden dann gesessen, Seite an Seite, während die Frau das Kind mit dem Eis fütterte. Löffelchen für Löffelchen, richtig lieb. Schließlich waren sie den Weg zum Strand hinuntergelaufen, die Mutter mit der Kleinen an der Hand. Oder war es die Großmutter?, hatte Sandra sich noch gefragt.

Hastig griff sie nach der Zeitung. Was stand da? »Wenn Sie diese Frau kennen, rufen Sie die SOKO in Wilhelmshaven an. Telefonnummer …« Mit fliegenden Fingern tippte sie die Zahlen in ihr Handy.

***

»Soll ich dir mal was von früher erzählen?«, fragte die Frau, als sie barfuß am Wellensaum entlangliefen.

Das Kind an ihrer Hand nickte.

»Ich war damals nicht viel älter als du, noch ein ziemlich kleines Mädchen, und auch hier auf der Insel. Mit meiner Mutter. Einen Papa hatte ich nicht mehr, aber man kann auch ohne Papa glücklich sein, das kannst du mir glauben.«

Das Kind an der Hand sah zu ihr auf, sagte aber nichts.

»Schade, dass du keine Geschwister hast. Ich hatte auch keine und habe sie mir immer gewünscht. Ich war immer nur allein mit meiner Mama, und die hatte viel zu tun.« Die Frau stockte, als wäre ihr etwas in die Kehle geraten, das ihr die Luft abdrückte. Dann beugte sie sich zu dem Kind hinunter und nahm es in den Arm. »Weißt du, was das Schönste war, damals, als ich mit meiner Mutter an der See war? Wenn so ein Wetter war wie heute? Ostwind musste sein, sonst hatte es keinen Zweck. Wir haben Bernstein am Strand gesucht! Das war das größte Glück – wenn wir ein Stück Bernstein gefunden hatten. Wollen wir mal gucken, ob wir auch Glück haben, wir beide? Du und ich auf Schatzsuche?«

»Schatzsuche«, wiederholte das Kind. Es war ein schwieriges Wort, aber es brachte es fehlerlos über die Lippen. Die Frau strich ihm über den Kopf. »Genau: Wir gehen auf Schatzsuche.«

Sie liefen weiter Richtung Osten. Es war Ebbe. Linker Hand dehnte sich eine weite, leere Fläche, die sich im Sonnendunst verlor, eine Wüste aus grob geripptem Sand, nur von tiefen Prielen durchwachsen, aus denen das Wasser abfloss wie von einem Riesenmagneten angezogen. Sie wateten durchs strömende Wasser, das dem Kind noch bis zu den Knien ging.

»Man muss nur aufpassen, wenn die Flut zurückkommt«, sagte die Frau. »Das darfst du nie vergessen: Die Flut kommt immer zurück.«

Auf Ebbe und Flut war Verlass, auf Menschen dagegen nicht. Aber sie hütete sich davor, dies zu sagen. Das Kind würde es früh genug erfahren, wenn es nicht schon längst Bescheid wusste.

Das Kind blieb stehen, hockte sich hin und legte die Hände auf den festen Ebbsand, der sich wie auf einem Waschbrett wellte. Am Saum der Flut lagen dunkle Reste von Tang, morschem Holz und Muscheln. Alles zermahlen in winzige Teile, aufgerieben vom Meer.

Jetzt gingen sie durch einen ausgewaschenen Priel, wo nur noch Wasserreste standen, auf denen das Sonnenlicht funkelte und glänzte. Möwen schrien, Austernfischer staksten über den Sand, ihre langen Schnäbel stocherten und spießten auf, unablässig. Fressen und gefressen werden, das hörte nie auf.

Wattwürmer versteckten sich tief im Boden, man sah nur

die kleinen Sandhäufchen, die sie an die Oberfläche befördert hatten.

»Die haben es gut«, sagte die Frau. »Die können sich so verstecken, dass niemand sie findet.«

Aber sie hinterließen ja doch Spuren. Jeder, der lebt, hinterlässt Spuren.

Sie hockte sich in den Sand, zog das Kind zu sich herunter, und beide fuhren nun mit den Fingern durch die Holz- und Muschelreste am Saum.

Da glänzte es auf: ein daumengroßes Stück Bernstein, durchsichtig und honigfarben. Noch nass von der Flut, wurde es von der Sonne zum Leuchten gebracht, als wäre es pures Gold. Sie legte es dem Kind in die ausgestreckte Hand. »Halt es fest«, sagte sie. Und das Kind schloss die kleine Faust und lachte.

Das war das Glück. Niemand würde es ihnen wieder nehmen, das wusste sie jetzt.

Auf einmal jedoch erlosch das Leuchten, der Schatten hatte sie erreicht. Sie standen über ihnen.

»Marie-Louise Körner?«

»Ja«, sagte sie.

»Und das Kind – wie heißt du?«

Es schwieg.

***

Wieder saßen sie an Tommas Schreibtisch einander gegenüber und gingen alle ihre Notizen durch. Wo war eine Lücke, etwas Auffälliges? Wo stimmte etwas nicht? Wo könnte man einhaken? Sie sprachen nicht, bis das Telefon klingelte. Es war Harmsen, der sagte: »Wir haben sie.«

Diesmal fragte Tomma nicht zurück, wen er denn meinte. Seine Stimme klang nüchtern wie immer, und doch wusste sie sofort: Es war zu Ende. Sie waren am Ziel.

»Wo?«, fragte sie nur.

»Auf Langeoog.«

»Wie geht es dem Kind?«

»Gut. Alles in Ordnung. Wir haben die Frau festgenommen.

Um den Jungen kümmert sich jemand vom Kinderkurheim ›Wittdün‹, das Jugendamt ist informiert.«

»Bringt ihr die Frau rüber?«

»Heute Abend noch.«

Tomma strahlte Mike an. »Verstehe«, sagte sie. »Wir kommen.«

Ein Stein war ihr vom Herzen gefallen. Sie packte rasch ihre Sachen zusammen, während Mike in sein Zimmer ging, um dasselbe zu tun, und dann brachen sie auf. Ihre Arbeit auf der Insel war beendet. Erfolgreich beendet.

Die Nachricht verbreitete sich schon über die Medien. Auf der Fähre nach Harlesiel waren sie umgeben von Journalisten, die alle ihre Smart- oder iPhones in der Hand oder am Ohr hatten. Andere bearbeiteten selbst noch bei mittlerem Wellengang fieberhaft ihr Tablet. Kaum dass Tomma und Mike auf dem Oberdeck einen Platz an der Reling gefunden hatten, meldete sich Heike per Handy und ließ ihre Schwester wissen, wie erleichtert sie sei, dass man »diese Hexe, diese fürchterliche Person« nun gefasst habe. »Jetzt kann ich die Insel erst richtig genießen«, schnatterte sie munter weiter. »Die Sonne kommt auch wieder raus, und Bens Husten ist schon viel besser.«

Daran, Tomma zu ihrem Erfolg zu gratulieren, dachte sie anscheinend nicht. Vielleicht war bei der Übermutter doch ein kleines bisschen Neid im Spiel?

Zum Glück wurde Tomma von den Journalisten nicht erkannt, nach Interviews war ihr jetzt nicht zumute. Die blaue Baseballkappe mit der Aufschrift »Wangerooge«, die sie sich auf dem Weg zum Bahnhof besorgt hatte, war eine gute Tarnung, zumal der junge Kollege dicht an ihrer Seite genau die gleiche trug. Eindeutig Partnerlook. Das konnte nur ein Pärchen sein, das vom gemeinsamen Kurzurlaub zurück nach Hause fuhr. Als sie so an der Reling standen und auf die Insel zurückblickten, legte Mike ihr sogar den Arm um die Schultern.

»Auch nur zur Tarnung«, flüsterte er ihr zu, und in seinen Augenwinkeln zeigten sich erste Lachfältchen.

Es fühlte sich überraschend gut an. So als müsste sie sich keine Sorgen mehr machen. Ihr würde nichts passieren.

»Was macht denn der Rücken?«, fragte er leise.

»Alles okay.«

Tatsächlich, die Schmerzen waren verschwunden. Wie vom Seewind weggeblasen. Endlich!

Zügig durchteilte die Fähre das Wattenmeer. Im abendlichen Dunst verblasste die Silhouette des Westturms, bis sie fast ganz am Horizont verschwand. Das Festland kam immer näher. Schon tauchten rechts und links von ihnen die Pfähle auf, die das Fahrwasser bis in den Hafen markierten.

Alles war gut. Sie hatten gefunden, was sie suchten.

So viel ist gewiss, dass die Alte keine Hexe war,
wie die Leute glaubten, sondern eine weise Frau, die es gut meinte.

»Die Gänsehirtin am Brunnen«,
Kinder- und Hausmärchen der Brüder Grimm

Epilog

An der Tür war ein uniformierter Beamter postiert. Marie-Louise Körner saß schon am Tisch, ein Anwalt an ihrer Seite, als Tomma und Harmsen den Raum betraten. Sie nahmen auf der anderen Seite des Tisches Platz, und Tomma stellte das Aufnahmegerät an.

Durch das nicht allzu große Fenster fiel heute noch weniger Licht als sonst. Es war ein trüber Tag, die Wolkendecke hing tief. Kein Regen, nicht einmal das. Alles stand still. Auf dem Fensterbrett ein einsames Blattgewächs im Topf. Auf den grün-weiß gescheckten lanzenförmigen Blättern breiteten sich braune Flecken aus. Tomma wandte sich Marie-Louise Körner zu, die ihren Blick ruhig erwiderte. Ihre Augen waren braun mit gelben Einsprengseln. Interessante Augen. Kalt wirkten sie jedenfalls nicht.

Überraschenderweise trug sie nichts Neutrales. Sie schien zu Trotz und Widerspruch entschlossen, ihre Bluse war von einem schreienden Rot. Von wegen beige, dachte Tomma.

Als die Personalien geklärt waren, fragte sie: »Möchten Sie eine Tasse Kaffee?«, doch Marie-Louise Körner schüttelte den Kopf. Sie bat nur um ein Glas Wasser und stellte sofort die Gegenfrage: »Wie geht es Leo?«

Jede Mutter, die man von ihrem Kind getrennt hat, würde das fragen, dachte Tomma. Auf dem fast hageren Gesicht der Frau – der Entführerin, wie sie sich bewusst machte – zeichnete sich Sorge ab, echte Sorge.

»Er ... er ist an mich gewöhnt«, sagte sie, Panik in der Stimme. »Diese vielen fremden Leute jetzt, das macht ihm doch Angst.«

»Er wird gut versorgt, machen Sie sich keine Gedanken«, erwiderte Tomma, während sie gleichzeitig dachte, wie absurd es war, eine Entführerin in dieser Weise zu beruhigen. Schließlich war sie die Urheberin des Übels, das sie jetzt beklagte.

»Frau Körner, erzählen Sie uns doch einfach, wie Sie Leo kennengelernt haben. Und wie es dann dazu gekommen ist, dass Sie ihn ... mitnahmen.«

Es war eine lange Geschichte. Eine bewegende Geschichte, wie Tomma sich eingestehen musste, ob sie wollte oder nicht.

Marie-Louise Körner war Grundschullehrerin gewesen, erst in Oldenburg, später – nach ihrer Heirat – in Berlin-Charlottenburg. Die Arbeit hatte sie zunächst begeistert, sie war außerordentlich engagiert.

»Ich liebe Kinder«, sagte sie. »Eigene habe ich leider nicht. Obwohl ich sie mir sehr gewünscht habe. Aber dafür hatte ich ja meine Schulkinder. Die waren mir ans Herz gewachsen, als wären es meine eigenen.«

Doch dann war der Schulalltag zunehmend bürokratischer, die Arbeit frustrierender geworden, die Anforderungen an die Lehrer waren gewachsen. Ständig waren Protokolle, Entwürfe und Begutachtungen zu schreiben, ständig kamen neue Erlasse »von oben«, denen man Folge leisten musste, auch wenn sie bedeuteten, dass heute umgeworfen wurde, was gestern noch absolut verpflichtend gewesen war. Und morgen, darauf konnte man schon gefasst sein, würde es wieder andersherum gehen. Wieder neue Richtlinien, wieder ein neues Konzept. Dazu musste man sich mit ehrgeizigen Eltern auseinandersetzen, die alle »nur das Beste« für ihre Kinder wollten und grundsätzlich von deren hoher Begabung überzeugt waren. Wenn ein Kind versagte, waren immer die Lehrer schuld, die dann kurzerhand von ihrer Stelle weggemobbt wurden.

»Haben Sie das selbst auch erlebt?«, unterbrach Tomma den Redefluss der Frau. Marie-Louise Körner nickte.

Jedem einzelnen Kind sollte der Lehrer gerecht werden,

»Binnendifferenzierung« hieß das Zauberwort. Als Frau Körner es in den Mund nahm, schien sie sich geradezu davor zu ekeln. Ihre Schüler wurden mit der Zeit immer unruhiger, immer schwieriger. Lauter kleine Prinzen und Prinzessinnen waren das, die immer weniger daran gewöhnt waren, Aufträge zu erledigen und sich auf eine Sache zu konzentrieren. Und dann die Forderung von oben, ein »Projekt« nach dem anderen zu organisieren. Fächerübergreifend. Binnendifferenzierend. »Wir wurden überschüttet mit Projekten. Das war nicht mehr auszuhalten.«

Zu der Zeit war sie noch verheiratet, leider kinderlos, wie schon gesagt. Doch eines Tages ging ihre Ehe in die Brüche, der Mann verließ sie wegen einer Jüngeren, die von ihm schwanger war. Marie-Louise Körner wurde krank. Die Nerven! Dann war es vorbei mit ihrem einst so geliebten Beruf: »Frühpensionierung mit vierundvierzig. Das ist doch kein Alter!«

Tomma nickte. Sie konnte sich eines gewissen Mitgefühls nicht erwehren. Wenn sie sich vorstellte, man würde sie in drei, vier Jahren einfach ausrangieren …

»Und dann«, flüsterte die Frau, »lernte ich Leo kennen.«

Jetzt kam Irene Fuchs ins Spiel, ihre ehemalige Mentorin, die sie noch aus ihrer Oldenburger Zeit und von ihrer Ausbildung her kannte. Zwischen beiden Frauen hatte sich eine Freundschaft entwickelt.

»Als es mir schlecht ging, konnte ich Reni … Frau Fuchs immer besuchen, sie war eine große Stütze für mich. Eine große Hilfe.«

Bei den häufigen und auch ausgedehnten Besuchen in Oldenburg traf sie auf Leo, den Nachbarsjungen. Es war Liebe auf den ersten Blick.

»Als ich ihn sah, er lief durchs Treppenhaus, seine Mutter zog ihn neben sich her, da hab ich sofort gewusst: Diesem Kind geht es nicht gut. Es ist unglücklich. Todunglücklich! Wir haben ihn auch schreien hören, und Reni hat versucht, die vom Amt darauf aufmerksam zu machen, aber genützt hat es nichts.« Sie nahm einen Schluck aus dem Wasserglas. »Als ich ihn zum ersten Mal sah, da … da hatte ich schon so was wie eine Vision.« Ihr Blick war auf Tomma gerichtet, doch er schien durch sie hindurchzugehen. »Ich hab gewusst: Das ist mein Kind! Das Kind, nach dem ich so lange gesucht hatte. Wir waren füreinander bestimmt. Ich wusste, ich muss dieses Kind retten. Es gehört zu mir und zu niemandem sonst.«

»Woher wussten Sie, dass Mutter und Kind diesen Urlaub auf Wangerooge planten? Oder wussten Sie das gar nicht, und es war ein zufälliges Treffen hier auf der Insel?«

Marie-Louise Körner lächelte. Es war ein stolzes Lächeln. Zufall? Natürlich nicht. Sie hatte alles genau geplant.

Durch ein im Treppenhaus mitgehörtes Gespräch hatte sie erfahren, dass im Sommer »etwas mit Wangerooge« geplant war. Daraufhin hielt sie Augen und Ohren offen, half auch mit der Kontrolle des Briefkastens unten im Hausflur nach. Ein Schreiben des Gästehauses Meeresfrieden fiel ihr in die Hände, in dem die Daten des Aufenthalts bestätigt wurden.

»Und zwar schon Anfang des Jahres, also Monate vorher. Ich bin dann schon mal auf die Insel gefahren und habe mir alles genau angesehen. Reni hat ja dort ihr Häuschen, da konnte ich wohnen. Ein Wochenende habe ich auch im ›Meeresfrieden‹ verbracht, um mich genau zu orientieren. So etwas muss von langer Hand vorbereitet werden.«

Wieder in Oldenburg, freundete sie sich mit Leo an. Sie traf ihn öfter auf dem Spielplatz und war bald keine Fremde mehr für ihn. Er kannte sie nicht nur, er mochte sie wohl auch. Als sie Irene Fuchs vor der Entführung noch einmal auf der Insel besuchte, ließ sie sich von deren Hausschlüssel einen Zweitschlüssel machen.

»Der hing immer am Schlüsselbrett, das hat sie gar nicht gemerkt. Ich wollte sie da schließlich nicht mit reinziehen.«

Unterdessen plante sie ihr Projekt. Das Wangerooge-Projekt. Um allen zu zeigen, dass sie, sämtlichen Kritikern zum Trotz, in der Lage war, ein Projekt zu entwerfen und »umzusetzen«, wie es in den Erlassen der Schulbehörde immer geheißen hatte.

Im Juli, als Leos Ferien auf Wangerooge bevorstanden, richtete sie sich in einer Pension schräg gegenüber dem Haus Meeresfrieden ein. Nein, nicht in Lotte Jannings »Seestern«, sondern im Haus Klabautermann, das ihr unpersönlicher erschien, da es nur aus kleinen Appartements bestand und es keine diensteifrige Wirtin gab, die ihre Pensionsgäste wie eine strenge Mutter stets im Blick hatte. Von ihrem Appartement aus beobachtete sie Leo. Sie suchte seine Nähe und erkannte, was gespielt wurde.

»Das Kind war in Gefahr. Ja, Leo war gefährdet an Leib und Seele. Die Mutter war überfordert, der rutschte auch mal die Hand aus, die blauen Flecken habe ich selbst gesehen. Dann tauchte auch noch dieser Mann auf, dieser Fotograf, und da musste ich einfach eingreifen.«

»Das hatten Sie doch ohnehin vor«, sagte Tomma. »Sie hatten Ihr ›Projekt‹ doch lange im Voraus geplant, wie Sie mir gerade berichtet haben.«

»Ja … ja, das stimmt«, räumte die Frau ein. »Aber mir wurde hier auf Wangerooge erst richtig klar, dass ich keine Wahl hatte. Es *musste* sein.«

Sie folgte dem Jungen, beschattete ihn, versuchte, das Vertrauen zu vertiefen, das er schon zu ihr gefasst hatte.

»Er mochte mich«, sagte sie mit erstickter Stimme. »Er freute sich immer, wenn er mich sah. Wir waren Seelenverwandte. Ich hätte seine Mutter sein sollen, nicht diese …« Ihre Stimme versagte, sie griff nach ihrem Wasserglas und nahm einen großen Schluck.

Ihr Anwalt, ein noch nicht alter, doch in allem grau wirkender Mensch, klopfte ihr beruhigend auf den Rücken, als hätte sie sich verschluckt.

Tomma räusperte sich, auch ihr steckte ein Kloß im Hals. »Frau Körner, wie sind Sie denn an jenem Abend, also am 13. Juli beziehungsweise am Morgen des 14. Juli, ins Haus Meeresfrieden hineingekommen?«

»Bei meinem Aufenthalt dort vor ein paar Monaten hatte ich mich genau umgesehen. Die Routine eines Hauses muss man kennen, dann ist alles einfacher. Es war dort üblich, dass Gäste am Tag ihrer Abreise den Schlüssel in der Zimmertür stecken ließen. Das war Vorschrift. An dem Schlüsselring befand sich auch der Haustürschlüssel. Ich bin also am 13. Juli morgens gegen halb neun, als die meisten beim Frühstück saßen, ins Haus gegangen – tagsüber steht die Tür ja offen – und habe einen solchen Doppelschlüssel an mich genommen. Das war ganz einfach.« In ihrer Stimme schwang jetzt sogar etwas Stolz mit.

»Und niemand hat sie gesehen?«

»Gesehen vielleicht, aber nicht wirklich wahrgenommen. Ich sehe nun mal genauso aus wie die meisten der weiblichen Gäste, die schon älter sind. Brille, Pullover, Schal um den Hals, man fällt gar nicht auf. Außerdem ist es auf dem Flur im Erdgeschoss ziemlich dunkel. Ist ja ein alter Kasten, das Haus. Das Verrückte war, dass ich den Schlüssel in der Nacht dann gar nicht brauchte. Die Pforte war offen. Jemand hatte vergessen abzuschließen.«

Die Szenerie am Tatort stand Tomma wieder vor Augen: das offene Fenster, der Stuhl vorm Fensterbrett – alles nur Täuschung. Die Entführerin war ganz einfach durch die Haustür gekommen und mit dem schlaftrunkenen Kind auf dem Arm genauso wieder gegangen.

Der Sohlenabdruck vorm Fenster fiel ihr wieder ein. »Frau Körner, haben Sie vorher, ehe Sie Leo … geholt haben, am Fenster gestanden und ins Zimmer geschaut?«

Marie-Louise Körner nickte. »Ich wollte mich überzeugen, dass auch alles in Ordnung war. Er hat ganz friedlich geschlafen. Und er war allein.«

»Leo muss doch aufgewacht sein. Warum hat er nicht geschrien?«

»Er war eben voller Vertrauen zu mir. Ich habe ihm gut zugesprochen. Er kannte mich nicht nur, er liebte mich, verstehen Sie? Und eine Tüte Gummibärchen hatte ich auch dabei, die mag er doch so gern.«

Sie hatte den Jungen in einen der Bollerwagen gesetzt, wie man sie auf der Insel überall mieten konnte, und war mit ihm zum Haus der Freundin gelaufen. Dort wurde Leo wieder schlafen gelegt, und Marie-Louise Körner hatte auf den Morgen gewartet. Gewartet, dass es hell wurde.

Tomma zeigte ihr eine durchsichtige Plastiktüte mit dem

rosa Kindersöckchen darin. »Das haben wir bei Frau Fuchs im Bad gefunden. Können Sie uns das erklären?«

Marie-Louise Körner schien gern Auskunft zu geben, sie erzählte bereitwillig, und es schien ihr gutzutun, sich alles von der Seele zu reden.

»Ich hatte Mädchenkleidung besorgt. Ich wusste, Sie würden nach einem Jungen suchen, und wollte Sie täuschen. Aber«, sie holte tief Luft, »ich hatte mir doch auch immer ein kleines Mädchen gewünscht. Eine Tochter. Sie sollte Sophie heißen.« Ihre Stimme war jetzt tränenerstickt. »Mädchen kann man so süß anziehen. Alles rosa! Als ich neununddreißig Jahre alt war, hatte ich eine Fehlgeburt. Im fünften Monat. Bevor mein Mann mich verlassen hat. Es war ein Mädchen.«

Sie wischte sich über die Augen und streckte die Hand nach dem Söckchen in der Plastiktüte aus. »Das hatte ich schon gesucht.« Auf einmal klang sie wieder ganz sachlich. »Zum Glück hatte ich ja noch ein Paar weiße Söckchen, die gingen auch.«

Die nächsten Stationen waren im Grunde bekannt: Mit dem Fahrrad am nächsten Morgen zum Bahnhof. Mit der Inselbahn zum Hafen: Pirat meets Prinzessin. Marie-Louise Körner hatte sich mit »Sophie« unter die Passagiere gemischt und war beim Halt auf Spiekeroog mit dem Kind nicht an Bord zurückgekehrt. Auch auf der Nachbarinsel hatte sie ein unpersönliches Appartement gemietet. Die Vermieter stellten den Schlüssel bereit, ohne dass sie die Mieter überhaupt zu Gesicht bekamen. Und warum gerade nach Spiekeroog?

»Da bin ich als Kind gewesen. Ein Mal. Ein einziges Mal nur. Vier Wochen. Es war die schönste Zeit meines Lebens. ›Quellerdünen‹, ein Erholungsheim der evangelischen Kirche. Wir haben gesungen und gespielt. Ich hatte ja keine Geschwister, aber da …« Mit dünner, aber klarer Stimme begann sie zu singen: »Breit aus die Flügel beide … Das haben wir immer abends gesungen, wenn wir alle schon im Bett lagen. In einem Riesenschlafraum, das fand ich wunderbar. Leo sollte das auch erleben, genau wie ich damals. Das Haus gibt es noch, wir sind zusammen hingegangen. Ich hab ihm das abends auch immer vorgesungen: ›Dies Kind soll unverletzet sein.‹ Das wollte ich doch auch für Leo, nur das: Dies Kind soll unverletzet sein.«

Doch auf Spiekeroog fühlte sie sich nicht mehr sicher, nachdem sie dort am Strand kontrolliert worden waren, und sie brachen nach Langeoog auf. Auch diese Insel war ihr vertraut. »Dort habe ich mal Ferien mit meiner Patentante gemacht. Meine Mutter war Geschäftsfrau und alleinerziehend, die hatte nie wirklich Zeit für mich.«

Ihr Gesicht hatte sich verfinstert. Sie griff in die Tasche ihrer Jeans und holte etwas heraus, das sie jetzt vor Tomma auf den Tisch legte. Es war ein goldgelbes Stück Bernstein, kaum größer als ein Daumen.

»Geben Sie Leo das von mir? Ich hatte es ihm schon gegeben, gestern am Strand, aber er hat es fallen lassen, als ... als Ihre Kollegen kamen.« Sie hob den Kopf und blickte Tomma in die Augen. »Was wird jetzt aus ihm?«

»Er hat Großeltern«, sagte Tomma, was tröstend klingen sollte, jedoch kein wirklicher Trost war, das wusste sie selbst. »Und es gibt auch einen Vater, der sich um ihn kümmern möchte. Aber jetzt kommt er erst einmal zu Pflegeeltern, bis alles geklärt ist. In welchem Umfang seine Mutter in Zukunft für ihn da sein kann, ist noch ...«

»Seine Mutter? Wissen Sie denn nicht, was die ihrem Kind angetan hat?« Die Stimme der Frau war scharf geworden.

»Das wird noch untersucht, glauben Sie mir. Und wie auch immer es ausgeht – man wird von nun an gut auf Leo aufpassen.«

Marie-Louise Körner blickte starr vor sich hin. Dann schlug sie die Hände vors Gesicht. »Ich vermisse ihn, ich vermisse ihn schrecklich«, flüsterte sie. »Wir waren so glücklich, wir beide. Wir gehören doch zusammen ...« Und wieder begann sie die Melodie von vorhin zu summen: »Breit aus die Flügel beide ... Dies Kind soll unverletzet sein.«

Der Anwalt schlug sein Notizbuch zu und legte ihr die Hand auf den Arm.

Sie summte immer noch, als man sie abführte.

Tomma blickte aus dem Fenster. Draußen schien sich die Wolkendecke endlich zu heben. Eine Zeile aus ihrem Lieblingsmärchen ging ihr durch den Kopf, immer wieder dieser eine Satz: »So viel ist gewiss, dass die Alte keine Hexe war.« Bis Mike hereinkam.

»Du siehst ganz blass aus«, sagte er und stellte einen Becher Kaffee vor ihr ab. »Hat sie alles gestanden? Was ist das für eine Frau?«

Tomma nickte. »Ja, hat sie. Danke für den Kaffee. Kann ich jetzt gut gebrauchen.« Sie nahm einen Schluck und noch einen und sagte schließlich: »Was das für eine Frau ist? Eine, die es gut meinte.«

Ihr Kollege schwieg. Diesmal sagte er nicht »Verstehe«. Sie wussten beide, dass es so einfach nicht war.

Nachwort

Meiner Lektorin Marit Obsen bin ich dankbar, dass sie die Ermittlungsarbeit Tomma Wilkens und ihrer Kollegen kritisch unter die Lupe genommen hat.

Was den Ort der Handlung – Wangerooge – betrifft, so lässt sich in diesem Insel Krimi vieles, doch nicht alles wiedererkennen. Einiges musste auch erfunden werden.

Aus praktischen Gründen habe ich die Fußballeuropameisterschaft 2016 ein paar Wochen später stattfinden lassen als in der Realität. Und natürlich wünsche ich mir, dass das Gruppenspiel Deutschland gegen Polen anders ausgehen möge als in meinem Buch.

Antje Friedrichs